현대 중국의 장인 정신 이야기

중국의 장인匠人들

편집위원회

쉬창(许强), 샤오전성(肖振生), 샤오푸(肖璞), 장치우디(姜秋镝), 류뤄첸(刘若欠), 웨췬(岳群)
췌이샤(崔霞), 왕카이버(王凯博), 리닝(李宁), 리씬(李欣), 우제(吴杰), 정롄카이(郑连凯)
장첸첸(张芊芊), 자오중량(赵中良), 궈웨이(郭薇), 루우(卢武), 양징(杨景), 장용펑(张永峰).

중국의 장인匠人들

초판 1쇄 인쇄 2021년 11월 05일
초판 1쇄 발행 2021년 11월 08일
옮 긴 이 김승일(金勝一)
발 행 인 김승일(金勝一)
디 자 인 조경미
출 판 사 경지출판사
출판등록 제 2015-000026호

잘못된 책은 바꿔드립니다.
가격은 표지 뒷면에 있습니다.

ISBN 979-11-90159-73-9 (03820)

판매 및 공급처 경지출판사

주소: 서울시 도봉구 도봉로117길 5-14 **Tel:** 02-2268-9410 **Fax:** 0502-989-9415
블로그: https://blog.naver.com/jojojo4

현대 중국의 장인 정신 이야기

중국의 장인匠人들

대국 공장(大國工匠) 프로그램 팀 지음 | 김승일(金勝一) 옮김

경지출판사
Korea Wisdom China

新世界出版社
NEW WORLD PRESS

contents

"평범한 직장에서 묵묵히 기여하고 있는 모든 노동자들에게 경의를 표합니다!

모범 노동자는 민족의 엘리트이고, 인민의 본보기입니다. '대국(大國) 공장(工匠)'은 직원들 중에서 가장 훌륭한 기능을 지닌 인재들입니다. 공회(工会, 노조)는 각 측과 협동해 모범 노동자, '대국 장인들'이 더 훌륭한 역할을 할 수 있도록 플랫폼을 구축하고 무대를 마련해야 하며, 더욱 많은 모범 노동자와 '대국 장인'들을 육성해 내야 할 것입니다."

시진핑 주석이 중화전국총공회 신임 지도부
구성원들과의 담화에서 한 연설
2018년 10월 29일

---

1) '대국(大國) 장인(工匠)' : 여기서 말하는 '대국'은 '중국'을 의미하므로 이 책의 서명으로는 "중국의 장인들"이라고 번역해서 사용했으나 본문에서는 원서에서 사용한 '대국 장인'이라는 말을 그대로 사용했다.

"이 한 해 '중국 제조', '중국 창조', '중국 건조(建造)'가 함께 힘을 합쳐 지속적으로 중국의 모습을 바꿔나갔다. '창어(嫦娥) 4호'[2] 탐사선의 발사 성공과 두 번째 항모의 시험 항해, 국산 대형 수륙양용기의 수상 첫 비행, 북두(北斗)항법[3] 등 이 글로벌 네트워크를 향해 힘찬 출발을 했다. 나는 이 자리를 빌려 모든 과학자, 기술자, '대국 장인'들과 건설자, 참가자들에게 경의를 표합니다."

시진핑 주석의 2019년 신년사
2018년 12월 31일

---

2) 창어(嫦娥) 4호 : 인류 최초로 달 뒤편에 착륙한 중국의 탐사선으로 밤 시간대에 달 표면의 온도 측정을 시도했다.

3) 북두위성 항법시스템 : 중국이 자주적으로 건설하고 독자적으로 운행하며 세계 다른 위성 항법시스템과 겸용, 공용이 가능한 세계적인 위성항법 시스템으로 세계적인 범위에서 전천후와 전천시로 다양한 사용자들에게 정밀도가 높고 신뢰할수 있는 위치확정과 속도측정, 시간 통보 서비스를 제공할수 있으며 단신 통신이 가능.

「대국 장인」
프로그램의 소개

「대국 장인」이라는 프로그램은 중국 중앙텔레비전방송국(CCTV) 뉴스센터가 비중 있게 다룬 브랜드로, 2015년부터 메인 뉴스인 '신원롄버(新闻联播)'와 뉴스채널에서 연속 방송되면서 2019년 5월까지 7번이나 재방송된 프로그램이다.

「대국 장인」이라는 프로그램의 내용은 중국의 다양한 업계에서 일하고 있는 현장 기술직 노동자들 중 대표적인 인물들에 관한 감동적인 스토리를 다룬 것이다. 그들은 직장을 사랑하고, 직업의식이 투철하며, 강한 집념으로 가정과 자신의 이익을 초월해 국가의 발전과 민족의 진흥을 위해 일하고 있다. 그들은 금욕(金慾)에 흔들리지 않고, 청빈한 생활을 하면서 평생을 한 가지 일을 잘 하기 위해 노력해 왔다. 그들은 일생을 통해 자신만의 특기를 연마해 냈다. 그들은 또 전통 관념에서 벗어나 기능을 자본으로 여기지 않았다. 그들은 자신의 특기를 국가와 민족의 재부로 삼아 백방으로 전승과 발전의 길을 열어 나감으로써 하나 또 하나의 씨앗이 되고 있다.

그들은 대부분 대학교육을 받지 못하고 직업교육만 받았지만, 근면과 노력으로 생산기술 분야의 대 인물이 되었다. 그들이 바로 시진핑 주석이 말한 바와 같이 "지혜롭고, 기술이 있으며, 발명이 가능하고, 혁신할 줄 아는 노동자들이다. 그들은 노동으로 「중국의 꿈」을 실현시키기 위해 노력해 왔다."고 할 수 있는 대표적인 사람들이다.

　국위를 떨치고, 국혼을 선양하며, 애국심을 부각시킨 「대국 장인」 프로그램은 방송 후 전 사회적으로 공명을 일으켰고, 공감적인 가치관을 이끌어냈으며, 중앙 지도자들의 높은 평가를 받았다. 2015년 이 프로그램의 제작진은 중화전국총공회로부터 '전국 5·1노동메달'을 받았다. 2016년 「대국 장인」은 제26회 중국신문상 1등 상을 수상했다.

머리말
'장인 정신'으로 정품을 만들다

쉬창(許强) CCTV 뉴스센터
부센터장

'5.1'노동절 기간 중국 CCTV는 「대국 장인」이라는 프로그램을 내놓았다. 8회분 방송은 아침뉴스 '자오원톈샤(朝闻天下)'에서 첫 방송 후, 하루 종일 뉴스채널의 각 파트에서 방송되었다. 저녁뉴스 '신원롄버(新闻联播)'는 콘텐츠 편성이 아주 빡빡한 상황에서도 전 8회 프로그램을 특집으로 편성해 총 39분을 방송했다. 이는 가장 핵심적이고 양질의 자원으로 '대국 장인'들에게 경의를 표한 셈이다.

「대국 장인」 프로그램 기획은 2015년 4월 14일 녜천시(聂辰席) CCTV 국장이 뉴스센터에서 조사 연구를 하고 좌담을 할 때, '네 가지 의식'을 강화하고 '네 가지 전환'을 실현하여 CCTV의 뉴스 홍보 수준을 제고시킬 것을 요구하면서 이루어졌다. '5.1'노동절은 비교적 평이한 기념일로 국제뉴스와 여행 정보 및 상부에서 지정한 모범 노동자 전형을 보도하는 것으로 임무를 완수할 수 있었다. 하지만 상사의 요구였기 때문에 우리는 이에만 그칠 수 없었다. 쑨위성(孙玉胜) CCTV 부국장 겸 뉴스센터 센터장은 '5.1' 노동절 보도를 하나의 과제로 삼아 '네 가지 전환' 중의 첫 번째 전환이라 생각하고, 깊이 있게 연구해 "이 프로그램이 독자적인 효과를 가져 올 수 있도록 하자."고 제안했다.

그래서 다음과 같은 규정을 세웠다.

(1) '장인 정신'을 숭상하도록 테마 선정이 정확하고 경지가 높아야 한다.

'5.1' 국제노동절이라는 테마 기획 자체가 바로 큰 과제였다. 그런 만큼 이 과제에 대한 생각의 깊이가 프로그램의 심도를 결정한다고 볼 수 있었다. CCTV 뉴스 채널은 중요한 선도적 역할과 사회주의 핵심 가치관을 대대적으로 고양하는 것이 주요 책임이다. '노동'이라는 테마를 둘러싸고 우리는 무시돼서는 안 되는데도 무시되고 있는 노동의 가치에 대해 초점을 맞추었다. 지금 중국에는 "어떤 분야든 열심히만 하면 뛰어난 인재가 될 수 있다(行行出狀元)"는 말을 믿지 않는 사람들이 많다. 그들은 돈밖에 모르는가 하면, 능력은 부족한데 눈만 높다는 등의 경박한 모습을 보인다. 많은 분야에는 성실함과 근면함, 완벽함을 추구하는 기술형 혹은 기예형 인재가 부족하다. 시대는 이와 같은 사회적 경박함을 제거하기 위해서는 소박한 노동정신의 회귀(回歸)를 바라고 있다. 중국 교육시스템에서 직업교육의 발전을 제약하는 주된 요인은 기술형 인재에 대한 사회적 인식이다. 이 군체의 뛰어난 대표 인물들에 대한 사회적 관심을 불러일으키는 것은 더욱 많은 사람들이 직업교육의 길을 가도 고급 인재, 심지어는 국보급 인재가 될 수 있다는 것을 인식하게 하는 것이다. 이처럼 과제에 대한 심층적인 분석을 통해 주제가 한층 더 부각될 수 있음을 알 수 있었다. 즉 '장인 정신'에 대한 여론의 인식과 존중과 추구를 유도하고, 기술에 대해 숭상하며, 근면·성실·창조적인 노동에 대해 숭상하는 사회풍조를 선양(煽揚)할 수 있는 것이다.

　이같이 「대국 장인」 프로그램의 주도적 책략을 정한 후에는 어떻게 실행하고, 어떻게 동질감을 획득할 것인가가 그 다음으로 완성해야 할 과제가 되었다. 먼저 '대국 장인'이라는 뜻부터 연구해야 했다. '대국'이라고 하면 현재 중국의 어느 업계가 '대국'이라는 두 글자에 해당할 수 있을까? 그리고 '장인' 두 글자에 대해서도 연구해봐야 했다. 어떤 수준의 노동자야말로 '장인'이라고 부를 수 있을까? 과제에 대한 연구를 통해 우리는 「대국 장인」 프로그램을 잘 만들려면 '대(大)'와 '소(小)' 두 글자에 초점을 맞추어야 한다고 인정했다. 즉 '대(大)'는 큰 업종, 큰 성과를 말하기 때문에 민심을 고무시킬 수 있어야 하고, '소(小)'는 사회의 이름 없는 일반인, 그리고 작은 세부적인 일로써 사람을 감동시킬 수 있어야 한다고 정의했다. 프로그램을 기획하던 초기 우리 중국은 수천 년 동안 문화를 전승하는 과정에서 '장인 정신'에 대한 전승과 선양이 결코 부족하지 않았으며, 단지 부족한 것이 있다면 그러한 '장인 정신'을 발견하지 못한 점에 있었다고 믿었다. 그렇기 때문에 이 시대 중국의 제조 면에 있어서 최고의 기예를 발견하고, 중국제조의 고급 품질을 펼쳐 보여야 하며, 이 시대 중국 노동자들의 '장인 정신'을 발굴해 그 감동적인 이야기를 들려주어야 한다고 생각했다. 이를 위해 우리는 해당 분야에 대한 오랜 관심과 연구를 거쳐 전후기 편집·기자들의 노력을 통해 우리는 신속하게 취재 대상을 확정했다. 그래서 우리는 중국의 8개 최고 산업과 브랜드를 가진 업종부터 착수하여 현장에서 일하는 뛰어난 기술자들을 찾아냈다.

그들은 '장인 정신'이 있고, 독보적인 기예를 갖추었으므로 스승의 기술을 전수받았을 뿐만 아니라 발전과 혁신도 이루어냈다. 더불어 이와 함께 나라에 대한 깊은 애정도 가지고 있었다.

⑵ 운영 체제를 완비해야 한다.

이는 제작과정을 엄격히 통제하여 정품을 내놓아야 하기 때문이었다. 「대국 장인」은 정품 프로젝트이다. 이 정품 프로젝트의 제작은 네천시(聶辰席) 국장이 제시한 "5가지 작업방식"에 따라 관련 인원들을 효율적으로 지휘하고 관리할 수 있는 조직기구와 운영방식을 건립하는 것이 중요하였다. 「대국 장인」은 총감독책임제를 실행했다. 총감독은 프로젝트를 총지휘하는 것을 말하는데, 즉 CCTV 뉴스센터 프로젝트 주관 주임의 지도하에 프로젝트에 대해 전권적인 책임을 진다는 것이었다. 이 파격적인 운영방식에 따라 총감독은 전 단계 취재와 후기 편집과 뉴미디어팀, 그리고 홍보팀의 인력배정 권한을 부여받고, 프로젝트의 진척을 전반적으로 감독하며, 방송 편성 및 여론에 대한 추적과 그와 관련한 판단을 해야 했다. '5.1'노동절 플래그십(flagship, 가장 중요한) 프로젝트로, 「대국 장인」은 부서와 팀의 재래식 생산방식을 타파하고, CCTV 뉴스센터 각 부처에서 우수한 인재를 뽑아 제작의 핵심으로 투입했을 뿐만 아니라, 경제뉴스부에서 8명의 베테랑 기자를 선발해 투입했고, 뉴스채널 편집부에서도 전문적인 편집인원을 투입했다. 또한 시각예술부의 '성실한 소통(真诚沟通)팀'이 기획에 참여했고, 촬영을 지도했으며, 미술편집이 디자인 설계를 맡았다.

그리고 뉴미디어 뉴스부에서 「대국 장인」의 큰 틀에서 뉴미디어 특징에 알 맞는 특화된 제품을 디자인할 전담자를 지정했다. 이 같은 체제의 확립은 프로젝트 관련 인원들이 작품을 다듬는데 전념할 수 있도록 하여 집행력을 효과적으로 증강시켰다.

매회의 프로그램이 모두 정품이 되도록 보장하기 위해 프로그램 기획이 승인된 초기부터 제작 시간표와 작업진행표를 제작하여 프로그램 생산의 각 부분을 분리하고, 직무에 따라 작업을 추진했다. 총지휘는 관건적인 시간의 정점에서 임무에 대한 심사와 품질에 대한 감독을 실시해 테마의 확정, 인터뷰를 통한 추적, 후기 편집으로부터 프로그램 심사, 홍보와 추천 등 전 과정을 통제했다. 이를 위해 다음과 같이 조치했다.

1) 집약적으로 방송에 조기 투입하고 넓게 커버토록 했다.

아이디어가 실행되려면 작품을 다듬어야 할 뿐만 아니라 시장을 연구하고, 시청자에 대해서도 연구해야 했다. 전통 TV 매체의 대중 전파는 물론, 뉴디미어의 정밀화, 시청자의 세분화와 소셜화 전파도 잘해야 했다. 최고의 방송효과를 위해서는 기존의 설교식·주입식으로 하던 홍보를 침투식·감화식·메뉴식으로 고쳐야 했다. 프로그램 편성과 홍보에서, 황촨팡(黃传芳) 부총편집 겸 뉴스센터 상무 센터장은 「대국 장인」 프로젝트가 시간·공간적으로, 과학적으로 배치해야 함을 강조하면서 '일찍', '광범위'라는 두 단어를 부각시킬 것을 요구했다. 먼저 '일찍'이란 우선 프로그램의 투입 시간을 말했다. 우리는 대중과 기타 매체가 '노동절 패턴'에 들어가기 전에 선풍적인 전파 효과를 달성할 수 있도록 시기를 잡아야 한다고 생각했다. 「대국 장인」은 당초 '5.1'노동절 전 주에 투입될 예정이었다. 일주일간의 홍보를 통해 예열과 도입을 거쳐 5월 1, 2, 3일 사이에 최고조에 달하게 할 예정이었다. 하지만 4월 25일 네팔에서 규모 8.1의 강진이 발생하여 중국 티베트지역까지 파급되었기에 적시에 대중 여론을 수렴해 방송 개시 시간을 4월 29일로 앞당기고 '5.1'노동절 연휴기간에 집중적으로 방송하기로 조정했다. 실천이 증명했다시피 '5.1'노동절 전의 방송은 「대국 장인」에 관련된 화제의 열기를 급격히 끌어올릴 수 있었다.

그 후에도 홍보는 계속되었다. 사전에 제작된 「대국 장인」 홍보물은 방송 개시 일주일 전부터 투입됐다. "'대국 장인' '장인 정신'으로 꿈을 쌓다(大国工匠·匠心筑梦)"는 홍보문구는 이 프로그램의 주제를 잘 요약해 냈고, 잘 제작된 홍보물은 시청자들의 강한 기대감을 조성했다. 그 다음으로 '광범위'라는 말은 투입 차원과 강도를 말하는 것이었다. 부연한다면 '광범위'라는 것은 단순히 '넓다'는 것이 아니라 정확하게 맞춤형으로 '광범위'해야 한다는 뜻이었다. 우선 내용적으로는 올해의 '5.1'노동절 뉴스 중 「대국 장인」을 사전에 투입하여 여러 날을 지속적으로 내보냈던 메인 뉴스였다. 기타 감성류의 '노동자의 시', '노동의 회상'과 청년들을 겨냥한 '신 창업자', '나는 창업자' 등은 모두 시청자 군체를 구체화해 설계한 것이었다. 다음으로 투입에 있어서도 시청자 군체에 대한 분석과 여론 수렴을 통해 '5.1'노동절 3일간의 휴가에 '신원롄버(新闻联播)', '자오원톈샤(朝闻天下)', '신원즈버젠(新

聞直播间)' 등 코너에 「대국 장인」의 방송 횟수를 늘리고, 코너의 특성에 따른 방송버전을 제작해 전파에서의 맞춤성과 도착 율을 높였다. 또한 멀티미디어 플랫폼의 서비스구역도 넓게 했다. 「대국 장인」TV 방송이 시작된 후, 멀티미디어에서 동시적으로 침투 방송하기 시작했다. CCTV 뉴스 미니블로그, 위챗(중국의 카카오톡) 및 클라이언트(컴퓨터)가 각각의 특징을 지닌 관련 내용들을 동시에 투입했다.

「대국 장인」 프로그램은 시간이 촉박하고 임무가 막중했기에 촬영 대상을 확정한 후부터 완성에 이르기까지 많은 편집자와 기자들이 하루에 몇 시간만 자면서 고강도, 고효율 적으로 일해 해당 프로그램이 예정대로 고품질로 방송되도록 했다. 언론인으로서 우리는 이번 보도를 계기로 성공 경험을 종합하고, 엄격하고 세밀하고 깊이 있고 실제적이고 신속하도록 공을 들여 뉴스 선전에 집중했고, 테마 보도의 보도 방식을 혁신시켰으며, 기층 보도, 기풍 전향, 문풍 개조의 제도화와 상시화를 한층 더 잘 실현토록 하여 봄바람이 만물을 윤택하게 하듯이 하였던 것이다.

「대국 장인」은
이렇게 만들어졌다

중국 CCTV 뉴스센터

웨췬(岳群)

이번에 '중국뉴스' 1등상을 받은 「대국 장인」 프로그램은 중국 CCTV 뉴스센터에서 2015년 '5.1'노동절과 '10.1'국경절 기간 동안 뉴스 채널에서 잇따라 내놓은 특별 프로그램으로 17명의 여러 업계 정상급 기술 노동자의 전형적인 이야기를 다루었다. 이 프로그램은 '노동으로 「중국의 꿈」을 지원해 준 노동자들을 찬양하고 현재의 중국에서 전통적인 '장인 정신'을 전승하고 선양하는 모습을 보여주었으며, '진실하고 근면한 노동, 성실한 노동, 창조적인 노동'을 제창하였으며, '중국제조'의 고품질적인 이미지를 체현해 내도록 하였다.

솔직히 말해서 「대국 장인」이 방송될 때까지도 우리는 이 프로그램이 사회적으로 이렇게 큰 반향을 일으킬 줄은 예상치 못했다. 제1기 방송 때 우리는 제3자 빅데이트 회사에 위탁해 「대국 장인」의 인터넷상 선호도에 대해 조사하여 까다로운 네티즌들이 이 프로그램을 어떻게 평가하는지를 알아보려고 했다. 그 결과 생각 밖으로 선호도가 91%에나 달했음을 알게 되었다. 심지어 인터넷 웹사이트 떠우빤(豆瓣)에서는 평점이 「혀끝으로 만나는 중국(舌尖上的中國)Ⅱ」 보다도 더 높았다. 당시 우리는 「대국 장인」과 같은 프로그램이 인터넷상에서 왜 이처럼 높은 평점을 받을 수 있었는가에 대해 여러모로 생각해 보았다. 이렇게 생각해낸 결과의 원인은 이 프로그램의 구상과 조작과정에 있었음을 알게 되었다.

(1) 프로그램과 시대의 접점을 찾으려 했다.

「대국 장인」 프로그램의 최초의 영감은 모 창업자와의 교류에서 얻게 되었다. 이 창업자는 우리에게 한 노인이 수공으로 트랜지스터 라디오 제조를 견지해 온 이야기를 들려주었다. 이 창업자는 지금과 같은 경박한 사회에서 노인의 지극 정성한 '장인 정신'에 깊은 감동을 받았다고 말했다. 당시의 대화는 우리에게 깊은 인상을 남겼다. 나는 왜 사람들이 장신정신에 대해 말할라 치면 스위스의 시계공에 대해 담론하기를 좋아하는지, 세계 제1위의 제조업 대국의 중국인들이 외국에 나가면 왜 전기밥솥과 비데 같은 것들을 미친 듯이 사들이는지에 대해 생각해 보았다. 진정 여론에서 말하고 있는 것처럼 중국 노동자들에게는 '장인 정신'이 결핍되어 있기 때문일까? 아니면 경박한 사회풍조가 이러한 '장인 정신'의 존재를 경시하게 만든 때문일까?

2015년 4월 중순 CCTV 뉴스센터는 '5.1'노동절 프로그램 기획을 조기에 가동했다. '장인 정신'을 찾자는 우리의 생각이 부문과 센터 책임자들의 긍정적인 반응을 받았고, 뉴스센터의 이 프로그램에 대한 조기 가동은 우리에게 이 프로그램을 위해 생각할 시간을 갖게 하였다. '대국 장인(大国匠人)'으로부터 '대 장인(大工匠)', 그리고 또 '대국 공장(大国工匠)'에 이르기까지 다만 몇 글자를 재 정렬·재조합한 것에 불과했지만, 그 배경에는 많은 사람들의 생각 불꽃이 치열하게 부딪치면서 마침내 공감대를 형성하기에 이르렀던 것이다. 이 공감대가 바로 '장인'을 대표로 하는 노동자에 대한 존경과 '장인 정신'을 창도하고, "장인 정신"이라는 이 노동 가치를 심층적으로 추구한다는 것을 부각시켜야 한다는 것이었다.

시간이 제한되어 있었지만, 우리는 거의 3분의 2의 시간을 프로그램 설정과 인물의 선택에 공을 들였다. 중국 제조의 최고 수준을 충분히 보여줄 수 있는 대규모 프로젝트와 기예가 뛰어난 최하층의 장인들을 접목시켰을 때, 이 테마 보도는 시대적 요구와도 아주 좋은 접점이 생기게 되었다. 이는 전격적인 보도의 성공을 위해 기초를 다지게 하였다.

(2) 감화식 TV작품을 만들고자 하였다.

「대국 장인」 프로그램을 잘 만들기란 결코 쉬운 일이 아니었다. 이들 사부(師傅, 스승)[4] 대부분은 말주변이 없었다. 한 제자는 "사부님이 일하시는 것은 더 말할 것도 없습니다. 그런데 일을 안 하실 때에도 말씀은 없으십니다!"라고 평했다. 그러나 장인들이 모두 말하지 않는다면 프로그램을 어떻게 만든단 말인가!

그러나 사실 이 사부들의 정신세계는 아주 풍부했으며, 그것은 그들이 일하는 과정에서 아주 잘 구현되었다. 촬영시간이 긴박했지만

---

4) 사부(師傅) : 중국에서 최고 숙련도를 자랑하는 기술자를 일반적으로 부르는 호칭.

기자들은 마음을 가라앉히고 그들과 많이 교류하면서 가장 소박하고 감동적인 것들을 발굴해 내는데 노력했다.

처음 사부들은 잘 적응하지 못하는 것 같았다. 갑자기 옆에 누군가가 그림자처럼 따라다닌다고 생각해 보면 알 것이다. 잠자는 시간과 화장실에 가는 시간을 제외하고 기자들은 거의 모든 시간을 그들과 함께 보냈던 것이다. 사부들이 일할 때면 기자들은 옆에서 그들의 동작과 표정, 말투를 관찰했다. 사부들이 쉴 때면 기자는 그들과 같이 휴식하고, 같은 테이블에서 식사를 하고 이야기를 나눴다. 사부들은 점차 기자에게 마음을 열었다. 한 사부는 기자에게 처음으로 낯선 사람 앞에서 눈물을 흘렸다고도 말했다.

마음을 가라 앉히고 찾아보니, 장인들은 모두 금처럼 반짝반짝 빛을 내뿜고 있는 것을 발견할 수 있었다. 그들은 말이 많지는 않았지만 하는 이야기 모두가 마음에 와 닿는 것들이었다. 한 시청자는 "단 한 사람의 말이라도 기억하고 있으면 평생을 유용하게 써먹을 수 있을 것 같다"고까지 말했다.

이 프로그램을 제작함에 있어서 또 다른 어려움은 바로 촬영이 쉽지 않았다는 점이었다. 8명의 사부가 하는 일은 아주 정교한 것이었는데, 머리카락 10분의 1의 정밀함을 어떻게 표현할 수 있겠는가 하는 문제였다. 그뿐만이 아니라 사부들의 동작 또한 아주 단촐했다. 용접, 광택 내기, 구멍 뚫기 등을 한 번 시작하면 몇 시간 동안 꼼짝도 하지 않고 일을 했다. 그러다보니 어떻게 화면을 다양하게 만들까 하는 문제도 나타났다. 보통 사부들이 몇 시간 일하면 기자도 몇 시간씩 촬영을 해야 했다. 하지만 진정 촬영한 장면은 많지 않았다. 대부분의 시간에는 빛과 각도에 대해 생각했다. 사부가 일할 때 손의 세부적인 모습을 포착하기 위해 촬영사는 고프로(GOPRO)카메라를 사부의 손목에 묶어 순간적으로 포착하는 촬영을 해야 했다. 또한 사부의 기예의 정밀도를 반영하기 위해 100μm의 카메라를 사용하기도 했다. 로켓에 '심장'을 용접하는 일을 하는 까오펑린(高凤林) 사부는, 아르곤 아크 용접에서 나오는 아크광의 눈에 대한 상해 정도가 전기 용접광의 5배에 달한다고 말했다. 취재할 때 까오펑린 사부는 기자에게 아크광이 눈에 나쁘니 똑바로 쳐다보지 말라고 여러 번이나 주의를 주었다. 하지만 사부의 미세한 용접 기예를 잘 보여주기 위해 기자는 매번 촬영 시 안전커버를 쓰지 않고 지근거리에서 아르곤 아크 용접 시의 아크광을 촬영했다. 이에 기자는 한 장면 촬영이 끝나면 할 수 없이 잠깐 눈을 감고 쉬어야 했다. 이처럼 기자가 열심히 그들의 일을 체득하면서 촬영하고 나서야 '대국 장인'들의 이야기를 생생하게 관중들에게 보여줄 수 있게 되었다. 시청자들은 사부들의 뛰어난 기예에 감탄하는 한편 그들의 감동적인 이야기 속에 깊이 끌려들어가게 되었던 것이다.

(3) '장인 정신'으로 앞날을 격려하도록 하였다.

「대국 장인」은 프로그램을 촬영하는데 참여한 기자들에게 잊지 못할 정신적 여행이 되었다. 한 기자는 "프로그램을 만들면서 끊임없이 취재 대상의 '장인 정신(匠心)'을 찾으려고 했다. 바로 '장인 정신'을 찾는 그 과정에서 나는 장인들 정신의 소중함과 위대함을 느낄 수 있었다. 이는 내가 자신을 이겨내고, 자신을 넘어설 수 있도록 격려해주었으며, 시간이 촉박하고 힘들었지만 훌륭한 프로그램을 만들어 내도록 격려해 주었다"고 했다. 왜 시간이 촉박하다고 했는가? 왜냐하면 우리는 3분의 2의 시간을 프로그램의 오리엔테이션과 바다에서 바늘 찾기 식의 취재 대상을 찾는데 할애했기 때문이었다. 이 때문에 기자들에게 남겨진 취재 시간은 길어야 닷새였고, 가장 짧게는 사흘밖에 되지 않았다. 게다가 이 짧은 시간에는 기자의 왕복 여정, 취재 대상과의 접촉, 촬영과 제작까지 포함되어 있었다. 이는 거의 완수할 가능성이 없는 임무를 완수한 셈이었다. 특별 프로그램을 만드는 한 동료는 우리에게 "이렇게 짧은 시간에 이 같은 품질의 작품을 만들어 낼 수 있었다는 것은 뛰어난 집행력 외에도 틀림없이 정신적인 힘이 뒷받침했을 것"이라고 말했다.

확실히 「대국 장인」의 촬영은 기자들이 끊임없이 '장인 정신'을 배우는 과정이었다. 「대국 장인」 프로그램 제작팀은 위챗 대화방이 있었는데, 전·후기 제작 인원들이 모두 이 대화방에서 소통했다. 이 대화방은 아침 5시부터 심야 2시까지 조용한 적이 없다. 크게는 취재·촬영 요구, 작게는 어느 한 장면, 어느 한 마디 말에 대한 조절에 이르기까지 모두가 지혜를 모았다. 이 과정에서 세부 사항에 대해 옥신각신 갑을논박하며 얼굴을 붉히기도 했다. 모두가 장인의 마음으로 완벽한 작품을 만들기 위해 노력했다는 증거였다.

좋은 작품을 만들어 내기 위해 우리는 끈질기게 노력했다. 한 기자는 심장이 좋지 않아 주머니 속에 즉시 효과를 내는 청심환을 넣고 다녀야 할 정도했다. 그녀는 몸이 불편할 때면 약을 먹으면서 취재를 계속했다. 그리고 또 다른 기자는 금방 수술하고 나온 아내를 장모에게 맡기고 취재지로 달려가야 했다. LNG선은 10층 건물만큼 높았는데 몸집이 작은 여기자가 매일 수 킬로그램이나 되는 강철판 신을 신고 오르내리려야 했다. 그 여기자는 나중에 발뒤꿈치가 벗겨졌다고 했다. 촬영물 편집팀은 모두 젊은 아가씨들이었다. 그녀들은 연속해서 야근을 하다 보니 자그마한 방안에 머리카락이 가득 떨어져 있었다고 했다. 이걸 본 누군가가 "머리카락을 모으면 가발을 만들 수 있겠다"고 농담까지 했다.

「대국 장인」 프로그램의 취재와 제작은 우리 모든 기자들에게 자신을 되돌아볼 수 있는 기회를 주었다. 우리는 앞으로 어떻게 뉴스 만드는 일을 시작할 때의 초심을 지키고, 업무적으로 더 엄격하고, 착실하고 세밀하게 일할 것인가에 대해 생각하게 되었다. 얼마 전 '중국 신문상' 수상자의 대표로 나는 직접 시진핑 주석의 연설을 들을 수 있었다. 그 연설을 듣고 나는 언론인으로서 자신에 대해 엄격히 요구하고 성실하게 일하며, 성실하게 살고, '장인 정신'으로 모든 뉴스 작품을 '연출'해야 함을 한층 더 깊이 느끼게 되었다. 오직 그래야만 더욱 훌륭한 뉴스를 만들 수 있고, 시청자와 사회의 호평을 받을 수 있음을 알았기 때문이었다.

중국은 노동력의 대국이기는 하지만, 기술 노동자의 강국은 아니다. 또한 공업 대국이기는 하지만 공업 강국은 아니다. 시대는 중국

제조업에 형태 전환과 고도화, 혁신적인 발전을 요구하고 있다. 그리고 이 모든 것은 일반 노동자와 현장의 생산 근로자들을 떠날 수가 없다. 「대국 장인」 프로그램은 바로 온 사회가 장인의 가치에 대한 전면적인 관심을 이끌어내고, 장인들의 사회적 지위를 제고시키기 위해 여론 준비를 하는 것이라고 말할 수 있다. 이념과 판정에 대한 기준을 통해 장인의 가치를 높이는 것은 장인의 시대적 이미지 정립에도 도움이 된다. 동시에 사회적으로 장인에 대한 합리적인 평가체계와 처우체계를 갖출 수 있도록 실질적인 사고를 유도할 수도 있다.

우리는 「대국 장인」 프로그램을 계속 만들어 나갈 것이며, 지속적인 노력을 통해 직업의 기능에 대한 사회적 존중을 이끌어내고, 장인들의 기예가 전승되고 고양되기를 바란다. '장인 정신'이 사람들의 마음을 밝히고, 「중국의 꿈」을 이룩하는 길을 밝힐 수 있기를 바라마지 않는다.

중국의 장인匠人들

까오펑린高凤林

까오펑린(高凤林)은 중국우주비행과학기술그룹회사 제1연구원으로 수도우주비행기계회사 까오펑린 팀의 팀장이고 전국모범노동자이며, 특수 용융(熔融)[5] 용접공이다. '창정5호(长征五号)'를 포함한 중국 여러 기의 로켓에 '심장'을 용접한 적이 있고, 일찍이 로켓 엔진의 200여 가지 '난치병'을 공략한 적도 있다. 로켓 모델의 신소재, 신공법, 신 구조, 신방법 등 대형 연구 항목, 특히 신형 대 출력 엔진의 연구 제작과 생산에서, 까오펑린은 다른 사람들이 감히 생각도 못하는 것들을 비범한 담략과 치밀한 추리, 능란한 기예로써 해결해 냈다. 또한 용접과정에서 자신만의 깨달음과 결부시켜 유연하고도 창조성을 통해 배운 지식을 자동화 생산과 지능형 제어 등으로 유연하게 처리하는 데 활용해 국방과 우주비행 과학기술의 현대화와 모델의 세대교체를 위해 뛰어난 공헌을 했다.

---

5) 용융(熔融, melting, fusion) : 일반적으로 고체가 가열되어 액체가 되는 변화를 말하는데, 분석 조작으로 불용성 물질을 용제(融劑)와 함께 강하게 열을 가해 액체 상태화 하고, 가용성 물질로 바꾸는 조작을 말한다. 사용하는 용제의 종류에 따라 염기 용융, 산 용융, 황화 용융, 과산화물 용융 등이 있고, 또 사용하는 용제의 성질에 따라 환원 용융, 산화 용융 등이 있다.

까오펑린(高凤林) 중국우주비행과학기술그룹회사 제1연구원 수도우주비행기계회사 용접공.

요지(要旨)

우주발사체(宇宙發射體)는 인류가 우주로 진입해 우주를 탐색하는데 필요한 기초이고, 엔진은 우주발사체의 심장이라고 할 수 있다. 까오펑린은 중국 우주비행과학기술그룹 제1연구원으로 수도우주비행기계 회사의 특수 용융 용접공이다. 용접에 종사한지 30여 년 동안 그는 뛰어난 기예와 완벽함에 대한 추구로 '장인'이란 어떤 것인가를 보여 주었으며, 자신만의 의지로 우주인의 책임과 사명을 해석했다.

2013년 12월 2일 '창어 3호(嫦娥三号)'로 명명된 달 탐사선이 시창(西昌)위성발사센터에서 성공리에 발사되었다. '창어 3호'를 싣고 달로 날아간 것은 중국의 최우수 로켓인 '창정 3호 을(長征3号乙)'이다. 이 로켓의 심장인 엔진은 용접의 대가인 까오펑린과 그의 동료들이 함께 용접한 것이다. '38만km' 이는 '창어 3호'가 지구로부터 달까지 간 거리이고, '0.16mm' 이는 로켓 엔진 위의 한 용접점의 지름이다. '0.1초' 이는 용접 완료까지 허용되는 시간적 오차이다. 용접기술은 간단해 보이지만, 우주비행 분야에서는 매 하나의 용접 점의 위치, 각도, 경중도 모두 치밀한 사고를 거쳐야 한다. 매번 용접마다 용접공의 관찰력, 사고력, 체력과 의지력은 모두 전 방위적인 시련을 겪게 된다.

까오펑린이 로켓 엔진을 용접하고 있다.

중국 우주비행 분야에서 53세인 까오펑린은 엔진 용접의 제1인자라고 할 수 있다. 지금 그는 또 새로운 극한 임무에 도전하고 있다. 즉 중국에서 연구 제작 중인 차세대 '창정 5호(長征五号)' 대형 운반로켓에 엔진을 용접하는 일이다. 액체수소·액체산소를 연료로 쓰는 '창정 5호' 로켓은 중국인들이 지금까지 만든 추진력이 가장 큰 수산화 연료 로켓 엔진으로, '창정 5호'가 막강한 운반력을 발휘하는 데 있어서 가장 중요한 부분이다. 엔진의 노즐에서는 수소와 산소가 연소하여 3,000도가 넘는 고온이 발생하는데, 이 노즐에만 몇mm밖에 안 되는 속이 빈 케이블이 수백 개나 있다. 케이블 벽의 두께는 0.33mm에 불과하고, 용접비드[6]는 머리카락 굵기에 불과하지만 길이는 표준 축구장을 두 바퀴 도는 것과 같다. 까오펑린은 다음과 같이 말했다.

> "3만여 번의 정밀 용접작업을 거쳐야만 그것들을 하나로 엮을 수 있다. 매 동작마다 단번에 완벽하게 완성해야 한다. 왜냐하면 엔진이 작동할 때, 영하 200도에 가까운 추진제가 이 작은 케이블로 흘러들어 엔진의 온도를 낮추기 때문이다. 이때 만약 용접 비드에 아주 작은 흠집이라도 있다면 엔진에서 타오르는 화염이 가차 없이 노즐을 갈기갈기 찢어버려 로켓 전체가 통째로 폭발하는 재앙을 부를 수 있다. 눈도 깜빡하지 말고 쳐다보아야 한다. 특히 이 작은 용접 비드를 잘 보고 있어야 한다. 눈 깜빡 하는 사이에 문제가 생길 수 있다. 그래서 만약 10분 동안 눈을 깜빡거리지 말아야 한다."

---

6) 용접비드 : 패스의 결과 용접 표면에 물결 모양의 흔적이 생긴 것을 비드라 하는데, 본래의 비드는 염주구슬을 말하는 것이고, 옛적 납의 용접 비드의 형에서 이와 같이 말해오는 것으로 생각된다.

"10분 동안 눈을 깜빡거리지 않을 수 있습니까?"

기자가 물었다.

"그럼 다른 방법이 있나요? 한 번 시험해 보시겠습니까?"

까오펑린은 자신 있게 웃었다. 그의 자신감은 이 업계에 발을 들여놓으면서부터 꾸준하게 연마해온 데서 비롯된 것이었다. 우주비행 제조업은 실수를 용납하지 않는다. 그런 만큼 모든 것은 기본적인 기능을 탄탄하게 연마하는 것으로부터 시작해야 했다. 엔진은 로켓에 동력을 공급하기 위한 것으로, 로켓의 '심장'이라 불린다. 그렇기 때문에 용접작업의 아주 작은 흠집도 큰 재앙을 초래할 수가 있는 것이다. 따라서 용접공은 고도의 기술이 필요할 뿐만 아니라, 특히 세심함과 엄밀함이 필요하다. 까오펑린은 출근 첫날부터 원로 제1대 우주인들에게서 이 점을 감지했던 것이다.

천지펑(陈继凤)은 까오펑린의 첫 스승이자, 신 중국 제1세대 특수 용접의 탐구자이다. 그가 종사한 특수 용접은 나라의 중기(重器)를 만드는 핵심기술로 단단하고 환경의 영향을 받기 쉬운 특수 재료를 용접하는 데 사용되었다. 이러한 선진적인 용접기술을 익히려면 뛰어난 기술이 필요할 뿐만 아니라, 종사하는 사업에 대한 경외심이 요구된다. 까오펑린을 제자로 받았을 때 천지펑은 가장 기본적인 자세부터 가르쳤다. 예를 들면, 용접 작업 시 손을 작업대에 대어서는 안 된다는 것, 마치 서예를 연습하는 학생처럼 팔을 들어올리고, 팔목을 민첩하게 움직여 용접 토치가 용접이 가장 어려운 부분까지 모두 접촉할 수 있도록 보장해야 한다는 것, 그리고 용접의 질을 보장하기 위해서는 허공에 들어 올린 손이 조금이라도 떨려서는 안 된다는 것이다. 또한 용접의 안전성에 영향을 주는 다른 하나의 위험은 사람의 호흡이라는 것. 호흡할 때 생기는 신체의 기복은 모두 용접의 질에 영향을 줄 수 있다는 것 등이다.

"호흡은 어떻게 연습해야 합니까?"

기자는 구순을 바라보는 이 노인에게 물었다.

"숨을 참아야죠."

자세에서 호흡까지 엄한 훈련은 까오펑린도 예상밖이었다고 했다. 그리고 그때 발생한 또 하나의 사건은 까오펑린이 한평생을 잊을 수 없게 만들었다고 했다.

"그때 테스트 블록을 가져다 앞뒷면을 자세히 보려고 했었는데, 금방 용접을 마친 거여서 좀 뜨거웠습니다. 들자마자 뜨거워서 그냥 바닥에 내동댕이쳤습니다."

까오펑린은 이 사소한 일 때문에 스승에게서 호된 지적을 받을 줄은 생각지도 못했다고 했다.

"스승님은 정색을 하고 업무의 대상을 존중해야 한다고 말씀하셨습니다."

업무의 대상을 존중해야 한다는 건 자신이 하는 일에 대해 올바른 태도를 가질 것을 요구하는 것이다. 스승의 말씀은 까오펑린에게 자신이 하는 일에 대해 새로운 인식을 갖게 해 주었다. 까오펑린은 평소 한가할 때면 연습을 했을 뿐만 아니라, 줄을 서서 음식을 살 때에도 젓가락으로 용접 와이어를 송출하는 연습을 했다고 했다.

용접 마스크를 끼는 것은 일반적인 조작 동작에 불과하지만, 까오펑린에게 있어서는 일종의 작업상태에 들어간다는 것을 의미한다고 했다. 용접 마스크 안에서는 눈앞의 부품이 미약한 아크 속에서 깜빡이는 것만 볼 수 있다. 단단한 용접 와이어가 용해되어 부드러운 유체로 되는 순간, 까오펑린의 머리 속에는 아무 생각도 없다고 했다. 이때는 그 어떠한 일도 그의 생각을 혼란시킬 수 없었던 것이다. 이는 그가 수십 년간 몰두해 온 작은 세상이었던 것이다.

까오펑린이 동료들에게 경험을 전수하고 있다.

매번 신형 로켓 모델의 탄생은 까오펑린에게 있어서 또 한 번의 기술 난제를 해결해야 하는 일이었다. 가장 어려웠던 때 까오펑린은 한 달 내내 작업장에 틀어박혀 거의 눈을 붙이지 못했다고 했다.

첫 며칠간은 그래도 그와 함께 밤 12시까지 잠을 자지 않는 사람들이 있었다. 그러나 며칠이 지나서부터는 겨우 한두 명만 그와 함께 새벽 3시까지 일을 했다. 그러다가 또 며칠이 더 지나서는 아예 그에게 모든 것을 다 맡겨버렸다고 했다.

수백 제곱미터 되는 작업장에는 까오펑린과 몇몇 용접 스탠드만 남곤 했다. 깊은 밤이면 용접 토치가 점화할 때의 웅웅 소리만 들렸고, 용접 마스크 아래 용접점에서 반짝이는 미약한 불빛만 보였다. 온 세상에는 까오펑린과 눈앞의 금속이 융화되어 이루어진 작은 점들만 남은 듯했던 것이다.

연속해서 밤을 새운다는 까오펑린에게 기자가

"힘들지 않아요?"

하고 물었다.

"피곤하죠, 왜 안 피곤하겠습니까? 하지만 나에게는 꼭 해내고야 말겠다는 굳은 의지가 있었습니다. 우리 가족 중에는 탈모하는 사람이 없는데 나만 머리카락이 빠질 정도지요."

바로 이 같은 분투정신 속에서 까오펑린은 하나 또 하나의 우주비행 용접 기술의 난관을 공략하면서 업계 최고의 용접 전문가가 되었던 것이다. 어느 한 번은 한 우주비행 용접 제품이 엑스레이 사진 촬영에서 내부 용접에 결함이 있다는 의혹을 받은 적이 있었다. 까오펑린은 용접과정에 대한 자신의 자신감과 다년간의 용접 경험을 바탕으로 용접 품질이 믿을 수 있으니 문제가 없다고 판단했다. 최종적으로 엄격한 검증을 거쳐 까오펑린의 판단이 정확하다는 것이 증명되었다. 이에 사람들은 까오의 눈이 엑스레이보다 더 영험하다고 말했다고 했다. 까오펑린에 대한 이런 신비로운 말의 이면에는 사실 가장 기본적인 용접기능과 경험의 축적이 있었기 때문이었다. 까오펑린은 오늘의 이 수준에 도달하기 위해 80%의 시간을 일에, 15%의 시간은 공부에 썼다고 말했다.

그럼 남는 것은 5%밖에 안 되는 시간인데

"이 시간은 어디에 씁니까?"

하고 묻자,

"이 시간은 가정을 위해 남겨두었습니다"

하고 말했다. 비록 업무가 분망하고, 임무가 무거우며, 연장근무가 많았지만, 까오펑린은 시간만 있으면 노인을 보살피고, 아이를 데리러 학교에 갔다. 물론 이럴 기회가 많지는 않았지만 말이다.

까오펑린에게는 귀여운 딸이 있다. 아버지로서 그는 딸과 함께 할 시간이 별로 많지 않았다. 그러다 보니 평소 아이를 학교에 데려다주거나 혹은 하학 후 데리러 가는 것은 부녀간이 함께 할 수 있는 모처럼의 좋은 시간이었다. 딸이 유치원에 다닐 때였다. 모처럼 데리러 가니 딸애가 너무 좋아서 깡충깡충 뛰면서 큰 소리로 "아버지가 날 데리러 왔어요"하고 소리치는 것이었다. 유치원 교사가 "얘가 오늘 웬일이지?"하고 깜짝 놀라 돌아보니, 아이를 데리러 온 사람이 그의 아빠인 까오펑린이어서 그 원인을 알 수 있었다고 했다.

그때 유치원 교사가 "오! 귀한 손님이 오셨군요."하고 까오펑린에게 농담을 하더라고 웃으면서 말했다.

까오펑린은 뛰어난 기예 때문에 많은 기업들에서 높은 월급으로 영입하려고 시도했었다. 심지어는 지금 월급의 몇 배를 더 주고, 베이징에 주택 두 채를 준다는 조건을 내걸기도 했다. 일반사람이라면 누가 이 같은 조건에 마음이 흔들리지 않겠는가? 아내조차 주택을 주고 자가용을 준다는데 가는 게 좋지 않느냐고 권고까지 했다고 한다.

과거 한 때 우주비행 관련 군수공업은 저조기에 처해 있었다. 제조해야 하는 임무가 많지 않았고, 업계에서 유명한 용접의 대가인 까오펑린조차도 대우가 그다지 높지 않았던 것이다.

지금이야 매년 20여 번이나 발사하는 횟수에 비하면, 그 시절 고급 제조업계는 엄동설한이었다. 이러한 시장의 충격 하에서 많은 기능을 가진 노동자들이 떠나갔다. 심지어 자신의 기예를 포기한 사람까지도 있었다고 했다. 그러나 까오펑린은 끝까지 썰렁한 작업장에서 용접 토치와 함께 남아있기로 결정했던 것이다.

"우리가 만든 엔진으로 로켓을 발사해 위성을 우주로 보낼 때마다 성공한다는 자부심이 생기곤 했습니다. 이걸 어찌 돈으로 살 수가 있겠습니까? 정말로 떠났다면 지금처럼 인정을 받았다는 만족감은 아마 없을 겁니다."

바로 이 같은 만족감 때문에 까오펑린은 줄곧 이곳을 지켜왔던 것이다. 35년간 130여 회의 '창정'계열 로켓이 그가 용접한 엔진의 추진으로 성공적으로 하늘로 날아오를 수 있었다. 이는 중국 '창정'계열 로켓 총 숫자의 절반 이상을 차지하는 것이다. 이 중에는 중국이 우주강국을 향해 나아가는 중요한 표지인 차세대 '창정'계열 로켓인 '창정 5호'와 '창정 6호', '창정 7호'도 포함된다.

오늘날에는 우주비행체를 제조함에 있어서 대량의 선진기술이 사용되고 있지만, 용접은 여전히 가장 중요한 핵심기술 중의 하나이다. 로켓의 연구 제작은 수많은 원사(院士), 교수, 선임 엔지니어들을 떠나서는 이루어질 수가 없다. 그러나 로켓이 설계도로부터 실물이 되기까지는 하나 또 하나의 용접이 필요하며, 많고 많은 일반 노동자들의 '장인 정신'을 필요로 하는 것이다.

까오펑린이 용접 품질을 검사하고 있다.

까오펑린은 항상 제일 마지막으로 퇴근한다. 퇴근하기 전 그는 고개를 돌려 작업장을 되돌아본다. 작업장에는 그와 동료들이 조금씩 노력해 온 결과물이 조용히 서있다. 반짝반짝 빛을 내는 로켓 엔진을 두고 그와 동료들은 '황금 아기'라고 부른다. 그것은 로켓 엔진에 대한 그들의 깊은 사랑의 감정 때문만이 아니다. 그것은 이 '황금 아기'가 그들의 기대를 듬뿍 담고 있기 때문이다.

"저렇게 놓아두니 얼마나 보기 좋습니까, 마치 예술품처럼 금빛이 반짝이지 않습니까? 아주 완벽하죠. 우리는 저걸 '황금 아기'라고 부릅니다. 우리 손으로 만들어 낸 거라 이 말입니다."

까오펑린은 "끊임없이 사물의 발전과정에 대해 파악하고, 최고 극치의 경지를 추구하는 것이 인류가 노력하는 방향이자, 우리 작업자들이 추구하는 노력 방향"이라고 말했다.

'장인 정신'이란 바로 자신과의 '겨룸'이다

까오펑린은 「대국 장인」 프로그램에 등장하는 첫 번째 인물이다.

까오펑린에 대한 인터뷰 임무를 처음 받았을 때만 해도 「대국 장인」 프로그램은 그냥 기획에 불과했다. 그러나 나에게 주어진 시간은 이틀뿐이었다. 그때 나는 생각했다. "내가 처음으로 취재를 하게 됐구나, 그럼 이 프로그램의 첫 취재 대상인 그는 어떤 사람일까…"

나와 몇몇 카메라맨은 두근거리는 심정으로 출발했다. 그때까지만 해도 많은 사람들은 카메라만으로 중국 CCTV에 나갈 작품을 만든다는 것이 좀 무책임한 일이지 않는가 하고 생각했다. 하지만 후에는 이것이 「대국 장인」 프로그램의 표지(標識)가 되다시피 했다.

까오펑린 씨는 결코 취재하기 쉬운 사람이 아니었다. 우선 그는 기술을 연구함에 있어서는 아주 깊숙이 빠져들 수 있었지만, 이성적이고 감정 표현이 비교적 적은 사람이었다. 자신이 하는 일에 대해 그는 '인류'라는 높은 차원에서 말하기를 좋아했다. 처음에 우리는 이러한 그의 태도에 익숙하지가 않았다.

그 다음으로는 그가 하는 일이었다. 첫째 날 우리는 까오펑린 씨가 하는 거의 모든 일들을 촬영했다. 그때로부터 우리는 앞으로「대국 장인」프로그램의 촬영 대상이 어떤 사람들일 것인가 하는 것을 알게 되었다. 그들이 손에 든 것은 용접 마스크와 용접 토치가 전부였다. 그리고 그들 모두의 동작은 두 가지밖에 없었다. 그 동작을 살펴보면, 첫째는 부품을 관찰하는 것이었다. 좌우와 위아래로 꼼꼼히 살펴보는 것이다. 그리고 두 번째 동작은 용접 토치를 들었다 놓는 일이었다. 우리가 '장인'이라고 부르는 사람들의 후광 뒤에는 이렇게 무미건조하고 반복적인 작업의 연속이었다.

그렇다면 어떻게 해야 장인의 창의력을 보여줄 수 있는 것일까? 나는 약간 걱정 되었다. 나는 동행인 허청(何成) 씨와 용접 마스크를 쓴 후의 시각으로부터 용접 작업에 대해 촬영해 보자고 했다. 나는 이번 취재가 에디슨의 전구를 발명하는 과정에서 필라멘트를 만들 수 있는 수많은 재료 중 알 맞는 것을 고르는 것처럼 반짝이는 영감도 필요하지만, 무엇보다도 끊임없이 새로운 시도를 할 필요가 있다는 것을 느끼게 되었다.

그런 느낌으로부터 작품 시작 부분의 로켓이 발사할 때 나오는 화염과 함께 어우러진 녹색의 빛 무리 장면이 만들어지게 된 것이다.

로켓이 발사될 때는 1,700초 가량 화염이 연소된다. 이 1,700초 동안의 안정적인 화염 연소를 위해 까오펑린 씨는 3만 번이나 이 녹색의 빛 무리를 주시해야만 했다. 더구나 이 모든 것은 대략 한 달이라는 시간 내에 완성되어야 했다.

한 달 동안 이 녹색의 빛 무리 속에 빠져 있어야 하는 것이고, 한 달 동안 한 번 그리고 다시 한 번 고도의 긴장 속에 빠져 있어야 하며, 근육도 따라서 고도의 긴장을 유지해야 했다. 용접 마스크와 용접 토치를 내려놓고도 그의 눈의 초점은 여전히 부품에 가 있었다. 그리고 입으로는 뭐라고 중얼거리고 있었는데 아직도 뭔가를 궁리하고 있는 것 같았다. 나는 까오펑린 씨에게 3만여 번이나 실수를 한 적 있는가 하고 물었다.

그러자 그는

"이건 실수를 용서하지 않습니다."

하지만 나는

"만약 한 달 동안 언젠가 실패를 경험하게 된다면…"

하는 의심이 들었다.

나는 까오펑린 씨가 기술적 난제에 부딪칠 때마다 주변 사람들이 점점 적어진다고 했던 일이 생각났다. 그는 일에 대해 열정이 식은 여러 사람들을 집으로 돌려보냈었다. 하지만 그의 표정과 어투에는 유감이나 실망 같은 것이 전혀 보이지 않았고, 떠나는 사람들에 대한 원망 같은 것은 더구나 없었다. 있다면 "오로지 꼭 해내야만 한다, 꼭 해낼 수 있다, 반드시 해낼 것이다"라는 굳센 의지뿐이었다. 그것은 체력에 대한 도전이자, 인간의 의지력에 대한 연마였다.

나는 까오펑린 씨가 왜 '인류'라는 단어를 입에 달고 다니는지 이해되기 시작했다.

먼저 생각한 것은 어느 날엔가 우주에서 외계인이 인류를 만난다면, 아마 우리의 로켓 엔진을 스캔하는 것으로써 인류의 문명 정도를 판단할 지도 모른다는 것이었다. 그날이면 아마 까오펑린 씨가 용접한 용접 비드가 우주에서 '인류'에 대해 정의를 내리는 척도가 될 수도 있을 것이라고 생각되었다.

다음으로 어느 날엔가 산업분야에서 로봇이 인간을 대체하게 된다면, 그들이 스마트 칩으로 배우는 첫 번째 보조자가 아마도 차가운 기계 팔을 이용해 까오펑린 씨가 용접 토치를 들고 느끼던 압력과 어려움을 모사하고 느끼는 것이 될 것이다.

마지막으로 "끈질긴 정신력과 집중력, 그리고 완벽함의 극치를 추구하는 것이 바로 인류가 찬란한 문명을 창조해 낼 수 있었던 내재적 동력이 아닐까?" 하고 생각했다. 어쩌면 이것이 바로 장인이 우리가 사는 이 세상에 존재하는 의미일지도 모른다.

우제(吳杰) : 중국 중앙라디오텔레비전방송총국
CCTV 뉴스센터 기자

멍젠펑^{孟剑锋}
참각^{鏨刻}7인생

인물 소개

멍젠펑(孟剑锋)은 베이징공메이그룹(北京工美集团) 워라페이(握拉菲) 액세서리유한회사 고급 기능사로 20여 년간 공예미술 작업에 종사해 왔다. 그는 전국직원직업도덕창립모범(全国职工职业道德建设标兵), '국유기업 모범·베이징 본보기'이며, '수도 노동메달'을 획득한 인물이다.

그는 CCTV 다큐멘터리 「대국 장인」에 보도된 이 업계의 유일한 대표 주자로 그는 "'2탄1성(两弹一星, 원자탄·수소탄과 인공위성)' 과학가 공훈메달", "'선저우(神舟)' 계열 우주영웅 메달", "아시아태평양경제협력체(APEC)회의 증정품", "'일대일로' 정상회의 증정품" 등 국가급 프로젝트의 제작에 참여해 뛰어난 실적으로 업계의 모범이 되었다.

전통 문화를 널리 알리고, 전통 기예를 전승하며, 평범한 작업에서 자신의 가치를 실현하는 것이 멍젠펑이 꾸준히 분투하며 견지해 온 목표이다.

---

7) 참각(鏨刻) : 금속에 조각을 새기는 기법.

멍젠펑(孟劍鋒) 베이징공메이그룹(北京工美集団) 워라페이(握拉菲)액세서리유한회사 고급 기능사.

요지(要旨)

참각(鏨刻)은 중국에서 3000년간의 역사를 지녀온 오래된 수공예 기능을 말한다. 장인은 끌로 금·은·동 등 금속 위에 천변만화(千變萬化, 변화가 무궁함을 의미함-역자 주)의 부조 도안을 새겨 넣는다. 2014년 아시아태평양경제협력체(APEC) 베이징회의 기간 동안 각국의 정상 부인들에게 증정한 '허메이(和美)' 과일 쟁반은 중국의 오래된 참각공예로 만든 것으로, 바로 참각 기예의 대가인 멍젠펑 씨의 손에서 나온 것이다.

중국 국가 증정품 '허메이(和美)'

멍젠펑이 작업실에서 창작에 열중하고 있다.

참각은 중국에서 근 3000년의 역사를 가진 오래된 전통 공예이다. 2014년 11월 아시아태평양경제협력체(APEC) 회의가 베이징에서 열렸다. 회의기간에 중국의 첩각공예는 각국 원수들에게 작은 에피소드를 남겨주었다. APEC 회의의 관례대로 시진핑(习近平) 중국 국가주석과 부인 펑리위안(彭丽媛) 여사는 회의에 참석한 여러 나라 지도자와 부인들에게 중국 베이징의 역사·문화와 공예 특색이 있는 기념선물을 준비해야 했는데, 이렇게 준비된 선물 중에 '허메이(和美)'라는 이름의 과일 쟁반이 있었다. 황금색의 과일 쟁반에 부드러운 스카프가 놓여 있었기에 보는 사람들마다 자신도 모르게 손을 뻗어 스카프를 쥐려고 했지만 아무 것도 쥐어지지 않았다. 과일 쟁반에 놓여 있는 것 같은 스카프가 사실은 과일 쟁반과 혼연일체가 되어 있는 작품임을 발견한 사람들은 감탄을 금치 못했다.

정교하기 짝이 없는 이 증정품이 바로 중국 공메이그룹 참각 공예가인 멍젠펑 씨가 만든 것이다. 베이징은 현대화된 국제 대도시로 생활 주기가 빨라서 이른 아침부터 바삐 움직이는 사람들로 분주하다. 멍젠펑도 그들 중 한 사람이다. 그는 베이징 시내 절반을 가로질러 올림픽공원 부근에 있는 회사로 출근한다. 거기에는 그가 일한 지 20여 년이 되는 작업장이 있다. 이 작업장에 들어설 때마다 그는 떠들썩한 현대생활에서 벗어나 순식간에 마음의 안정을 찾을 수가 있다.

이는 1980년대에 지어진 2층짜리 오래된 건물로 아무런 현대적인 느낌도 없는 구조가 단순하고 발라진 색감 또한 어두우며, 공기 중에는 금속을 담금질한 후의 냄새로 자욱하다. 바로 이 낡은 공장 건물 안에서 멍젠펑 씨와 다른 기능공들은 금속에 대해 정련(精鍊, 잘 단련시키는 것-역자 주)하고, 세선(細線)과 세공(細工)을 통해 정형(整形)하며, 마지막으로 참각하기까지의 과정을 거쳐 아름다운 작품들을 만들어 내는 것이다. 그중에는 "APEC회의의 증정품", "'2탄 1성(兩彈一星)' 과학가와 우주영웅에게 주는 메달"이 있으며, 기타 전통 공예 장식품도 상당수가 있다.

1층 긴 통로의 양쪽에는 서로 다른 공예 작업장이 있는데, 말이 작업장이지 사실은 30~40m²의 작은 방에 지나지 않는다. 바로 그중의 한 작업장에서 멍젠펑 씨가 제자를 데리고 옛날 작법으로 금속을 제련하고 있다. 이는 공예품을 만드는 제일 첫 번째 절차이다. 멍젠펑 씨는 작업복에 앞치마를 두르고 팔뚝까지 오는 두꺼운 장갑을 끼고 있다. '펑'하는 소리와 함께 그는 용광로에 불을 달궈 은덩이를 가열해 녹이기 시작했다. 용광로의 불빛이 멍젠펑 씨의 얼굴을 붉게 물들였다. 고열이기 때문에 금방 땀이 줄줄 흐르기 시작했지만, 그는 아예 땀을 닦을 생각조차 하지 않고 한곳에만 집중하고 있다.

2층의 한 작업실 문 끝에는 "멍젠펑 전국 고급 공예미술 기사 작업실"이라는 간판이 걸려 있다. 국가 차원의 외교 중에 상대국에 주는 증정품을 제작하는 가장 어려운 작업이 바로 여기에서 완성되는 것이다. 참각에 사용되는 특수 도구를 끌(鏨子, 참자)이라고 한다. 서로 다른 끌은 굵기와 폭이 다를 뿐만 아니라 밑 부분에 원형, 자잘한 무늬, 반달 모양 등 서로 다른 모양의 무늬가 있다. 장인은 끌을 두드리며 금·은·동 등 금속 위에 천변만화하는 부조 도안을 새겨 넣는다.

'땡땡, 땡땡', 작업실에서 멍젠펑 씨는 왼손으로 끌을 은 조각 위에 괴고, 오른손으로는 작은 망치를 들고 끌 위를 두드린다. 이렇게 한 번 또 한 번씩 참각을 함에 따라 은 조각 위에는 한 가닥씩 무늬가 나타나기 시작한다. "장인이 일을 잘하려면 좋은 연장이 있어야 한다"는 말이 있다. 정교로운 참각 작품을 만들려면 좋은 끌부터 만드는 것이 매우 중요하다. 업계의 말로 이를 두고 "끌을 낸다."고 한다. 중국 전통 공예로서 참각은 많은 끌 양식이 유전되어 왔다. 하지만 새로운 공예품을 창작하려면 매번 새로운 끌을 만들어 내야 한다. 이 또한 혁신이 필요하다.

APEC 회의의 국가 외교 선물인 '허메이' 과일 쟁반 조형은 등나무로 엮은 듯한 거친 질감의 금색 과일 쟁반에 부드러운 질감의 은색 스카프를 접어놓은 듯한 모양으로 스카프 위의 은은한 꽃무늬가 또렷하고도 자연스러워 눈길을 끈다. 특히 광선 아래에서 과일 쟁반을 흔들면 스카프의 디테일한 견사(絹紗) 무늬와 쟁반의 등나무 결이 남김없이 드러나는데, 스카프의 유연함과 섬세함이 분명하게 부각되어 있을 뿐만 아니라 등나무의 고풍스러움과 자연스러움도 잘 나타나 있다. 과일 쟁반의 등나무 결의 거친 질감과 스카프의 윤택감을 나타내기 위해 멍젠펑 씨는 반복적으로 다듬고 시험해 본다. 특히 스카프의 은은한 무늬를 잘 나타내기 위해 얼마나 여러 번 시험을 했는지 그 자신도 기억하지 못한다고 했다. 하지만 무엇인가 지속적으로 충분하지 못하다는 느낌, 완벽하지 못하다는 느낌이 들었기에 멍젠펑 씨는 작업장에 있든, 집에 돌아가든 귀신에게라도 홀린 듯이 끊임없이 그에 대한 생각만 했다고 한다. 심지어 꿈속에서조차 어떻게 새 끌을 낼 것인가 하는 꿈을 꾸었다고 했다. 이렇게 한 달여 동안 반복적으로 궁리한 끝에 멍젠펑 씨는 직접 30여 개의 끌을 냈다. 그중 가장 작은 것은 확대경 밑에 놓고 꼬박 5일 동안을 만들었다고 한다. 멍젠펑 씨는 1㎟ 미만의 끌 위에 20여 가닥의 가는 무늬를 새겼는데, 이 무늬들은 지름이 대략 0.07㎜로 머리카락만큼이나 가늘다. 게다가 이 무늬는 선과 선 사이의 간격이 완전 일치하고 깊이와 방향도 똑 같다. 제작할 때 조금이라도 조심하지 않으면 이미 새긴 무늬를 쓸어버릴 수가 있어 처음부터 다시 만들어야 했다.

멍젠펑 씨의 작업 대 위에는 수십 개의 끌이 붓처럼 캔에 꽂혀 있다. 자세히 살펴보면 끌들이 모두 머리가 위로 향하게 꽂혀 있는 것을 발견할 수 있다. 거꾸로 꽂힌 끌은 단 하나도 없다. 멍젠펑 씨는 이 끌들에 깊은 애정을 갖고 있다. 그것들은 모두 멍젠펑 씨가 애지중지하는 보배이다. 끌의 머리가 캔에 부딪치거나 마모되는 등 조금이라도 흠이 갈까봐 걱정이 되어 소중히 다루어야 하기 때문이다.

이렇게 끌을 냄으로써 나라의 외교상에서 필요한 증정품을 만드는 제일 첫 단추는 끼운 셈이다. 하지만 그 다음의 도전이 더 어렵다. 가장 어려운 것이 바로 수백만 번 이상 정으로 끌을 내리치는 일이다. 그 수백만 번 중 단 한 번이라도 실수가 생기면 처음부터 다시 시작해야 하기 때문이다. 은 조각을 두께가 0.6㎜밖에 안 되는 얇은 조각으로 두드려 만든 후, 그 위에다 "그림을 그려야" 한다. 도안에 따라 여러 가지 끌로 조금씩 필요로 하는 무늬를 만드는 것이다.

쟁반의 등나무무늬는 상대적으로 거친 것이어서 멍젠펑 씨 입장에서 말하면 전혀 문제가 되지 않지만, 스카프 무늬를 조각하는 건 큰 도전이 아닐 수 없었다. 스카프에는 전통적인 보상화문[8]과 권초문[9]을 새겨 넣어야 했다. 이런 무늬는 부귀와 길상, 복을 상징하며, "사이가 좋다(和美)"라는 의미를 나타내는데, 각 나라들이 함께 세계 경제네트워크를 만들자는 소망을 상징하기도 한다. 하지만 바로 이같이 섬세하고 아름다운 문양을 조각할 때면 멍젠펑은 감히 숨조차 크게 내쉬지를 못했다.

멍젠펑은 한 손에는 작은 망치를, 다른 한 손에는 끌을 쥔 채 두 눈을 똑바로 뜨고 호흡을 가다듬은 채, 은 조각 위에 한 땀 한 땀씩 새겨 나갔다.

스카프 위의 도안을 더 완벽하게 표현하기 위해, 그리고 스카프를 아무렇게나 접어 놓은 듯한 부드러운 질감과 촘촘한 꽃무늬를 나타내기 위해서는 가로세로 점과 선이 교차되어야 했다. 심지어 1㎜도 되지 않는 작은 주름에도 선의 방향에 따라 무늬를 새겨야 했다.

그렇게 망치로 두드릴 때마다 멍젠펑 씨는 단 한 번에 하나의 무늬가 이루어지도록, 절대 다시 보수하지 않도록 자신에게 요구했다. 그

---

8) 보상화문(寶相華紋) : 불교 그림이나 불교 조각 같은 데 쓰이는, 보상화를 주제로 하는 덩굴무늬.
불교 그림이나 불교 조각 같은 데 쓰이는, 보상화를 주제로 하는 덩굴무늬.
9) 권초문(卷草紋) : 당초문(唐草紋)이라도 하는데, 식물의 형태를 일정한 형식으로 도안화시킨 장식 무늬의 일종이다. 당초문의 장식 요소는 민족의 조형 양식의 특질을 잘 나타내 주고 있으며, 각기 그 발생 지역에 따라 특성을 달리 하여 지역적 특성을 잘 나타낸다. 당초 양식은 우리 나라에도 많은 영향을 끼쳐서 고대 미술의 고분 벽화에서부터 조선 시대의 도자기·상감(象嵌)에 이르기까지 다양한 의장문양으로 나타난다.

렇지 않으면 무늬가 중첩되거나 이음매가 생길 수 있기 때문이었다. 사실 일반인은 절대로 그 흔적을 발견해 낼 수가 없다. 하지만 멍젠펑 씨는 이를 용인할 수가 없었다. 그의 말을 빌린다면 모든 제품마다 극치의 완벽함에 도달해야만 하는 것이다. 이 같은 극치의 완벽함에 도달하기 위해서는 작업 시 반드시 온당하고 확실해야 하며, 결단성이 있어야 했다. 하지만 은 조각은 두께가 0.6㎜ 밖에 되지 않기에 참각을 할 때 자칫하면 구멍이 뚫릴 수 있는 것이다. 그러므로 손에 얼마만큼의 힘을 주어야 하는가에 특별히 조심해야 한다. 이렇게 근 백만 번을 새겨 나가는 사이에 단 한 번이라도 딴 곳에 마음을 써서는 안 된다. 단 한 번의 실수라도 생기면 처음부터 다시 시작해야 하기 때문이다.

멍젠펑 씨가 박스에 소중히 보관한 특제 끌.

극치를 추구하는 것. 이것은 멍젠펑 씨가 스스로에게 제정한 기준이다. 쟁반과 스카프가 극도로 완벽해야 할 뿐만 아니라, 쟁반을 받쳐주는 4개의 중국 매듭 또한 극치의 완벽함에 도달해야 한다. 이 때문에 멍젠펑 씨의 오른손에는 굳은살이 두텁게 박혀있다.

흔히 보는 중국의 매듭은 빨간 끈과 같은 부드러운 것들로 만들어진다. 끈은 서로에게 끼워 넣고 매듭을 만들기에 편리하기 때문이다. 하지만 '허메이' 쟁반을 받쳐주는 4개의 중국 매듭은 은사로 만든 것이다. 금속으로서 은은한 불을 만나면 연해지게 마련이다. 하지만 조금 구부리는 사이에 벌써 단단하게 변해버린다. 그러므로 수공으로 은사를 이용해 중국의 매듭을 만드는 일은 모든 기술자들이 감히 생각지도 못하는 것이다. 사람들은 기계로 중국의 매듭을 주조해 쟁반에 용접하려고 했다. 하지만 그렇게 주조된 은사에는 기포가 있었다. 지극히 작은 기포였지만 멍젠펑 씨는 그저 지나칠 수가 없었다.

20여 년간의 작업 경력을 가진 멍젠펑 씨는 중국 수공예품에 깊은 애정을 가지고 있었다. 그가 보기에 모든 작품들은 자신만의 독특한 생명력이 있는 것이다. 또한 흠집이 없고 순수 수공작업으로 만든 것만이 국가차원의 외교 증정품이 될 자격이 있는 것이다. 멍젠펑 씨는 나라를 대표하는 이 증정품을 반드시 완벽하게 만들어 중국 사람들이 5000년 동안을 이어온 문화의 기예를 고스란히 담아내야 한다고 생각했던 것이다.

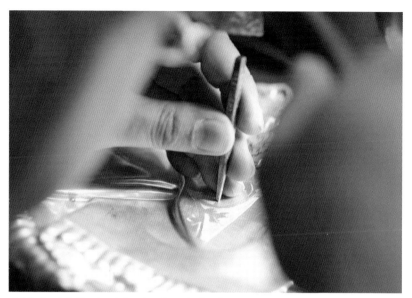
멍젠펑 씨는 한 손에는 작은 망치를, 한 손에는 끌을 쥐고 아주 세밀하게 새겨 나갔다.

　이 때문에 고집스러운 멍젠펑 씨는 수공으로 중국의 매듭을 엮었다. 그는 은사(銀沙)에 열을 가해서는 구부리고, 또 열을 가해서는 다시 구부리고, 또 열을 가해서는 서로에게 끼워 넣고, 다시 열을 가해서는 형태를 조정하는 등 일련의 작업을 진행했다. 그리하여 한 번 매듭을 짓는 데에만 수십 번씩 이 동작을 반복해야 했다. 이렇게 작업을 하다 보니 그의 손에는 한 층 또 한 층씩 물집이 생겼다. 그는 매일 집에 돌아가서는 물집을 터 쳐야 했다. 이튿날 물집이 마르면 그 자리를 손톱깍이로 잘라내고는 다시 작업을 시작했다. 중국의 매듭을 만드는 날들 동안 멍젠펑 씨는 날마다 이와 같은 일을 거듭했다.
　그때의 일을 돌이키며 멍젠펑 씨의 아내는 자기도 모르게 눈물을 흘렸다고 한다. '허메이' 과일 쟁반은 과연 사람들의 기대를 저버리지 않았다. 각국의 정상들과 부인들은 중국의 고풍스러운 공예에 감탄을 금치 못했을 뿐만 아니라 일반 대중들도 놀라움을 금치 못했다. 왕푸징(王府井)공예미술빌딩에 전시된 '허메이' 과일 쟁반을 본 사람들은 모두 찬탄을 금치 못했다. 하지만 그 배후에는 멍젠펑 씨가 22년 동안 예술에 대한 꾸준한 추구와 헌신의 노력이 깃들어 있다는 것을 그들은 잘 알지 못할 것이다.

회사 내에서 멍젠펑 씨의 제자가 되는 것은 아주 영예로운 일일 뿐만 아니라 또 아주 어려운 일이기도 하다. 제자를 고를 때 멍젠펑 씨가 가장 우선시하는 것은 기술에 대한 끈질긴 추구 즉 이 업계에서 일하는 것을 좋아하느냐 하는가의 여부이다. 멍젠펑 씨는 이 직업을 좋아하지 않는 사람은 모든 애정과 정력을 일에 쏟을 수 없다고 생각한다. 이는 또한 멍젠펑 씨 자신의 모습이기도 하다.

제자를 가르치는데 멍젠펑 씨는 줄질부터 연습하라고 한다. 사람들은 일반적으로 줄질이 아주 간단하다고 생각한다. 하지만 멍젠펑 씨가 요구하는 바는 다르다. 그는 제자들이 줄을 쥐는 데서부터 힘을 주는 데까지 하나하나 직접 가르친다. 이렇게 가르치려면 멍젠펑 씨 자신부터 진땀을 흘려야 했다.

멍젠펑 씨가 이렇게 확실하게 제자를 가르치는 것은 자신의 체험으로부터 나온 것이다. 과거 멍젠펑 씨가 막 공장에 들어왔을 때 스승이 바로 이렇게 기본기부터 익히게 했던 것이다. 그때 멍젠펑 씨는 날마다 몇 시간 씩 줄질을 연습했다. 한참을 지나자 멍젠펑 씨는 배우기가 싫어졌다. 무미건조한 동작 하나를 날마다 연습하는 것에 재미가 없어졌다고 느끼게 되었고, 스승이 다른 기술은 가르쳐주지 않는다고 생각했던 것이다.

멍젠펑 씨가 다소 낙심하고 있을 때 역시 끈질긴 성격이었던 그의 어머니가 끝까지 버티도록 권고했다고 한다. 어머니는 그에게 기왕에 선택한 일이라면 중도에 그만두지 말고 끝까지 노력해야 한다고 말했던 것이다. 어려움에 부딪치자마자 바로 물러서면 아무 일도 해낼 수 없다고 그를 가르쳤던 것이다.

멍젠펑 씨는 어머니의 엄격한 가르침을 받아들였다. 동시에 그는 어머니의 깊은 사랑도 느낄 수가 있었다. 그가 매일 얼마나 늦게 집에 돌아가든 어머니는 단 한 번도 먼저 잠든 적이 없었다. 항상 그가 돌아오기를 기다리곤 했다고 한다.

어머니는 그에게 믿음과 용기를 주었다. 그는 스승의 요구대로 매일 기본기를 연습했다. 줄질하는 이 같은 동작 하나를 두고 멍젠펑 씨는 근 1년이나 연습했다고 한다.

지금 멍젠펑 씨는 이미 국가 고급 공예미술사로 인정받고 있다. 하지만 항상 완벽함을 추구하는 그는 아직도 자신의 기능에 만족하지 않고 있다. 그는 공예미술 일을 잘 하려면 회화에 대해서도 알아야 한다고 생각했다. 그리하여 시간만 있으면 아내와 함께 사생(寫生)도 하고 스케치도 한다. 참각을 할 때면 날렵하던 그의 두 손이 화필을 들면 어쩐지 서툴러 보인다. 하지만 과거 줄질을 연습할 때와 다름없이 멍젠펑 씨는 끝까지 해낼 결심이 서있다. 그는 공장의 디자이너를 스승으로 삼아 회화를 공부하고 있다. 언젠가는 반드시 평가받는 회화작품을 내놓을 수 있을 것이라 믿고 있다. 멍젠펑 씨는 중국의 오래된 기예에 대한 애정과 경외심을 갖고 끊임없이 자신을 극복하고 극치에 이를 수 있는 수준을 추구하며 인생을 참각하고 있는 것이다.

'장인 정신'으로 프로그램을 '참각하다'

2015년 4월 하순 나는 「대국 장인」 "'5.1'노동절 특별 프로그램"을 취재·제작하라는 특수 임무를 받았다. 거시경제 관련 취재 기자로서 당시 나는 "1분기 민간경제의 궤적"이라는 특별 프로그램을 막 완성하고, 「일대일로(一帶一路), 공동 번영」이라는 프로그램을 제작 중이었다. 연속 2주 가까이 밤샘작업을 해 온 나로서는 체력이 바닥난 상태였다. 게다가 나이까지 젊지 않은지라 그냥 푹 쉬고만 싶었다.

그럼에도 불구하고 나는 곧 취재 대상인 멍젠펑 씨에게 전화를 걸었다. 기자로서의 직업윤리를 지키기 위한 것도 있었지만, '대국 장인'에 대한 관심 때문이기도 했다. 그때까지만 해도 '장인'이라는 단어는 지금처럼 사람들의 관심을 끌지 못했었다. 하지만 나는 어쩐지 '대국 장인'이라는 네 글자에 나도 모르게 끌려들어갔다.

그리하여 나는 또 다른 '전투'를 시작했다. '전투'라는 단어를 쓰는 것은 조금도 지나치지 않다고 본다. 그것은 진짜 전투였기 때문이었다. 실패해서는 절대 안 되는 전투였다. 당시는 방송 및 심사까지 6일밖에 남지 않았었다. 6일이라는 시간은 일반 뉴스 한 편을 취재해 제작하기에도 부족한 시간이었다. 그러니 내용은 물론 촬영과 제작 등 여러 면에서 모두 지금까지와는 달리 혁신에 가까운 공을 투자해야 할 프로그램이었음은 더 이상 말할 나위도 없을 것이다.

먼저 촬영 장비부터 이야기 해보자. 일반적인 뉴스 촬영은 파나소닉 P2 카메라 한 대면 족하지만, 「대국 장인」 프로그램을 촬영하려면 고화질 카메라는 물론 조명과 녹음 설비도 필요했다. 최상의 화면 효과를 위해 우리는 소니 F5, 캐논 5D3, 파나소닉 P2 고화질 카메라, 그리고 이 설비들의 삼각대 3대, 카메라 렌즈 6개, 유선 마이크와 무선 마이크, 붐 마이크, 음향 콘솔, LED라이트 3개, 헤드 램프 1개, 모니터 1개, 촬영 트랙, 애플과 EDUS 편집용 컴퓨터, 하드 디스크 등을 가져갔다. 차 트렁크와 뒷좌석이 가득 차서 차머리가 들리기까지 했다. 그러니 촬영은 더 이상 말할 것도 없고, 설비를 빌리는 일과 운반, 그리고 램프 설치, 렌즈 바꾸기, 촬영 트랙 깔기 등만으로도 나와 촬영 기사 두 사람은 지쳐버리고 말았다.

우리 팀은 모두 세 사람이었는데 녹음사 한 사람을 제외하고 운전까지 포함해 모든 일을 나와 촬영사 사오천(邵晨)씨 둘이서 했다. 제일 첫째 날, 멍젠펑 씨 회사에 도착했을 때 우리가 차에서 꺼내놓은 설비들을 보고 그는 깜짝 놀라워했다.

멍젠펑 씨도 베이징에 있었으므로 취재는 외지 출장이 필요하지 않아 아주 편리한 것 같았지만 사실 그게 아니었다. 나와 사오천 씨는 통저우(通州)에 살았고, 멍젠펑씨 회사는 하이뎬(海淀)에 있었다. 베이징을 잘 아는 사람이라면 이 거리가 얼마나 먼 거리인지 잘 알고 있을 것이다. 게다가 차까지 막히다 보니 우리는 매일 4시간 이상 길에서 허비해야 했다. 아침 6시에 떠나 밤 12시에야 집에 돌아올 수 있었다. 단 이틀의 촬영에 또 소재를 편집 컴퓨터에 복사해 방송국에 전송해야 했다. 밤 12시에 집에 도착해서 제일 첫 번째로 하는 일은 바로 컴퓨터를 켜고 촬영한 화면을 방송국에 보내는 일이었다. 그렇게 다 전송하고 나면 새벽 2시가 되었다. 하지만 5시가 좀 넘으면 바로 일어나 이튿날의 촬영을 시작해야 했다. 그러나 사람을 괴롭히는 것은 이처럼 강도 높은 촬영 작업이 아니라 엄청난 심리적 압박이었다. 멍젠펑 씨는 중국 전통 기예에 대한 깊은 애정으로 끊임없이 극치를 추구하고 완벽함을 추구했다. 언론인으로서 20여 년 동안의 직업 생애에서 나도 본 직업에 대한 애정을 갖고 있었으며 끊임없이 완벽함을 추구하고 혁신을 추구했다. 그러므로 프로그램 제작 시간이 빠듯하다는 등의 조건은 빌미가 될 수 없었다. 나와 사오천 씨는 반드시 정품을 내놓겠다는 신념을 가지고 있었다. 멍젠펑 씨의 회사는 1980년대에 지은 낡은 공장 건물이었다. 그리고 그가 하는 일은 아주 작은 오차도 허용하지 않는 미세한 일이었다. 다른 장인들과 비교해 볼 때, 특히 우주비행 분야의 장인들과 비교해 볼 때, 이곳에는 웅장한 현대식 건물과 눈부신 대형 기계 설비들이 없었다. 촬영 환경도 매우 나쁘다고 할 수 있었다. 광선이 어둡고 공간이 단조롭고 협소했다. 그러므로 모든 촬영은 반드시 구상을 하고, 조명을 설치해야 했다. 그렇지 않으면 카메라 렌즈에 비친 모습이 어둑어둑하고 재미가 없어 제대로 볼만한 멋이라고는 하나도 없었다. 첫날 사오천 씨는 머리를 쥐어짜고 땀을 비오듯이 흘리며 20시간 동안 바쁘게 움직였다.

그러고 나니 이튿날에는 심리적·체력적인 이중 압력을 받게 되어 어지럼증, 메스꺼움, 구토 등의 반응이 일어나기까지 했다. 하지만 그는 잠시 휴식을 취하고는 곧바로 촬영에 들어갔다. 뿐만 아니라 매 하나의 장면을 조금도 소홀함이 없이 완벽하게 촬영해 냈다. 그리하여 나중에 나온 화면 효과를 보고 많은 친구들은 혀를 내둘렀다. 멍젠펑 씨의 완벽함을 추구하는 이미지, 그리고 중국 첨각 기예의 정교로움과 아름다움이 완벽하게 구현됐기 때문이었다. 촬영 이틀 후부터 나는 프로그램 제작에 필요한 원고를 집필했고, 그 후에는 후기 제작에 들어갔다. 사오천 씨는 상황을 자세히 알아보고 난 후에는 고온의 날씨였음에도 혼자 왕푸징에 가서 촬영을 해서는 소재를 방송국으로 전송했다. 편집진 동료들의 협조로 이틀 사이에 후기 제작도 마칠 수 있었다. 그날 새벽 4시 방송국에서 나올 때는 날이 아직 채 밝지도 않은 시간이었다. 나는 편집진의 젊은 친구인 캉캉(康康)을 집에까지 데려다 주었다. 길에서 나는 새벽빛이 조금씩 도시를 밝히는 것을 보며 안전하게 운전해 집에 돌아갔다. 나는 스스로 내 자신의 체력에 감탄했다. 뉴스센터의 쉬창(许强) 부센터장이 프로그램을 검토한 후, 취재와 제작이 잘 됐다고 평가해주었다. 일이 끝났으므로 푹 쉴 수는 있었지만 나는 어쩐지 잠이 들 수가 없었다. 서둘러 제작하다 보니 일부 장면은 편집이 이상적으로 되지 못해 내가 생각하는 완벽함에 도달하지 못했기 때문이었다. 그리하여 나는 하루 휴식을 포기하고 방송국으로 가 화면을 되찾아서는 만족스럽지 못한 부분을 조금씩 수정했다. 그러다 보니 어느 새 또 새벽 1시가 되었다.

집에 돌아갔을 때에는 새벽 3시였다. 아침 8시 '자오원톈샤(朝闻天下)' 뉴스에서 프로그램이 방송되는 걸 보면서 나는 이를 악물고 버틴 보람이 있었고, 모든 노력이 가치가 있었다고 생각하게 되었다.

나와 동료들이 이렇게 몰입해서 헌신적으로 일할 수 있었던 것은 우리의 직업에 대한 정신 외에도 취재 대상이자 '대국 장인'인 멍젠펑 씨의 격려가 컸다고 생각된다.

촬영 전까지만 해도, 나는 참각이 무엇인지 몰랐고, 또한 공예미술 업계에 대해 아무 것도 알지 못했다. 하지만 단 이틀 사이에 멍젠펑 씨는 우리에게 무엇이 참각인가를 알려주었으며, '참각의 정신'을 느끼게 해 주었다.

멍젠펑 씨는 융통성이 전혀 없고 고집도 매우 셌다. 인터뷰 내내 우리는 끊임없이 "이렇게 작은 차이가 그리 중요한가? 거의 알아볼 수 없는 흠집에 그렇게까지 신경 쓸 필요가 있는가?"하고 묻곤 했다. 그의 대답에는 '극치'와 '완벽함', '초월' 등의 단어가 자주 나왔다.

내가 가장 감동받은 것은 멍젠펑 씨가 하는 일이 다른 '대국 장인'들과는 전혀 다르다는 점이었다. 로켓, 잠수기, 대형 비행기, 대형 선박 등 작업에는 모두 명확한 기준이 있고, 어떠한 정밀도에 도달해야 한다는 요구조건이 있었다. 또한 그것들은 모두 숫자로 측정할 수 있는 것들이었다. 게다가 그 작업에서 요구하는 수준에 도달하지 못하면 사람의 생명이 위험해 질 수 있고, 엄청난 재난이나 손실을 가져올 수도 있었다. 그러니 책임감이 있어야 하는 것은 아주 명백한 일이었다. 그러나 멍젠펑 씨가 하는 일은 공예미술이다. 즉 예술품을 만드는 것으로 반드시 필요한 기준이라는 게 없었다. 조금 어긋나는 점이 있다 해도 결코 생명에 대한 안전이나 혹은 중대한 재난이 발생하는 것은 아니었다. 다만 한 장인으로서의 솜씨에 관련된 문제이고, 나아가서는 장인의 양심에 관련되는 일일 뿐이었다. 하지만 멍젠펑 씨는 그렇게 해냈다. 나는 프로그램을 만들면서 끊임없이 "그의 '장인 정신'이란 도대체 어떤 것인가?" 하는 것을 찾으려 했다. 바로 그 과정에서 나는 '장인 정신'의 소중함과 위대함을 느낄 수가 있었다. 이와 함께 그는 내가 자신을 이겨내고 지금의 어려운 상황을 극복할 수 있도록 격려해 주었다. 그리하여 시간이 긴박함에도, 매우 피곤한 상황에서도 여전히 가장 훌륭한 프로그램을 만들어 낼 수 있었고, 프로그램의 품질을 추구할 수 있었던 것이다. 그런 점에서 우리의 이 프로그램도 "장인 정신"으로 '참각'해 낸 것이라 할 수 있을 것이다.

리신(李欣) 중국 중앙라디오텔레비전방송총국
CCTV 뉴스센터 기자

꾸치우량顧秋亮
'량스兩丝' 조립공

인물 소개

꾸치우량(顾秋亮) 씨는 중국선박중공업그룹회사 제702연구소 직원이다. 2015년에 퇴직한 고급 기능사이다. 중국에서 최초로 자체적으로 설계 제작한 심해 유인 잠수함인 '자오롱호(蛟龙号)'의 연구개발에 참가했으며, '자오롱호'의 총 조립팀 팀장을 역임했다. 퇴직 후에는 풍부한 경험과 그의 직업에 대한 수준을 높이 평가하여 '심해용사호(深海勇士号)'의 연구 제작에 복귀해 중요한 부품의 장착을 책임지는 일을 했다. 그는 검측기구 없이 눈짐작과 손으로 만지는 것만으로 '량스(两丝)[10]의 정밀도를 판단해 낼 수 있어 동료들로부터 꾸량스(顾两丝)로 불리 운다.

---

10) 사(絲) : 0.01mm의 속칭.

꾸치우량(顾秋亮) 중국선박중공업그룹회사 제702연구소 고급 기능사.

요지(要旨)

심해 유인 잠수함은 10만여 개의 부품이 들어가는데, 조립에서 가장 어려운 것은 밀봉성(密封性)[11]으로, 정밀도가 '사(丝)'급으로 요구된다. 중국 유인 잠수함 조립에서 이 정밀도를 실현할 수 있는 사람은 꾸치우량 씨 한 사람뿐이다. 이 같은 절기(絶技)가 있기에 꾸치우량 씨는 '꾸량스(顾两丝)'로 불리 운다.

"각자 주의합시다, 잠수함을 내리겠습니다."

꾸치우량 씨 머리 속의 이 목소리는 너무나도 익숙하다. 이것은 '자오롱호(蛟龙号)의 해상시험 현장을 총지휘하는 류펑(刘峰)의 잠수하라

---

11) 밀봉성(密封性) : 실(seal) 부분을 통하여 유체가 누설되거나 이물질이 침입하는 것을 방지 또는 제어할 수 있는 성능을 말한다.

는 지령이다. '자오롱호'는 이 지령에 따라 천천히 모선인 '샹양훙(向阳红)의 갑판에서 들려져 심해에 내려지게 되어 심해를 탐색하고 성능을 검증하게 된다.

심해에서는 손톱만한 면적이 받는 수압이 1kg이다. 1사는 0.01mm, 즉 머리카락 굵기의 1/10만큼 가늘다. 유인 잠수함은 모든 밀봉면의 조립 정밀도가 반드시 몇 사 정도에 도달해야 잠수함이 심해에서 물이 새지 않을 뿐만 아니라 거대한 수압을 완충시킬 수 있다. 중국의 유인 잠수함 조립에서 이와 같은 정밀도를 달성할 수 있는 사람은 꾸치우량 씨뿐이다. '자오롱호'가 해상 시험에서 통과되어 사용하도록 넘겨지게 되면, 꾸치우량 씨는 또 다른 도전에 임하게 된다. 즉 중국에서 최초로 자체적인 설계를 통해 제작된 심해 4500m까지 잠수할 수 있는 유인 잠수함을 조립하는 것이다. 꾸치우량 씨는 누구보다도 그 어려움을 잘 알고 있었다. "자오롱호의 '사람을 싣는 구체(球體)즉 유인구(有人球)'는 러시아에서 제작했고, 잠수기만 우리가 만든 것입니다. 조립의 어려움은 구체와 유리의 접촉면을 0.2사 이하로 제어하는 것입니다."

0.2사란 머리카락 굵기의 1/50정도이다. 정밀 기기로 이렇게 작은 간격을 제어하는 것은 어렵지 않을 수도 있지만, 어려운 건 유인구의 선창 유리가 매우 까다로워서 그 어떤 금속 기기와도 접촉할 수 없다는 점이다. 일단 마찰로 긁힌 자국이라도 생기면, 심해에서는 대기압의 수압 하에 유리 창문이 물이 샐 수도 있고, 심지어 유리가 깨지면서 잠수원들의 목숨이 위태로워질 수도 있기 때문이다. 따라서 유인

구의 유리를 설치하는 것은 잠수함 조립에서 가장 섬세한 작업이다.

꾸치우량 씨와 동료들은 경험을 통해 관찰하는 법을 모색해 냈다. "카메라의 렌즈도 유리지만 이보다는 단단합니다. 이건 너무 연해서 사람의 손톱이 닿아도 안 됩니다. 우리는 조심하고 또 조심했습니다. 유리를 설치할 때, 고무로 흡입해 들어 올린 후 반대편에서 손으로 받치고 깨끗이 닦습니다."

꾸치우량 씨가 유인구의 선창 유리를 검사하고 있다.

정밀 기기에 의존하는 것 외에, 더욱 중요한 것은 꾸치우량 씨의 판단, 즉 눈으로 보고 손으로 만지는 것이다.

눈으로 보고, 손으로 만지는 것으로써 정밀 기기가 하는 일을 대체할 수 있다는 것은 결코 꾸치우량 씨가 허풍을 치는 것이 아니다. 그는 흔들리는 바다에서도 순수하게 수공으로 잠수기의 밀봉면 평면도를 량스(兩丝, 2사) 이내로 제어하며 보수할 수 있다. 그래서 사람들이 그를 '꾸량스'라고 부르는 것이다.

지금은 꾸치우량 씨의 실력이 뛰어나지만 처음 견습생 시절에는 스승에게 어지간히 욕깨나 많이 먹었다고 한다.

꾸치우량 씨의 두 번째 스승인 장꿰이빠오(張桂宝) 씨는 견습생 시절의 꾸치우량 씨를 호되게 꾸짖은 적이 있다고 했다. "꾸치우량이 그 때 막 와서는 경거망동을 잘 해서 욕을 많이 했지요. 때로는 뭐라고 할까, 고집스러운 데다, 태도가 강경하고, 무지막지하기까지 했죠."

지금은 이미 많은 제자를 거느린 꾸치우량 씨지만 여전히 스승의 엄격함에는 감복하고 있었다. "한 번은 일을 제대로 하지 못했습니다. 그러자 스승님이 '넌 일하면서 머리를 쓰지 않으니 다른 사람들이 걱정 안 하고 일을 시킬 수가 없는 거야. 네가 한 일들은 폐기율이 너무 높아! 이제 널 가르칠 수 없으니 다른 스승을 찾아가 봐라'라고 하셨지요. 그때는 정말 많이 괴로웠습니다. 스승님이 날 더 이상 가르치지 못하겠다고 쫓아버리려 한 것이지요."

바로 스승들의 이 같은 엄한 가르침에 견습생 꾸치우량 씨는 점차 마음을 잡게 되었고, 그런 후에는 가장 멍청한 방법으로 기본기를 익히기 시작했던 것이다.

10cm의 각철 덩이를 0.5cm, 즉 5mm가 될 때까지 줄로써 쓸었다. 한 번 또 한 번씩 강판을 쓸고, 한 번 또 한 번씩 머리를 써가며 연구를 했다. 이렇게 열대여섯 개의 강판을 쓸고, 수십 개의 줄칼을 못 쓰게 만들고 나니, 꾸치우량 씨는 일이 손에 익게 되었고, 그가 만든 부

품은 모두 검사를 안 받아도 되는 면제품이 되었다. 그리고 '꾸량스'라는 별명도 점차 소문이 나기 시작했다.

꾸치우량 씨는 틈날 때마다 사람들과 재미삼아 머리카락으로 기예를 검증하곤 한다. "높낮이를 불문하고 이 면을 반듯하게 줄질 하겠습니다. 마치 물그릇을 들고 달리기를 할 때 물방울이 그릇 밖으로 튕겨 나와서는 안 되는 것처럼 말입니다. 지금 내가 보건대 대략 0.2사입니다. 믿기지 않으면 머리카락으로 시험해 봅시다."

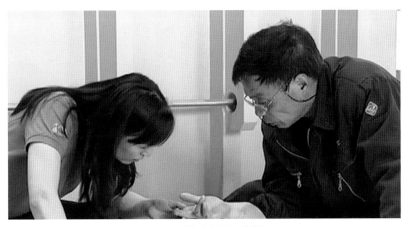
꾸치우량 씨가 기자에게 손가락 지문이 거의 다 닳아 없어졌다고 말한다.

2004년 '자오룽호'가 조립을 시작했다. 꾸치우량 씨와 그의 스승급 선배들이 함께 이 일을 하는데 선발되었다. 꾸치우량 씨는 '꾸량스'라는 별명처럼 기술력으로 이 조립팀의 팀장에 임명됐다. 그들의 가장 큰 도전은 잠수함의 밀봉성을 확보하는 것이었다. 예충(叶聰) '자오룽호'의 총괄 디자이너 겸 첫 시험 항해사는 만약 문제가 생긴다면 수십 MPa의 압력이 유인구에 가해질 것이며, 그것은 마치 물칼로 절단하는 것과 같은 끔찍한 결과를 초래할 수 있다고 말했다.

'자오롱호'는 중국 최초의 심해 유인 잠수기로, 조립할 때 참고할 만한 경험이 없었으므로, 꾸치우량 씨 등은 조금씩 생각해 가며 궁리해 가는 수밖에 없었다. "마치 태극권을 연습하듯이 공을 들였습니다. 머리를 써서 경험을 모색하지 않으면 도무지 감을 잡을 수가 없었기 때문입니다. 이건 사람과 사람 사이의 인정과도 같은 것입니다. 오랜 시간이 흐르면서 서로 간에 그런 감각이라는 게 생기는데 그것이 바로 정인 거죠. 제 손을 보십시오. 두 손에 거의 모두 무늬가 없습니다. 다 문질러져 버린 겁니다. 지문 인식도 제대로 되지 않습니다. 지금은 지문 인식을 하려면 무명지밖에 쓸 수가 없습니다."

막 '자오롱호' 프로젝트에 참여했을 무렵, '꾸량스'는 지명도가 높았으므로 원래 직장의 실험실에서도 그의 복귀를 희망했었다. 수입도 배로 받을 수 있었다. 이는 가장으로서 학교에 다니는 딸에게 돈이 필요한 상황에서 그들에게는 큰 힘이 될 것이 분명했다.

아내인 우징샤(吳静霞) 씨는 꾸치우량 씨의 속내를 잘 알고 있었다. "생각해 봤습니다. 당연히 고민했죠. 하지만 어쩌겠습니까? 이쪽에서도 그이를 필요로 하고 있는데요."

수입이 늘어날 수 있다는 점은 꾸치우량 씨의 심경을 흔들어 놓았지만, 더욱 그를 동요시킨 것은 '자오롱호'의 첫 해상 시험이었다. 극심한 뱃멀미를 하는 꾸치우량 씨에게 있어서 바다에 나간다는 것은 신체적 한계에 대한 도전이나 다름없었다. "일주일 동안 고작 라면 한

봉지밖에 먹은 게 없습니다. 뭘 먹으나 바로 토했지요. 체중이 석 달 사이에 13kg이나 빠졌습니다. 딸애와 농담할 때면 다이어트를 하려면 배를 타라고 합니다. 한 주일이면 살이 빠진다고요."

하지만 꾸치우량 씨는 끝내 떠나지 못했다. "잠항사가 목숨을 제게 맡긴 거나 다름없지 않습니까? 떠나자고 생각하니 정말로 아쉬웠습니다. '자오롱호'는 내 아들과도 같은 존재였습니다. 이 아들을 끝까지 키워야 하지 않겠는가 하고 고민했습니다."

잠항사들의 목숨을 책임져야 한다는 신념에 꾸치우량 씨는 결국 남아있기로 결정했던 것이다. 3000m, 5000m, 7000m 심해에서 견뎌내야 하는 '자오롱호'의 끊임없는 업그레이드와 더불어 꾸치우량 씨는 기술적인 어려움을 극복하느라 가정을 돌 볼 시간이 점점 적어졌다. 특히 7000m 해상 시험에서는 배가 금방 출항하는 상황에서 아내로부터 걸려온 전화를 받게 되었다. 종양 진단을 받았는데 악성으로 의심된다는 것이었다.

꾸치우량 씨의 아내 우징샤 씨는 어려웠던 그때를 떠올리며 눈물을 흘렸다. "하늘이 무너지는 것 같았습니다. 아무도 나를 도와 줄 사람이 없는 것 같았습니다. 다행히 후에 공회(工会, 노조)와 당지부 그리고 지도자들이 찾아와 위로도 해주고 많은 도움을 줬습니다."

꾸치우량 씨는 모진 마음을 먹고 그냥 배 위에 남아 있기로 했다. "나중에 진단 결과 악성 종양이 아니라고 나왔습니다. 돌아와서 아내와 둘이 끌어안고 많이 울었습니다."

43년간 근무하면서 꾸치우량 씨는 가족에게 많은 빚을 졌다고 생각했다. 올해(2015년) 10월에 퇴직하게 되는 그는 60세가 다 된 나이임에도 틈틈이 시간을 내 운전을 배우고 있다. 퇴직 후의 모든 시간은 가족과 함께 할 것이라고 힘주어 말했다.

"나는 올해 60입니다. 이제 잎으로 60년은 없습니다. 그래서 앞으로의 10년, 20년은 밖으로 나가서 돌아보려고 생각합니다. 조국 땅이 이렇게 넓지 않습니까. 이제는 아내와 가족들과 함께 여행을 다니려고 합니다." 지금까지 중국에는 2척의 심해 유인 잠수기가 있다. 이 잠수기들의 조립은 모두 꾸치우량 씨가 주도한 것이다. 4500m 심해에 들어갈 수 있는 유인 잠수기는 아마 그가 조립한 제일 마지막 잠수기일지도 모른다. 유인구 선창의 유리 설치가 끝났다. 하지만 그는 여전히 온 정신을 집중해 꼼꼼히 그 안정성을 거듭 확인했다.

"일을 함에 있어서 한두 번, 혹은 1~2년 동안 다른 사람의 신임을 받는 건 쉬운 일입니다. 어려운 건 한평생 신임을 받는 것입니다. 오직 스스로 만족할 수 있을 때만이 다른 사람들도 만족할 수 있는 겁니다." 꾸치우량 씨는 자신의 일에 대해 이렇게 정의를 내렸다.

테스트 파일럿으로서의 예충 씨는 꾸치우량 씨와 밀접한 관계가 있는 업무 파트너이다. 그가 보기에 꾸치우량 씨의 가장 기본적인 동작은 가장 중요한 안전밸브를 여는 일이다. "잠수를 시작하기 전 그가 압판(壓板) 위의 안전핀을 뽑습니다. 이때마다 그는 유인구 내에 있는 우리에게 손짓을 합니다. 그의 손짓이 아주 간단한 동작이지만, 우리에게는 커다란 믿음을 전달하는 것입니다. 그의 이 동작은 잠수기의 안전성을 보장할 수 있다는 것을 설명하는 것입니다."

잠항 중인 '자오롱호(蛟龙号)'

　한두 번의 신임, 혹은 1~2년간 신임을 받는 것은 어려운 일이 아니지만 한평생 신임을 받는 것은 결코 쉬운 일이 아니다. 꾸치우량 씨는 43간의 신념과 노력 그리고 깊이 있게 파고들어가는 연구 정신, 극한에 대한 도전으로 평생 동안 신임을 받을 수 있도록 노력해 왔다. 이러한 신념으로 그는 잠항사의 목숨을 맡기는 신임을 받을 수 있었고, 중국이 해양 대국으로부터 해양 강국으로 도약하는 증인이 될 수 있었다.

자오룽호(蛟龙号)의 귀항.

'자오룽호'를 지키는 '대국 장인'

심해에서 과학적인 고찰을 하는 능력은 한 나라의 종합적인 국력을 가늠케 하는 중요한 지표 중의 하나이다. 10여 년 동안의 지속적인 노력을 거쳐 중국에서 최초로 자체 개발한 심해 유인잠수기 '자오룽호'는 7,062m라는 잠수 깊이와 뛰어난 작업 능력으로 세인들에게 중국 심해 과학 고찰 능력을 증명했다. '자오룽호'의 무(无)에서 유(有)에 이르기까지, 도면으로부터 실제적인 심해 작업에 이르기까지는 애국적인 사람들이 두 손으로 국가의 진보발전을 이끌어 낸 덕분이었다.

올해는 내가 꾸치우량 씨를 알게 된 지 10년째 되는 해이다.

「대국 장인」 프로그램은 제조업 강국을 만들기 위한 전략과 함께 탄생했다. 이 브랜드의 창시자도 아마 처음에는 「대국 장인」 프로그램이 지금까지 계속 진행되어 올 수 있을 뿐만 아니라 중국 CCTV의 자체 브랜드가 되고, 또 앞으로도 계속 진행될 것이리라고는 생각지 못했을 것이다. 지금은 장인을 필요로 하는 시대이다! 2018년 '5.1'노동절까지 「대국 장인」 프로그램은 이미 시즌 6까지 이어졌다. 다행스럽게도 나는 그 중의 앞 다섯 시즌의 다큐멘터리 제작에 참여했다. 꾸치우량 씨는 시즌 1에서 내가 선택해 보도한 '대국 장인'이었다.

2015년 4월 「대국 장인」의 주요 제작팀이 설립되었다. 당시 장치우디(姜秋鏑) 중국 CCTV 뉴스센터 경제뉴스부 차장이 우리를 소집했고, 웨췬(岳群) 씨가 프로듀서를 맡았다. 우리의 임무는 '대국 장인'이라고 불릴만한 인물을 골라 「대국 장인」 프로그램을 1 회 제작하는 것이었다. 당시 마침 '자오롱호' 유인 잠수기가 해상 시험을 마치고 국가 심해기지에 인도되었다. '자오롱호'의 연구 항목인 입항부터 연구·제작 그리고 다시 해상 시험과 후속적인 실험성 응용에 이르기까지 '자오롱호'의 전 과정을 기록한 기자로서 나는 '자오롱호' 팀과 깊은 인연을 맺게 되었다. 10여 년간의 취재로 나는 '자오롱호'의 모든 업무와 직종을 잘 알고 있다고 장담할 수 있다. 중국 유인 심해 잠수기는 국가 863 중대 프로젝트이다. '자오롱호' 팀에는 '대국 장인'이라고 불릴만한 사람이 한둘이 아니다. 그런 만큼 이 팀에서 취재할 인물을 찾는다는 건 그들을 알아야만 할 수 있는 일이었다.

나는 '자오롱호'의 연구·제작 업체인 중국선박중공업그룹회사 제702연구소를 찾았다. 그들은 나에게 꾸치우량 씨를 비롯한 몇 명을 추천했다.

꾸치우량이라는 이름을 듣는 순간 나의 머리 속에는 즉시 이런 화면이 떠올랐다. 밥그릇을 든 채 눈을 가늘게 뜨고 어슬렁어슬렁 식당에 나타나서는 천천히 음식을 먹는 장면이었다. 머리 속에 이런 화면이 금방 떠오르게 된 것은, '자오룽호' 팀에서 꾸치우량 씨는 나처럼 배멀미를 하기로 유명한 사람이었기 때문이다. 선원들은 한 주일만 지나면 자연스럽게 배멀미를 하지 않는다고 우리에게 경험을 전수했다. 하지만 사실상 '자오룽호'의 모선인 '샹양훙(向阳红)09'는 낯가림이 심한 것 같았다. '샹양훙'은 우리 같은 몇몇 배멀미를 하는 사람들에게 출항해서부터 육지로 귀항할 때까지 줄곧 배멀미를 시켰다. 나와 꾸치우량 씨는 동병상련이라 자연스럽게 친구가 되었다.

잘 아는 사이임에도 불구하고 취재는 그리 순조롭지 못했다. 702연구소의 회의실에 온 꾸치우량 씨는 배에 있을 때처럼 그렇게 스스럼없이 이야기를 하지 못했다. 육지에서의 꾸치우량 씨는 무슨 일을 하고 있을까? 이렇게 얼굴을 맞대고 이야기하는 식으로는 그에 대해 진정으로 이해하기가 어려웠다. 그리하여 우리는 방식을 변경해 꾸치우량 씨를 바싹 따라다니기로 결정했다. 우시(无锡)로부터 뤄양(洛阳)에 이르기까지 5~6일 동안 저녁에 잠 자는 시간과 화장실 가는 시간을 제외하고 우리 취재팀은 꾸치우량 씨를 그림자처럼 따라다녔다.

꾸치우량 씨의 장점을 발굴하기 위해, 나는 그의 동료와도 이야기를 나누었다. 동료인 예충(叶聪) 씨는 그의 손 감각에 대해 아주 높이 평가했다. "꾸치우량 씨는 기기를 사용하지 않고도 다듬은 후의 평면의 광택도를 판단할 수 있습니다. 꾸치우량 씨가 다듬은 것은 정밀도가 특별히 높습니다. 2사의 수준에 도달할 수 있습니다. 그래서 모두들 꾸치우량 씨를 '꾸량스'라고 부른답니다."

'사(丝)'란 도량 단위의 속칭이다. 1사는 보통 머리카락의 10분의 1쯤 된다. '꾸량스'란, 꾸치우량 씨가 평면의 정밀도를 2사 이하로 다듬을 수 있었으므로 얻은 별명이다. 하지만 그의 최고의 기예는 유인 잠수기 유인선실의 금속구체와 창문 유리의 접촉면 밀봉도를 판단하는 것이다. 즉 금속구와 유리간의 틈새의 폭을 판단하는 것이다. 이 틈새는 반드시 0.2사 이하여야 한다. 그래야만 잠수기가 심해로 들어간 후에 물이 새지 않을 뿐 아니라, 유리와 금속의 다른 수압 저항력 때문에 유리가 조금이라도 파손되지 않도록 보장할 수 있는 것이다.

나는 '사(丝)'가 우리 프로그램의 하이라이트가 될 수 있다는 생각이 번개같이 떠올랐다. 그리하여 나는 꾸치우량 씨의 일거수일투족을 자세히 관찰하기 시작했다. 그가 일할 때의 모든 세부적인 행동과 손동작들, 그리고 눈빛과 휴식을 취할 때의 표정과 자세까지 하나도 놓치지 않고 모두 관찰했다. 꾸치우량 씨는 일할 때면 자주 하는 두 가지 동작이 있었다. 그중 하나는 만지는 것이다. 그는 줄칼로 썬 강판을 만져보기도 하고, 유인 선실의 창문 금속면을 만져보기도 하며, 유리의 설치면을 만져보기도 한다. 그리고 다른 한 가지 동작은 만진 물건을 들여다보는 일이었다. 꾸치우량 씨는 만지는 기량과 보는 안목이 일품이다. 꾸치우량 씨의 이 두 가지 기예를 검증하기 위해 우리는 그에게 장난을 걸었다. "사급(丝级)의 기예를 가지고 있다는데, 머리카락으로 한 번 도전해 보라고 했다. 우리는 머리카락을 재는 세부 영상을 촬영사가 이미 촬영한 꾸치우량 씨의 작업 과정에 삽입해 넣기로 했다. 나는 좀 가늘다고 생각되는 머리카락을 뽑아서 꾸치우량 씨에게 넘겨주었다. 꾸치우량 씨는 머리카락을 받아서 만져보는 한편 찬찬히 들여다보더니 2사가 되지 않는다고 말했다. 그러고 나서 버니어 캘리퍼스를 이용해 측정했는데 결과는 정말 그러했다.

이러한 세부내용은 프로그램에서 하이라이트가 되었다. 그날 영상 심사를 책임진 쉬창(许强) 뉴스센터 당번 센터장은 우리에게 특별히 이 세부내용이 담긴 화면을 확대하라고 했다. 지금 돌이켜 보아도 꾸치우량 씨의 솜씨는 여전히 놀라웠다. 하지만 그와 함께 또한 가슴이 아프기도 하다. 사실 '꾸량스(顾两丝)'가 되기 위해 꾸치우량 씨는 40여 년간 손으로 얼마나 많은 것들을 만졌는지 모른다. 그의 말을 빈다면 지문이 기본적으로 다 닳아 없어졌다. 우리가 취재하던 그 시기 꾸치우량 씨는 틈틈이 운전을 배우러 다녔다. 하지만 매번 운전 연습을 하기 전에 지문을 찍는 것이 그에게 있어서는 큰 고역이었다. 오랜 세월 금속을 만지며 '꾸량스'가 되기 위해 노력을 경주하던 과정에서 지문이 다 닳아 없어져 지문을 찍는 것이 난제로 되었던 것이다. 이게 바로 '대국 장인'인 것이다. 평범해 보이는 한 동작을 40여 년이나 해 온 '대국 장인'이었던 것이다.

꾸치우량 씨는 웃기를 좋아한다. 2015년 인터뷰를 할 때 그는 열심히 운전을 배워서 퇴직 후 부인을 데리고 전국을 돌고, 세계 각국을 돌겠다고 웃으며 말했다. 이 몇 년 동안 '자오롱호'의 연구·제작과 해상 실험에 매달리다 보니 가족을 제대로 보살핀 적이 없기 때문이라고 했다. 웃기를 좋아하는 그가 운 적도 있다고 했다. 막 '자오롱호' 팀을 따라 7,000m 심해 시험을 하기 위해 출항했을 때였다. 부인이 악성 종양에 걸린 듯하다고 전화를 걸어왔던 것이다. 그는 집안의 기둥이었다. 당시 그가 얼마나 어려운 선택을 했겠는가를 짐작할 수가 있다. 7,000m 해상 실험은 '자오롱호'의 성패를 가르는 관건적인 일이었다. 배에 오른 사람은 그 누구도 빠져서는 안 될 꼭 필요한 사람들이었다. 당시는 배가 금방 떠난 터라 그는 다시 육지로 돌아갈 기회는 있었다. 하지만 그는 결국 배에 남아있기로 했다. 가족들의 원망과 이해를 하지 못하더라도 '자오롱호'를 지켜야 했기 때문이었다. 그의 말을 빈다면 '자오롱호'는 자신의 아이와 같은 것이다. 그는 '자오롱호'가 조금씩 성장하는 과정을 지켜봐 왔다고 말했다. 더구나 '자오롱호'의 유인구에는 그와 오랜 세월을 두고 동고동락해 온 형제들을 태우지 않았는가! 그는 그들의 생명을 책임져야 한다고 생각했던 것이다. 다행히 그의 부인은 악성 종양이 아니라 양성 종양이었다. 귀항 후 꾸치우량 씨와 부인은 한바탕 울었다고 했다. 그가 가족에 대한 책임을 다 하지 못한 사이에 죽음의 신이 그의 부인의 어깨를 스치고 지나갔던 것이다.

생사를 함께했다는 이 한 마디로 '자오롱호'의 팀원들을 묘사해도 결코 과분하지는 않을 것이다. 지금에 와서 해상작업을 하던 나날들을 돌이켜 보아도 여전히 가슴이 설레 인다. 사람들이 '샹양홍-09'선의 현장 지휘부에 모여 심해에 있는 '자오롱호'가 전송해 오는 데이터를 관찰하던 것이 몇 번이었던가! 갑판 위에 모여 서서 귀환할 '자오롱호'

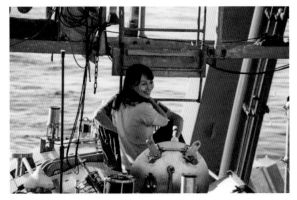

2013년 8월 왕카이버(王凱博) 기자가 '자오롱호'로 잠항한 후 귀환하고 있다.

를 기다린 것은 또 몇 번이었던가! 시험 데이터가 이상적이 되지 못해 사람마다 철야하며 일하던 것은 또 몇 번이었던가! 꾸치우량 씨가 '자오롱호'의 안전핀을 뽑고는 잠항원들에게 손을 들어 보이기는 또 몇 번이었던가!

50m, 1,000m, 3,000m, 5,000m, 7,000m, '자오롱호'의 잠수 깊이가 점점 더 깊어질수록 심해 탐사 능력도 점점 더 늘어나고 있다. '대국 장인' 꾸치우량은 씨는 '자오롱호' 팀원 중의 한 명이다. 바로 그와 같이, 맡은바 소임을 다 하는 일선 노동자들이 중국을 제조 강국으로 발전할 수 있도록 추진해 주고 있는 것이다.

왕카이버(王凱博) 중앙라디오텔레비전방송총국
CCTV 뉴스센터 기자

저우뚱홍周东红
종이뜨기抄紙 의 장인

인물 소개

저우뚱홍(周东红)은 1967년생으로 중국선지(宣纸)주식유한회사의 고급 기능사이다. 1985년 징현(泾县)선지공장에 입사해서부터 저우뚱홍 씨는 선지 생산 직장에 뿌리를 박고 30여 년간 일 해왔다. 종이뜨기 노동자로서 그는 지금까지 완제품 100%라는 기록을 유지하고 있다.

30년 동안 그는 전통 기예를 전승 발양하고, 제지기술의 개선방안을 내놓았으며, 20여 명의 핵심 기술인재를 양성해 내어 선지 제작의 기예를 전승시키는데 중요한 공헌을 하였다. 그의 작품으로는 건륭(乾隆) 때 공물(貢物, 궁중이나 나라에 바치는 물건–역자 주)이었던 선지, 건국 60주년 기념 선지, 무형문화재 기념 선지, 홍콩 귀환 기념 선지 등이 있다. 저우뚱홍 씨는 또 사회의 공익활동에도 적극 참여하였는데, 각종 기부금 40여 회, 기증물 30여 회를 기부하였는데 총 금액이 5만 여 위안(元)에 달한다. 저우뚱홍 씨는 또 20여 번이나 기업의 '선진생산자(先进生产者)', '우수종업원(优秀员工)' 등의 칭호를 받았다. 2015년에는 '전국모범노동자' 칭호를 획득했으며, 전국 제1기 '대국장인'에 선정되었다.

저우똥훙 중국선지주식유한회사 고급 기능사.

요지(要旨)

그는 선지를 뜨는데 필요한 한 장의 발(簾)로 오랜 세월을 거쳐 오면서 두 손으로 천년의 전승을 이어왔다. 그는 기예를 닦는데 30년을 몰두해 오면서 초심을 바꾸지 않았다. 그는 털끝만치의 실수도 허용치 않았으며, 극치의 경지를 추구했다. 그리하여 그가 만든 종이들은 모두 전설이 되었다. 평생 한 가지 일만 해온 그는 경의를 표하는 그 자세로 파수꾼의 풍경을 만들어냈다!

예로부터 안훼이(皖) 남부의 산수는 천하 문인묵객들의 발길이 끊이지를 않았던 곳이다. 시인인 사조(谢朓), 이백(李白), 백거이(白居易), 한유(韩愈), 왕유(王维), 맹호연(孟浩然), 이상은(李商隐), 소동파(苏东坡)

등은 모두 안훼이 남부의 단골손님이었다. 그리고 매요신(梅堯臣), 호적(胡适)은 원래부터 쉬안청(宣城) 출생이었다. '문방사우'에서 첫손으로 꼽히는 선지를 제작하는 공예가 세계무형문화재에 등록되게 됨에 따라 선지 제지술은 세인들의 더 많은 주목을 받게 되었다. 유명한 중국화의 화가인 리커란(李可染)[12]은 "훌륭한 선지가 없으면 세상에 전해질 수 있는 좋은 중국화를 그려낼 수 없다"고 말한 적이 있다. 한 장의 선지는 재료를 투입하고서부터 완성품이 되기까지 100여 단계의 제작 절차가 필요하다. 그중에서도 선지의 완제품을 만들어내는 성패를 가르는 것이 바로 종이뜨기 작업이다.

고속철을 타면 베이징에서부터 선지 제작 공예의 성지인 쉬안청(宣城)에 이르기까지 다섯 시간이 좀 넘게 걸린다. 이백이 왕륜(汪伦)과 작별을 고했다는 도화담(桃花潭) 물가에 바로 저우똥훙 씨가 일하는 선지공장이 있다.

새벽 2시 징현선지공장의 작업장에는 저우똥훙 씨가 파트너와 함께 종이뜨기를 하고 있었다. 두 사람은 종이를 뜨는 발(紙帘)을 들고 수조에서 좌우로 흔들고 있었다. 그러자 축축한 선지 한 장이 초기의 형태를 드러내기 시작했다. 이 전 과정은 10여 초밖에 걸리지 않았다. 하지만 선지의 좋고 나쁨, 두께와 무늬, 결은 모두 이 종이뜨기에 달려있는 것이다. 종이뜨기 방법으로 "일렴수고신(一帘水靠身), 이렴수파심(二帘水破心)"이라는 말이 있다. 즉 "일렴수고신(一帘水靠身)"이

---

12) 리커란 : 1907년 장쑤성 출신으로, 20세기 중국 미술의 거장으로 일컬어지며, 중국 전통 산수화에 서양화의 사실주의 기법을 접목하여 근대 최고의 산수화가로 평가받고 있다.

라는 말은 "양손을 물 위에 드리우고 끈으로 매단 것처럼 움직이지 않은 다음 손 전체를 45도 각도로 쳐들면서 지렴(紙帘)의 한쪽을 어깨 높이만큼 들어 올리는 것"을 말한다. "이렴수파심(二帘水破心)"이란 바로 "지렴을 물 한가운데로 들어가게 하여 물을 떠서 대략 15cm 정도의 깊이로 앞으로 나아가는 것"을 말한다. 오직 저우똥홍 씨와 같은 베테랑 종이뜨기 기사들만이 이 같은 조작을 하기 위한 숨은 공력이 얼마나 깊어야 하는지를 알 수 있는 것이다. 선지는 윤묵(潤墨, 붓에 먹물을 충분히 적시는 것–역자 주)을 하는데 있어서 그 두께에 매우 민감하다. 이는 종이뜨기 기사들이 시시각각 확실하고도 섬세한 손 감촉을 유지해야 하는 것을 필요로 한다. 펄프의 농도가 점차 낮아지는 과정에서 건져내는 모든 종이의 두께가 거의 변하지 않도록 해야 할 뿐만 아니라 근 100여 가지에 달하는 다른 지형(紙型)의 두께에 대한 구체적인 요구에도 부응해야 한다. 다른 직종에 지장을 주지 않기 위해 종이뜨기 노동자들의 근무시간은 항상 새벽 1시부터 저녁때까지 쭉 이어진다. 저우똥홍 씨와 그의 파트너는 매일 이 같은 종이뜨기 동작을 1000여 회 이상 반복해야 한다. 그는 자신에게 선지 1도(刀, 종이를 세는 단위, 일반적으로 100장을 1도라 함)에 한 냥(兩) 이하의 오차를 요구한다. 즉 선지 한 장의 무게 오차가 1g을 초과해서는 안 된다는 말이다.

작업 중인 저우뚱홍 씨는 줄곧 조금도 빈틈이 없는 표정이었다.

이에 대해 저우뚱홍 씨는 상당히 자신 있어 했다. "이 한 냥을 우습게보지 마십시오. 이 한 냥이 바로 선지의 품질을 가름하니까요. 종이가 좀 얇아졌다든가, 혹은 좀 두꺼워졌다든가 하면 서예가가 글씨를 쓸 때 윤묵(潤墨)이 이상적으로 되지 못합니다. 제 이 손은 저울이라 해도 과언이 아닙니다. 30년 동안 매 한 도(刀, 즉 100장)의 종이를 건져냄에 있어서, 이 한 냥의 오차를 초과한 적이 없으니까요. 이게 바로 제 솜씨랍니다."

저우뚱홍 씨는 지금은 종이를 건져내는 솜씨가 흐르는 물처럼 거침이 없지만, 과거 막 공장에 들어왔을 때에는 한동안 이 일을 그만두려고까지 생각한 적이 있었다고 한다. 종이뜨기는 '장렴(掌帘)'과 '태렴(抬帘)' 두 가지 직종으로 나뉘는데, '장렴(掌帘)'이 위주이고 '태렴(抬帘)'은 부차적이다. 그리하여 일반적으로 '장렴(掌帘)'에 종사하는 노동자의 수입이 '태렴(抬帘)' 노동자보다 20% 이상 높다.

저우똥훙 씨는 매일 1000여 회 이상 반복적으로 종이를 건져내는 동작을 한다.

젊고 혈기 왕성했던 저우똥훙 씨는 일심으로 '장렴(掌帘)' 노동자가 되고자 했다. 하지만 앞서 소개한 10자의 구결(口訣)은 간단한 것 같지만 진정 요령을 터득하는 것은 매우 어려웠다. 그는 한 달 동안 아침 일찍부터 밤늦게까지 일했지만 맡겨진 작업량도 완성하기가 어려웠다. 그의 주변에는 10여 년, 심지어 수십 년을 종이뜨기 노동자로 일했으면서도 여전히 태렴(抬帘) 일밖에 못하는 사람들이 적지 않았다. 그들을 지켜보며 저우똥훙 씨는 앞날을 고민하지 않을 수 없었다. 그는 의기소침해서 종이뜨기 일에서 손을 뗄까 하고도 생각했었다고 했다. 하지만 저우똥훙 씨는 체면을 중시했다. 농민으로부터 어렵사리 국유기업의 기술노동자로 변신해, 친척과 친구들의 눈에 출중한 인물로 비친 그가 일을 그만둔다면 사람들 앞에 나설 면목이 없다고 생각했던 것이다. 한편 평소 부드럽기만 하던 그의 어머니가 사직하겠다는 그의 의사에 단호히 반대하고 나섰다. 국영기업은 입사하기가 어려워 안팎으로 적지 않은 사람들에게 신세를 지기도 했으므로 중도에서 그만둔다는 것은 창피스러운 일이었다. 저우뚱홍 씨의 퇴사를 막기 위해 어머니는 심지어 "밥을 안 주겠다"는 으름장까지 놓았다고 했다. 어머니의 강경한 태도에 저우뚱홍 씨는 마지못해 직장으로 돌아갔다. 별수 없이 이왕 하는 바에는 확실하게 잘해보자고 생각한 저우뚱홍 씨는 마음을 가라앉히고 스승을 모시고 부지런히 배우고 열심히 연습했다. 징현선지공장에서는 새로 들어온 수습공들에게 체계적인 강습을 시켰는데, 이 기회에 저우뚱홍 씨는 두 번째로 종이뜨기를 배우게 되었다. 저우뚱홍 씨는 매일 아침 일찍 공장에 나와서는 수조를 마주하고 종이뜨기를 연습했다. 퇴근해서도 그의 머리 속은 항상 종이뜨기 기술에 대한 생각들로 가득 찼다. 사부가 종이를 건질 때면 그는 어떻게 힘을 쓰는가를 반복적으로 관찰하면서 미세한 변화까지 체득하려고 애썼다. 또한 문제가 생기면 즉시 물어보기도 했지만, 스스로 곰곰이 생각해보는 경우가 더 많았다고 했다.

어느 한 번은 이른 새벽부터 몇 시간 동안 작업을 하자 날이 금방 밝았는데, 자신이 방금 건져낸 종이가 날이 어두울 때 건져낸 종이와는 무게가 다르다는 느낌이 갑자기 들었다고 했다. 그는 바로 사부에게 달려가 물었다. 그 사부는 당시 공장에서 종이뜨기를 최고로 잘하는 기술자였다. 사부는 그의 말을 듣고 매우 기뻐하는 것이었다. 날이 어두울 때와 날이 밝았을 때 지렴(紙帘)의 반사광이 다르므로 종이를 건질 때의 판단이 흐려진다고 사부는 해석해주었다. 이날부터 사부는 한 달에 겨우 10여 위안밖에 벌지 못하던 어린 제자가 마침내 도를 트게 되었음을 알게 되었다.

부지런히 기술을 연마한다는 것은 단조롭고도 반복적인 종이뜨기 동작이 저우똥홍 씨의 생활에서 가중 중요한 부분이 되었다는 것을 의미한다. 여름에는 날씨가 춥지 않아 그나마 다행이었지만, 겨울에는 뼈 속까지 시린 수조 속의 찬물에 손을 집어넣을 때마다 차갑다 못해 아프기까지 했다. 이 일을 시작한지 얼마 안 돼서 저우똥홍 씨의 두 손은 동상에 걸리기까지 했다. 그럼에도 저우똥홍 씨는 변함없이 날마다 이를 버텨냈다. 며칠만 일을 하지 않아도 어렵게 터득한 손 감촉이 사라지기 때문이었다. 그의 말대로라면 종이뜨기를 하는 것은 깨달음이 필요하다고 했다. 이런 공든 탑이 어찌 무너지겠는가? 마침내 저우똥홍 씨는 이 분야에서 아주 특출한 기술자로 등장하게 되었던 것이다. 중국선지주식유한회사는 1,000여 명의 직원이 있는 제지 업체인데, 전 회사적으로 저우똥홍 씨 한 사람만 가장 얇은 종이(넉 자 규격), 즉 '1도(刀)'에 2.8근인 종이를 건져낼 수 있으며, 동시에 가장 두터운 종이(넉 자 규격), 즉 '1도(刀)'에 11.4근인 종이를 건질 수가 있다.

"우리 공장에서는 총 100여 가지 선지를 생산합니다. 그러기에 그 100여 가지의 기술 요령을 터득해야 하고, 100여 가지의 펄프에 대해 잘 알아야 합니다. 또한 100여 가지 종이를 건지는 데에 알 맞는 손 감촉을 연마해 내야하며, 100여 가지의 미세한 차이를 음미해 낼 수 있어야 합니다…"

언변이 별로인 저우똥홍 씨지만 종이뜨기에 대해 말할 때만은 유독 말이 술술 나오는 것을 알 수 있는데, 이는 직업에 대한 자긍심에서 나오는 열의 때문이라 해야 할 것이다. "많은 분들이 제 이름을 지명하며 이런 종이를 제작해 달라고 요청해 옵니다. 그러니 제가 어찌 자긍심이 없겠습니까?"

저우똥홍 씨는 한밤중에 일어나 일하러 나가는 것이 예상사이다. 그렇게 수조 앞에 서기만 하면 10여 시간씩 일을 한다. 이에 대해 그의 아내는 불만이 적지 않다.

"우리는 밤에만 부부예요. 똥홍 씨는 평소 새벽 한두 시면 일하러 가서 이튿날 오후 대여섯 시까지 일해요. 때로는 밤 12시 30분에 잠에서 깨어나 보면 벌써 일하러 가버렸더라고요."

저우똥홍 씨의 아내는 이렇게 남편에게 불평했다.

"저 사람은 바보예요. 종이뜨기밖에 몰라요. 언제가 TV에서 부부가 '사랑해'하고 말하는 걸 보며 결혼해서 이렇게 여러 해가 지났지만 사랑한다는 말을 들어본 적이 없다고 했지요. 그랬더니 뭐라는지 알아요? TV에서 사랑한다고 말하는 건 다 가짜라는 것이에요. 그러면서 속으로 알고만 있으면 되지 어째서 그런 걸 꼭 말해야 하는 거지 하면서 오히려 면박을 주지 뭐에요."

결국 '사랑한다'는 말을 끝까지 하지 않더라는 것이었다.

그와 죽마고우로 함께 자란 아내는 저우똥홍 씨가 일밖에 모르고, 좋은 말은 할 줄을 모른다고 불평을 하면서도 그가 하는 일만은 매우 지지해준다고 한다. 역시 종이공장에서 일하는 그의 아내는 저우 똥홍 씨가 종이뜨기 하는 것을 생계를 위한 직업이 아니라 그 이상으로 매 한 장의 선지들을 사랑하고 있음을 잘 알고 있다는 것이다. 품질검사원인 그의 아내는 모든 것을 꿰뚫어 볼 수 있는 혜안을 가지고 있는 것이다. 그녀는 선지의 작은 흠집 하나에서도 종이뜨기를 하는 사람의 정서가 어떤 상태에 있는지를 알아낼 수 있을 정도로 그녀 또한 대단한 경지에 도달해 있음을 알 수 있다.

저우똥홍 씨가 아내와 함께 찍은 사진.

아내는 가끔 저우똥홍 씨에게 농담 삼아 물어본다고 한다.

"당신은 올해 나이가 쉰인데, 언제까지 이 일을 할 건가요? 다른 사람들이 예순에 퇴직한다면 당신도 예순까지 이 일을 하고 퇴직할 수 있나요?"

그러나 저우똥홍 씨는 아내의 질문에 전혀 개의치 않는다고 했다. 그는 종이뜨기 일을 너무나 좋아해서 몸이 버틸 수만 있다면 계속해서 이 일을 할 것이라고 생각하기 때문이라고 했다.

"내가 만약 다른 직종으로 일자리를 옮겼다면 오늘과 같은 성과를 낼 수는 없었을 것입니다. 중국 속담에 '어떤 분야든 열심히만 하면 뛰어난 인재가 될 수 있다'고 했습니다. 내가 지금까지 버텨낼 수 있었던 것은 자긍심 하나 때문이죠."

이 말을 하는 저우똥홍 씨는 얼굴에 밝은 빛을 띠고 있었다.

저우똥홍 씨는

"선지는 조상들이 남겨준 것으로 1500여 년의 역사가 있으며, 선지 한 장이 원료의 투입부터 시작해서 종이가 되어 나오기까지 300여 일이 걸리는데, 그 사이에 18개의 절차와 100여 번의 공정이 필요하다."

고 말했다. 그가 지금 더 많이 고민하는 것은 어떻게 하면 이 수공예를 제대로 전해 내려가게 할 수 있을까 하는 문제라고 했다.

최근 몇 년간 선지는 서화지(書畫紙, 고급 작품지와 연습지의 중간 성격의 종이–역자 주)의 강한 충격을 받아 시장이 심각하게 위축되었다. 전통 선지의 생산은 수작업으로 이루어지는데다 생산 주기가 3년이나 되다 보니 생산 원가가 줄곧 고공행진을 한다. 그런데 많은 서화지들은 원가가 날로 떨어지고 있다. 게다가 어떤 서화지는 '선지'라는 이름을 달고 점차 중저급 서화시장을 점령하고 있다. 더구나 저우퉁훙 씨와 같은 사람들이 점점 더 나이가 들어가는 반면 선지를 만들기 위해 수작업을 해야 하는 일을 배우려는 젊은이들은 갈수록 줄어들고 있는 상황이다.

저우퉁훙 씨는 원래 10여 명의 제자가 있었는데, 지금은 이 일을 하는 사람이 그 절반밖에 안 된다. 간단해 보이지만 오랜 기간 갈고 닦아야 하는 기술이고, 힘들고 지루한 작업인데다 오랜 기간 습한 환경에서 일하면서 생기는 직업병 등의 원인 때문에 많은 젊은이들로 하여금 이 전통 수공예를 포기하도록 만들고 있다. 그의 애제자인 자오즈쌍(赵志钢)은 그의 첫 번째 제자로 올해 나이 벌써 마흔일곱이다. 2012년에는 한 대학생 제자를 받은 적도 있다고 했다. 공장에서도 이 대학생을 각별히 중시하여, 정식 직원이 된 후의 초봉을 다른 직원들보다 1000위안이나 높게 주었다고 했다. 하지만 그도 2년 후에는 공장을 떠나고 말았는데, 이 일로 저우퉁훙 씨는 매우 가슴이 아팠지만 어찌할 도리가 없었다고 했다.

시장이 위축되면서 이 업종은 전문 인력이 빠져나갔고, 선지라는 이 인류 무형문화재는 점차 계승하려는 사람이 없어 그 기예가 사라질 위기에 처해 있다. 현재 이 공장은 종업원 평균 연령이 이미 40세가 넘었고, 이직율도 이전보다 높다. 기예를 물려줄 다음 세대를 찾지 못한 저우퉁훙 씨는 걱정이 이만저만이 아니다. 다행히도 그는 지금 점점 더 많은 지원을 받고 있는 상황이다.

저우똥훙 씨가 혼자 수조를 짓고 있다.

2015년 평생을 종이뜨기 일을 해 온 저우똥훙 씨는 인생에서 제일 처음 "전국 5.1노동메달"을 수여받았다. 동시에 선지공장의 제작 절차도 개선되어 종이뜨기 노동자들이 새벽부터 일하지 않아도 되게 되었으며, 하루 8시간, 주 5일 근무제가 보장되었다. 그해 연말에는 중국선지박물관이 징현선지문화원 부근에 세워졌고, 선지문화는 현지 관광 상품에 포함되었다. 현재 저우똥훙 씨는 선지 생산은 물론, 선지문화의 훌륭한 홍보맨이기도 하다. '전국 5.1노동메달'을 수여받은 뒤 동료들의 눈에 비친 저우 사부의 주요한 변화는 옷차림이 예전 같지 않다는 점이다. 선지문화의 대변인이 되었기 때문이다. 그의 영예로운 신분을 안 관광객들은 반드시 그와 기념사진을 찍으려 한다.

2016년 여름 저우똥훙 씨는 문화부의 초청으로 중국 최고 명문인

칭화대학(清華大學)에서 한 달여 동안 "민간문화 및 무형문화재 프로그램 지식 교육"에 참가해, 각지에서 온 무형문화재 전승인들과 함께 교류하고 공부하면서 선지문화에 대한 광고도 했다.

저우똥홍 씨의는 인기는 높아졌지만 습관은 변하지 않았다. 선지 제작 업계에서 저우똥홍 씨는 이미 쟁쟁한 인물이 되었다. 하지만 혹독한 추위와 맹렬한 더위를 막론하고 여전히 날마다 긴 시간 동안 종이뜨기 일을 하는 것을 거르지 않고 있다. 그의 말대로라면 이렇게 해야만 손 감촉을 계속 살릴 수 있다는 것이다.

저우똥홍 씨는 '장인 정신'이란 게 무엇인지는 잘 모르지만, 한 가지 일을 잘 하려면 반드시 부지런히 배우고 열심히 연마해야 한다는 것만은 알고 있다고 말했다. 바로 이 같은 생각이 있기에 저우똥홍 씨가 30여 년 동안 수공으로 건져 낸 천만 장의 종이 중에는 한 장의 불합격품도 없는 것이다.

초심을 잊지 않아야만 비로소 시종일관 꾸준히 할 수 있는 것이다. 전통 기예의 완벽함과 극치에 대한 추구는 저우똥홍 씨로 하여금 노동의 즐거움을 느끼게 했을 뿐만 아니라, 인류 무형문화재를 전승한다는 자긍심까지도 갖게 해 주었던 것이다.

TV밖에서의 저우똥홍 씨

'종이뜨기'의 장인 저우똥홍씨는 우리가 건져낸 '대국 장인'이라 할 수 있다. 그에 대한 인터뷰는 "산이 높고 물이 깊어 길이 없나 의심했더니, 버드나무 무성하고 꽃이 활짝 핀 곳에 또 마을이 있도다(山重水

复疑无路, 柳暗花明又一村)"라는 시구로 형용될 수 있다. 당초 제작진이 인터뷰할 예정이었던 다른 2명은 건설업계의 인물이었다. 하지만 연락해 본 결과 그들의 직업은 TV의 표현기술상 잘 보여줄 수 없는 한계가 있었다. 그 후 또 많은 전통 수공예와 현대 제조업 고수들과도 연락했지만 모두 성공하지 못했다. 무엇보다도 '대국 장인'이란 상당한 무게가 필요하기 때문이었다.

공교롭게도 우리 집은 류리창(琉璃厂) 부근에 있었다. 이곳은 전통 공예품, 골동품 서화, 문방사우(文房四宝) 등이 집산되는 곳이다. 몇백 미터밖에 안 되는 길 양쪽에는 선지를 파는 가게들이 아주 많다. 선지는 일반적으로 매우 비싼 편이다. 가게 주인들의 말에 따르면 수공으로 제작해야 하는 데다 공예가 매우 복잡하기 때문이라는 것이다. 그중에서도 특히 종이의 두께를 균일 되게 하는 것이 어렵다고 설명했다. 나는 갑자기 '이거다!' 하는 생각이 들었다. 선지 제작은 수공예 장인이 필요한 것이 아닌가! 게다가 선지라든가 문방사우, 전통 공예 이 모든 것이 중국적인 느낌으로 가득하지 않은가! 그리하여 나는 안휘이(安徽) TV방송국에 있는 친구에게 전화를 걸어 "선지 산지에 이런 조건들을 충족시킬 수 있는 사람이 있는가?" 하고 물었다.

사귀신속(事贵神速)[13]이라는 말이 있듯이, 19일에 '선지'로 프로그램을 만들기로 확정한 뒤인 22일에 우리는 선지의 정통 원산지인 안휘이(安徽) 징현(泾县)에 도착했다. 안휘이(安徽) TV방송국 지인의 소개하에 현지 정부와 선지공장은 우리의 촬영을 매우 중시해 뤄밍(罗鸣)

---

13) 사귀신속(事贵神速) : 일은 신기할 만큼 빠르게 하는 것이 좋음을 이르는 말.

성급 무형문화재 전승인 겸 중국선지주식유한회사 부사장을 소개해 주었다. 뤄밍 부사장은 우리에게 선지의 역사, 공예, 품질 기준 등을 상세히 소개해주었다. 하지만 뤄밍 부사장은 자신이 전승인이고, 종이뜨기를 한 적이 있기는 하지만, 오랫동안 관리 업무에만 종사하다 보니 실제 조작 기술은 이미 생소해졌다고 털어놓았다. 결국 그의 추천으로 우리는 30년 간 작업장에서 종이뜨기를 해왔고, 얼마 전에 '전국5.1노동메달'을 획득한 저우똥홍 씨를 찾게 되었다.

저우똥홍 씨를 취재하는 것은 아주 힘든 일이었다. 첫 인터뷰는 종이뜨기 작업장에서 했는데, 그는 종이뜨기 공예에 대한 소개 외에는 "내가 종이뜨기를 하는 것은 타고난 것입니다"라는 말밖에 할 줄 몰랐다. 우리는 작업장에서 그가 일하는 여러 가지 장면들을 촬영할 수밖에 없었다. 우리는 이 과정에서 종이뜨기 동작이 아주 간단하다는 것을 곧바로 발견하게 되었다. 이른바 "일렴수고신(一帘水靠身), 이렴수파심(二帘水破心)"이라는 말 그대로 그냥 지렴(纸帘)을 내려놓고 흔들기만 하면 되는 것처럼 보였다. 그런데 무엇 때문에 어떤 사람은 10여 년 동안이나 배웠는데도 그냥 '태렴(抬帘)'밖에 못하고, 저우똥홍 씨는 2년 만에 '장렴(掌帘)'의 일을 할 수 있게 되었는가 하는 의문이 들게 되었다. 여기에는 반드시 뭔가 사정이 있을 것 같았다. 하지만 저우똥홍 씨는 자신이 종이뜨기를 할 수 있는 것은 타고난 것이며, 모든 것이 자연스럽게 이루어진 것이라고만 고집했다. 더 물어보면 저우똥홍 씨는 한참을 생각하고 나서 "부지런히 배우고 열심히 연마해야 한다"고만 대답했을 뿐이었다. 그럼 "어떻게 부지런히 배우고 열심히 연마해야 하는가?" 하고 묻자 "이렇게 연습하면 된다"고 한 마디로만 대답하는 것이었다.

그 며칠 동안 저우뚱홍 씨는 매우 분망하게 보냈다. 그해에 '전국 5.1노동메달'을 획득했으므로 각종 보고회와 표창대회에 참가해야 했기 때문이었다. 우리가 첫 인터뷰를 하던 날 저녁에도 현지 지도자가 준비한 축하연회에 참가해야 했으므로 창졸지간에 취재를 끝낼 수밖에 없었다. 이튿날 우리는 그의 댁을 방문해 다른 방향에서 그의 상황을 이해할 수 있기를 바랐다. 우리는 그의 생활에 대해 즉 가정과 딸에 대해 이야기를 나누었다. 그는 현재의 생활에 대해 매우 만족스러워 하고 있었다. 그는 현지에서 수입이 가장 많았고, 영예 또한 최고였다. 이 모든 것은 종이뜨기를 해서 얻은 것이었다. 이렇게 그와 한 시간 남짓 이야기를 나누고 나서 다시 어떻게 종이뜨기 솜씨를 익혔는가에 대해 이야기를 나누게 되었다. 우리는 그가 아주 고무적인 기분이 되거나 감동적인 말을 하여 절묘한 말이 나오기를 간절히 바랐다. 하지만 그는 여전히 자신이 종이뜨기를 할 수 있은 것은 타고난 것이라고만 자랑스레 말할 뿐이었다. 그러고 보면 저우뚱홍 씨는 사실 아주 고집스러운 사람이고, 또한 자신의 직업에 자긍심이 큰 사람이었다. 이것이 바로 정상급 장인이 구비해야 할 기질이라는 데에는 영감을 얻었다. 이날 저녁 우리는 저우뚱홍 씨의 아내를 취재했다. 그의 아내에 대한 취재는 그냥 일상사를 이야기하는 것에 지나지 않았는데 바로 여기서 "TV에서 나오는 '사랑해'라는 말은 모두 가짜"라는 대목이 나오게 된 것이다. 그의 아내와 저우뚱홍 씨에 관련해 이야기를 나누었는데, 그의 다른 취미는 없고 그저 종이뜨기만을 좋아한다는 얘기가 나오게 되었다. 그의 아내와의 인터뷰를 통해 나는 저우똥홍이라는 인물이 이웃사람처럼 아주 진실하고 현실적으로 느껴지게 되었다. 솔직히 이 프로그램에서 내가 가장 좋아하는 대목은 그의 아내와의 인터뷰였다. 이날 저녁 우리가 일을 끝냈을 때에는 이미 새벽 1시 30분이나 되었다. 이튿날 저우똥홍 씨는 베이징(北京)으로 가서 '전국 모범노동자 표창대회'에 참석해야 했다.

세 번째 인터뷰는 저우똥홍 씨가 표창대회에 참가하고 난 후였다. 나는 그에게 전화로 베이징에 다녀온 후의 느낌에 대해 물었다. 이번에도 우리는 한 시간 정도 이야기를 나누었다. 가장 기쁜 것은 이야기하는 과정에서 그가 과거에 기술을 배울 때의 에피소드 두 개를 떠올렸다는 점이다. 과거 그는 펄프의 무게에 대한 감각이 없었다고 했다. 어느 한 번은 태렴 일을 하면서 조심하지 않아 펄프를 아주 조금 떨어뜨린 적이 있는데 마침 당시의 공장장이 이를 보게 되었다. 공장장은 "자네는 요만한 펄프면 돼지기름보다도 더 비싸다는 것 알기나 하나?"하고 불쾌감을 드러내며 말했다고 했다. 그때는 매우 가난하다 보니 돼지기름도 먹을 수 없었던 때였기에 저우똥홍 씨는 크게 충격을 받았고, 그 후부터는 펄프의 무게에 각별히 신경을 쓰게 되었다고 했다. 다른 한 가지 에피소드는 날이 금방 밝았을 무렵 건져낸 종이가 날이 어두웠을 때 건져낸 종이와는 무게가 다르다고 느껴져 사부를 찾아가 물어보았던 일이다. 그때 사부는 확실히 날이 밝았을 때와 날이 어두울 때 지렴의 반사광이 다르기 때문에 종이를 건져낼 때의 판단에 영향을 끼친다고 말했다. 저우똥홍 씨는 "그런 느낌을 찾기 위해 나는 매일 종이뜨기를 했습니다. 며칠만 쉬어도 그런 감각을 찾을 수가 없었습니다. 부지런히 배우고 열심히 연마해야 한다고 말했는데, 여기서 열심히 연마한다는 것이 바로 이것입니다. 날마다 이런 감각을 찾기 위해 노력했습니다"하며 감개무량해서 말했다. 그때 나는 "바로 이거다!"라는 생각이 들었다. "30년 동안 한 가지 일만 좋아해 왔고, 30년 동안 날마다 그와 같은 감각을 유자하기 위해 지속해 왔으며, 30년 동안 완제품율 100%를 유지해 온 것 이것이 바로 '장인 정신'이 아닌가?" 하고 내심 소리쳤다. 상업사회의 소란스러움이 거대한 강을 방불케 한다면, 그 요란함 속에서 선지 공예의 전승은 졸졸 흐르는 개울처럼 평범함 속에서 오래오래 이어져 왔던 것이다. 바로 이 빠름과 늦음 사이에 선지 제작인들의 '장인 정신'이 나타나는 것이었다. 저우똥홍 씨는 무엇이 '장인 정신'인지를 잘 모른다. 다만 적막감을 이겨내고, 매번 종이를 건져낼 때의 미세한 차이를 체득해 내어, 될수록 오차가 없게 하는 것이 바로 저우똥홍 씨가 잊지 않고 있는 초심이었던 것이다. '장인 정신'의 '정(精)'이란 바로 부지런히 배우고 열심히 연마하며 탐구하는 것이다. 그렇다면 '장인 정신'의 '신(神)'이란 바로 종사하는 직종에 대한 경외감과 자긍심이 아닐까 한다. 이러한 정신이 있다면 당신과 나, 우리 모두가 '대국 장인'이 될 수 있는 것이다.

루우(盧武)

중국 CCTV 뉴스센터 전임 기자

후쌍첸胡双钱
항공업계의 수공예手工藝 자

인물 소개

후쌍첸(胡双钱)은 1960년 7월 16일 출생으로 상하이(上海) 사람이다. 후쌍첸 씨는 1978년 10월 상하이항공기제조기술학교에 입학하였고, 2년 후 졸업하여 직접 상하이항공기제조공장(지금의 상하이항공기제조유한회사)에 들어가 디지털 선반가공 작업장에서 지금까지 38년간 기계조립공으로 일해 왔다.

후쌍첸 씨는 상하이항공기제조공장에서 Y-20(运-10), 맥도널 더글라스 MD82, 보잉 B-737, 보잉 B-787, 중국산 ARJ-2, 중국산 C919 등 항공기 생산에 참여했으며, 티타늄 합금 가공 등 여러 공정에서 기술 혁신과 기술 개조를 하는 등 뛰어난 성과를 거두었다. 또한 '후쌍첸 표준 작업법'을 종합해 냈는데 이것이 바로 '기계 조립공 8대 표준 작업법(钳工操作标准工作八大法)'이다. 이 작업법은 이미 각 작업장 및 상업용 비행기회사들에서 보편적으로 적용되고 있다.

후쌍첸 씨가 획득한 시(市)급 이상의 상으로는 2002년 '상하이시 품질 금상', 2015년 '전국노동모범', 2015년 '전국도덕모범', 2016년 '제2회 중국 품질상 후보상' 등이 있다.

후쌍첸은 상하이항공기제조공장 기계 조립공이다.

요지(要旨)

독자적으로 대형 여객기를 개발한다는 것은 한 나라의 종합 실력의 집약적 발현이다. 현대 공업시스템의 정점에 있는 이 산업에서 수공 노동자는 갈수록 적어지고 있고, 또한 갈수록 대체할 수 없는 기로에 서 있다. 고도의 자동화 생산을 하고 있는 보잉이나 에어버스마저도 각자 자신의 글로벌 공장들에 독자적인 능력을 갖춘 수공 장인들을 보유하고 있다. 그들은 전문적으로 항공기 생산과정에서 가장 까다롭고 엄격한 수공 조정과 개조 작업을 한다. 이런 장인들은 그 한 사람 한 사람 모두가 아주 소중하다. 중국 대형 항공기 산업 일선에도 이런 수공업자가 있었다. 그의 이름은 후쌍첸인데, 보통 키에

피부가 희고 깨끗하다. 짧게 이발한 머리는 벌써 희끗희끗해졌는데 이웃집 아저씨처럼 사근사근하고 온화하다. 지난 40년 가까이 그는 항공기 부품만 근 천만 개를 가공했는데 단 하나의 불량품도 나오지 않았다. 상하이(上海) 푸동(浦东)과 동중국해 연안의 현대화된 공장 건물에는 밤낮으로 불빛이 꺼지지 않는다. 이곳은 중국 민간항공산업의 최전선이고, 중국상업용항공기유한책임회사 푸동기지로서, 중국 민간 대형 항공기가 탄생한 요람이다.

중국 최초로 자체 지적재산권을 완전 소유한 대형 제트 간선 여객기 C919가 바로 이곳 푸동 조립공장에서 새 항공기 조립작업을 하였다. 항공기의 부분조립이 끝나면 날개와 선실 등 중요 부분이 형태를 갖추게 된다. 이어 통째로 완성품 조립공장으로 운송돼 항공기로 완전 조립된다. 이 공정에서 총 100만 개가 넘는 비표준 품들이 장착돼야 한다. 그런데 이 비표준 품들 중 80%는 처음 중국에서 설계 생산된 것이다. 여기에 사용되는 그 어떠한 부품도 규정에 위반되면 앞으로 C919항공기 전체에 문제가 생길 수 있다.

이 부품들은 대부분 중국상업용항공기유한책임회사 상하이공장, 즉 반세기 남짓한 역사를 가지고 있는 상하이항공기제조공장의 작업장으로부터 온 것이다.

후쌍첸 씨는 바로 이 상하이항공기제조공장의 고참 직원이다. 상하이항공기제조공장은 1950년에 설립되었는데, 처음에는 국내 항공기의 수리를 담당했었다. 그 후 중국 최초의 대형 항공기의 탄생지, 중국 최초의 항공기 국제 협력 제조 조립공장 및 국제 공동 생산 작업장이 되었는데 중국 민간항공 산업의 명실상부한 일선 진지였다.

후쌍첸 씨는 이곳에서 한평생 항공기 부품 관련 일을 해 왔다. 지금 그는 고글과 방진 마스크를 쓴 채 드릴링 소리 속에서 꼼꼼하게 정교한 부품을 다듬고 있다. 다소 투박해 보이던 항공 알루미늄은 그의 샌딩 과정을 거쳐 반짝이는 금속광택을 내기 시작했다.

후쌍첸 씨가 있는 이 공장건물은 90% 이상의 공간을 현대화된 정밀 디지털 선반이 차지하고 있다. 후쌍첸 씨와 그의 조립팀은 공장건물의 한쪽 구석에 있는 몇몇 작업대에서 분주히 움직이고 있었다. 모든 작업을 수공으로 해야 하는 후쌍첸 씨는 여기서 마치 시대에 뒤떨어진 '고물'과도 같아 보였다. 그에게서는 마치 지금까지도 그의 서랍 속에 남아있는 구식 도구처럼 소박하면서도 진부한 느낌이 묻어났다.

"이것 보십시오. 이 줄칼은 티타늄합금만을 전문적으로 가공하는 것으로 가격이 좀 비쌉니다. 다른 것들은 그냥 보통입니다."

후쌍첸 씨는 서랍 속에 가지런히 배열된 여러 가지 줄칼들을 가리키며 우리에게 하나하나 소개해 주었다.

1960년생인 후쌍첸 씨는 퇴직할 나이가 거의 다 되어간다. 그는 현재 상하이항공기제조공장에서 가장 나이 많은 기계조립공이다. 기계조립공팀의 팀장인 그는 팀 내 젊은 조립공들을 거의 다 가르친 적이 있다. 대다수 사람들의 인상 속에 항공기 생산은 전적으로 생산라인에 의해 이루어진다. 하지만 이 3000㎡의 공장 건물 안에서는 가장 선진적인 설비와 수공 작업을 하는 조립공들이 완전히 다른 공업 생산방식으로 호흡을 잘 맞춰오고 있다.

"예를 들어, 부품에 아주 작은 직각(直角)의 흔적이 있다면, 그래도 손으로 수리해야 효율성이 높습니다. 혹은 급히 필요한 부품에 구멍을 뚫어야 하는데, 만약 디지털 선반을 사용한다면 다시 프로그래밍을 해야 합니다. 하지만 우리가 기계 가공을 해서 만든다면 아주 짧은 시간 내에 만들어 낼 수 있습니다."

후쌍첸 씨와 그의 동료들에게 있어서, 매일 부품의 복잡한 구조의 모서리를 완벽하게 다듬어 교정하는 것은 아주 평범한 일에 지나지 않는다. 자신이 종사하는 직종의 비대체성에 대해 후쌍첸 씨는 아주 담담한 어조로 말했다. 항공제조 산업의 모든 작업 중 그에게 맡겨진 일은 요구 사항이 가장 높은 것이다.

항공제조 분야에서는 공차(公差)[14]가 허용되기는 하지만, 이런 공차는 이미 너무 지나치다 할 정도로 엄격하다. 후쌍첸 씨가 가공한 C919의 비표준품은 정밀도에 있어서 사(丝)급으로 요구했다.

1사(丝)는 0.01밀리미터로, 머리카락 굵기의 10분의 1에 해당한다.

"저의 손 감각으로 말하면, 볼트를 이 구멍에 넣었을 때 조금 조이는 느낌인데 또 아주 꽉 조이지는 않는 그런 것입니다."

후쌍첸 씨는 수십 년간의 작업 경험으로 축적된 자신의 '손 감각'에 대해 될수록 말로 표현하려고 애썼다. 이런 공차는 정밀기기로도 반

---

14) 공차(公差) : 허용 오차(tolerance)라고도 하는데, 이상적인 치수 또는 자세와 실제의 차이를 규격에서 허용하는 범위를 뜻한다. 일반적으로 공차는 mm 단위로 산출 및 표기하며, 기계, 금형, 건축, 토목 등의 분야에서 사용하는 용어 중 하나다.

복적으로 측정해야만 확정할 수 있는 것이다. 설명을 돕기 위해, 그는 손을 들어 우리에게 시범을 보였다. 그의 손은 오랫동안 옻칠하느라 묻은 옻 색과 알루미늄 부스러기에 닿았기에 이미 지워지지 않는 청색으로 물들어 있었다. 바로 이 두 손으로 그는 지난 40년간 이러한 기준의 부품들을 근 천만 개나 가공해 내면서 단 하나의 불량품도 내지 않았던 것이다.

"우리 제품은 사람들의 생명과 관련된 안전과 관계가 있기 때문에 다른 업종과 다를 수밖에 없습니다."

이 말을 하고 나서 후쌍첸 씨는 잠깐 멈추었다. 그의 표정은 매우 엄숙했다. 중국산 대형 항공기의 품질과 안전성에 대해 사회적으로 줄곧 논란이 뜨거웠지만, 진정으로 실상을 파악하고 있는 것은 업계

후쌍첸 씨가 부품을 가공하고 있다.

내 사람들 뿐이다. 중국에서 항공기가 사용되는 곳으로 인도되려면 반드시 중국민용항공국의 인증을 받아야 한다. 하지만 이 인증은 또 전 세계 항공 분야에서 가장 경험이 많고, 가장 기준이 엄격한 미국 연방항공청(FAA)의 동시 그림자 인증을 거쳐야 한다. 인증 전 과정은 비행기의 설계·제조·조립·시험비행·양산·비행 등 전 생명 주기의 각 노드마다 모두 개입하고, 심지어 너트 하나에도 이에 대응하는 피로 강도·수명·재료에 대한 요구사항이 있다. 이는 미래 항로 운영의 안전을 보장하기 위한 것이다. 그리고 최종 심사보고서에 서명한 심사원은 평생 이에 관련한 책임을 지게 된다. 이것이 바로 현대 민간항공 분야에서 '최종 시험'으로 불리는 '적항 심사'이자 중국산 항공기인 C919가 겪고 있는 시험이다. C919는 이 시험에서 만점을 받아야만 항로를 운영할 자격을 획득하고 시장에 진출할 수 있다.

후쌍첸 씨에게 있어서는 1차적으로 부품을 정확히 요구사항에 부합되게 만들어 내면 재가공 시간을 절약해 낼 수가 있어 항공기 전체가 조금이라도 일찍 만들어질 수 있는 것이다. 업계 내 인사로서 후쌍첸 씨는 자신의 직업에 대해 강한 사명감을 가지고 있다. 오늘날 중국 민용항공 생산 일선에서 그보다 더 발언권이 있는 사람은 매우 적다. 1980년 기술학교를 졸업한 후쌍첸 씨는 원하는 대로 상하이항공기제조공장에 들어갔다. 어릴 적부터 비행기를 무척 좋아했던 그는 마침 중국 민용항공기의 중요한 이정표가 된 Y-10의 첫 비행과 맞닥치게 되었다. 기술학교 시절 도제였던 그는 사부와 함께 Y-10의 몇몇 작은 부품을 가공한 적이 있었다. 막 일을 시작했던 그 무렵 공장에서 Y-10 항공기를 처음 보는 순간 그는 가슴이 뭉클해지는 것을 느꼈다. 그는 지금도 그 때의 장면이 잊혀 지지 않는다고 했다.

그러나 당시 Y-10을 위해 환호하던 사람들은 예상치 못한 충격이 빨리 찾아올 줄은 전혀 생각조차 못했다. 후쌍첸 씨가 Y-10의 첫 비행을 목격한 후 2년 만에 이 대형 항공기는 개발을 중단했다. 1986년 Y-10 프로젝트는 적항 검정 등에 적응할 수 없다는 여러 가지 이유로 민항시장에 진입할 수 없게 되어 끝내는 완전히 개발 종료를 선언했던 것이다. 당시 상하이항공기제조공장은 Y-10 연구 제작과정에서 점차 성장해 온 많은 고급 항공 기능공들이 갑자기 일거리가 없어지는 난처한 국면에 직면하게 되었다. 공장에서는 다른 일감을 찾아 사업을 유지하려고 했지만 수익성 때문에 근로자들의 노임은 낮은 편이었다. 상하이항공기제조공장과는 대조적으로 그 당시 상하이에서는 기업 발전과 상업이 흥기하는 붐이 거세게 일고 있었다. 시장의 강력한 충격 속에 베테랑 근로자들이 분분히 공장을 떠나 시장에 진입하지 않으면 아예 직접 다른 공업기업에 들어가기도 했다.

"많은 사람들이 이직했습니다. 당시 우리의 노임은 가장 적을 때는 100위안(元)도 되지 못했습니다. 그런데 밖에서는 300, 400위안이나 했습니다. 외부 기업들이 우리 작업장에서도 한 사람을 빼내갔습니다. 그는 디지털 프로그래밍을 하는 사람이었는데, 그 기업에서는 3,000위안이라는 임금을 제시했습니다."

당시 공장의 상황을 떠올리며 후쌍첸 씨는 감개무량해 했다. 그는 당시 상하이항공기제조공장 문어귀에는 현지 각 대형 공업기업들에서 기술자를 채용하려는 전용차가 가득 주차돼 있었고, 현장에서 인재들을 빼내갔다고 말했다. 전날까지도 작업장에서 함께 일하던 동료가 이튿날 바로 다른 곳으로 자리를 옮기는 일도 있었다. 후쌍첸 씨도 사영기업주에게서 러브콜을 받았는데 상대가 제시하는 노임은 당시 그가 받는 노임의 세 배나 되었다.

"나는 우리 공장이 나중에 계속 비행기를 만들지도 모른다는 생각이 들었습니다. 나는 이 공장이 결코 도산하지 않을 것이라고 믿었습니다."

후쌍첸 씨는 사영기업주의 러브콜을 확실하게 거절했다. 결코 그가 돈이 부족하지 않아서가 아니라 중국이 항공기를 제작한다는 것이 대사라는 생각이 들었기 때문이었다. 이 대사는 꼭 이 공장을 필요로 할 것이며, 또한 자신을 필요로 할 것이라고 생각했다.

"이 항공기 프로젝트는 국가에서 반드시 지원할 것이므로 도산하지 않을 것이라고 생각했습니다. 우리는 중국에서 유일하게 민항기를 완성품으로 조립했던 공장입니다. 그러기에 도산하지 않을 것이라고 믿었습니다."

후쌍첸 씨는 이렇게 말했다. 하지만 그것은 다만 느낌일 뿐, 도대체 얼마나 오래 기다려야 할지 자신도 몰랐다고 말했다.

중국에서 제일 마지막으로 온전하게 조립된 Y-10항공기는 프로젝트 종료가 발표된 후, 상하이로 운송되어 그의 '출생지'인 상하이항공기제조공장의 잔디밭에 세워져 일반인들이 참관할 수 있게 되었다. 이 간선 비행기는 옆으로 6개의 좌석이 배열되어 있어서 매우 널찍했다. 지금도 이 비행기 내부에는 계기, 좌석, 내장이 완비되어 있다. 후쌍첸 씨는 시간만 나면 그 비행기에 올라가 이리저리 살펴보기도 하고 앉아 있기도 했다. 그 후 꼬박 20년 동안 후쌍첸 씨는 상하이항 공기제조공장에서 위탁생산에도 참여했고, 보잉사와 맥도널 더글라 스사의 항공기 부품 제작에도 참여했으며, 중국 최초의 제트 지선 여 객기인 ARJ21의 생산에도 참여했었다. 비록 모두 항공기이기는 했지 만 그가 꿈꾸던 중국의 대형 항공기는 아니었다.

상하이항공기제조공장 잔디밭에 세워진 Y-10항공기 앞에는 '영원히 포기하지 않는다(永不放棄)'는 글자를 새긴 초석(楚石)이 있다.

2006년 중국 차세대 제트 간선 여객기 C919 프로젝트가 정식 승인을 받았다. 이는 최신 국제 적항기준에 따라 자체 지적 소유권을 가진 중국 최초의 간선 민용항공기로 "국가 중장기 과학기술 발전 계획 요강(2006–2020)"에 들어간 16개 중대 프로젝트 중 하나였다. 중국인들의 대형 항공기에 대한 꿈이 다시 가동된 것이다.

후쐉첸 씨가 있는 상하이항공기제조공장도 자연히 다시 국내 민용항공기 생산 제일선의 중책을 맡게 되었다. 그러나 이번 차세대 간선 여객기 C919는 대량의 새 디자인이 적용되었다. 이는 후쐉첸 씨가 있는 상하이항공기제조공장 생산 라인에 더욱 높은 요구 조건을 제시한 것이었다. 후쐉첸 씨가 수공으로 정교롭게 가공해야 하는 부품들은 가장 큰 것이 거의 5m였고, 가장 작은 것은 클립보다도 작았다.

"가장 작은 부품은 요 정도였습니다. 새끼손가락 손톱의 절반 쯤 되지요. 갈고리 모양으로 아주 작은 거였는데 그 위에 구멍도 뚫어야 했습니다."

후쐉첸 씨는 이렇게 말하며 손을 내밀어 크기를 재는 시늉까지 했다. 그는 현장에서 우리에게 샘플 하나를 찾아 보여주었다. 그것은 아주 작은 갈고리였는데 아라비아 숫자 '6'처럼 보였다. 카메라가 이 작은 금속 갈고기에 초점을 맞추자 화면에는 후쐉첸 씨의 손가락 지문까지 분명하게 보였다. 인터뷰를 하던 도중 후쐉첸 씨는 마침 새 기계 가공 임무를 받았다. 도면에 따라 합금 하나를 가공하는 것이었다. 후쐉첸 씨는 현장에서 바로 조작하기 시작했다. 그는 능숙한 솜씨로 컴퓨터를 다루면서 전자 도면과 반제품을 거듭 대조하였다. 차질 없게 확인하고 난 뒤, 후쌍첸 씨는 합금 조각에 페인트를 칠하기 시작했다. 이어 표시칼로 보조선을 그었다. 그러자 드릴링과 샌딩을 해야 할 곳이 분명하게 표기되었다. 그리고는 선반 위에서 조작하기 시작했다. 빠르게 돌아가는 드릴이 합금 표면에 닿자 은빛으로 반짝이는 금속 부스러기들이 회전하면서 위로 날려 올라갔는데 그것은 마치 천천히 피어나는 금속 꽃과도 같았다.

후쌍첸 씨에게 있어서 이런 기계 가공은 모두 일상적인 업무일 뿐이었다. 진정한 도전은 생산과정에서 급작스레 "위급한 상황을 구제하는 것"이었다.

한 번은 항공기 조립에 필요한 특수 금속부품이 하나 급히 필요했는데, 원래 제조공장에서 조달할 경우 추가로 며칠이 걸릴 수도 있었다. 작업 기일을 지체하지 않기 위해 공장에서는 티타늄 합금 반제품으로 가공해 보기로 결정했다. 이 임무는 후쌍첸 씨에게 떨어졌다.

"그 손바닥 만한 반제품 가격이 100여 만 위안이었습니다. 정밀하면서도 단조로운 것이기 때문에 원가가 상당히 높았습니다. 이 위에 크기가 서로 다른 36개의 구멍을 뚫어야 했습니다. 구멍의 정밀도는 0.024mm라야 했습니다."

이 일은 후쌍첸 씨에게 매우 인상적이었다. 그는 우리와 함께 당시의 자세한 사정을 일일이 회고했다.

0.024mm라는 정밀도는 머리카락 굵기보다도 더 가늘어 이미 육안으로 관찰할 수 있는 범위를 벗어난 것이었다. 현장에서 급히 가공하는 것이어서 도면조차 없다 보니 정밀 프로그램이 있어야 가공할 수

있는 디지털 선반도 도움이 되지 않았다. 후쌍첸 씨가 기댈 수 있는 것이란 오직 자신의 푸르스름한 손바닥과 익숙한 오래된 밀링 드릴링 머신뿐이었다.

"사람들이 둘러서서 숨죽이고 지켜보았습니다. 구멍 하나를 뚫고는 측량했는데 그때마다 가슴이 세차게 뛰었습니다!"

여러 해가 지났지만 그때의 정경을 떠올리며 후쌍첸 씨는 여전히 매우 감격스러워 했다.

"구멍을 뚫기 전에 비슷하지만 소용없는 재료로 몇 번 시험을 해 보았습니다. 구멍을 뚫을 때의 각도를 시험해 보지 않았다가 구멍 하나라도 제대로 되지 않으면 그 반제품은 못쓰게 되기 대문이죠."

후쌍첸 씨는 이 부품의 36개 구멍을 다 뚫는데 한 시간이 넘게 들었다. 구멍 하나를 다 뚫으면 바로 마이크로미터로 정밀도를 측정하여 틀림없음을 확인한 후 다시 그 다음 것을 시작했다.

'금속 꽃' 조각이 끝난 후, 그 티탄늄 부품은 일차적으로 검사에 합격되어 바로 비행기에 장착되게 됨으로써 많은 시간을 절약할 수 있었다.

"어려운 부품일수록, 그리고 복잡한 부품일수록 해내고 나면 더욱 성취감이 느껴졌습니다. 검사에서 합격되고 나면 성취감을 느낄 수 있었습니다. 그리고 하룻밤 사이에 피로감이 다 풀리곤 했습니다."

자신의 두 손으로 도전을 이겨냈다는 감각은 사람을 반하게 만든다고 후쌍첸 씨는 말했다.

상하이항공기제조공장의 젊은 기계 조립공인 차오쥔제(曹俊杰) 씨는 우리에게 후 씨가 공장에서 다른 사람들에게 없는 '대접'을 받는다고 말했다.

"급하게 가공해야 할 일이 있으면 항상 먼저 후 씨부터 떠올리죠. 한밤중에도 그를 공장으로 불러들이는 것은 지극히 정상적인 일입니다. 남들은 그런 '대접'을 못 받죠. 하지만 반대로 집안일은 적게 챙길 수밖에 없는 것이지요."

후쐉첸 씨는 현재 일주일에 엿새는 작업장에 틀어박혀 있어야 한다. 집에 있는 유일한 가족사진은 2006년에 찍은 것이다. 2013년 후쐉첸 씨네 일가는 십여 년 동안 살던 30평방미터의 낡은 집에서 겨우 나왔는데, 대출을 받아 상하이 바오산구(宝山区)에서 70㎡되는 새 집을 샀기 때문이었다.

후쐉첸 씨가 젊은 동료들에게 기술을 전수하고 있다.

일선 근로자로서의 후쌍첸 씨네 집은 상상 외로 소박했다. 집은 그리 크지는 않았지만 잘 정리되어 있었다. 벽장에는 그와 아내가 결혼할 때의 사진과 1980년대 상하이의 각종 공예품들이 놓여 있었다. 그 중 색깔이 가장 화려한 것은 상하이항공기제조공장에서 만든 빨간색 ARJ21 항공기 기념모형이었다. 비록 절기를 가진 최고의 기계 조립공이라고는 하지만, 후쌍첸 씨의 월급은 상하이라는 이 번화한 동방 금융 중심 도시에서 그다지 많은 것은 아니었다. 오랜 세월 동안 그가 집에 가져간 가장 큰 재산은 바로 자신의 솜씨와 능력으로 획득한 상장과 증서들이었다.

"이런 것들은 평소 밖에 내놓지 않습니다. 그냥 혼자서만 볼 뿐입니다."

후쌍첸 씨의 아내인 리쥐란(李菊兰) 씨는 우리의 요구에 따라 남편의 영예증서들을 보여주었다. 그녀는 이 증서들을 평소에는 침실의 보관함에 넣어두며 거의 꺼내지 않는다고 했다. 하지만 그녀는 그 증서들에 대해 손금 보듯 환히 꿰뚫고 있었다.

"이건 2001년에 탄 상인데, 그가 받은 제일 첫 번째 큰 상입니다. 우수품질 직원상이에요. 그리고 이건 '전국 5.1노동메달'입니다."

리쥐란 씨는 중국 노동자계급의 최고의 영예 증서인 '전국 5.1노동메달'이 담긴 비닐 봉투를 살짝 열어보았다.

"이건 제가 잘 보관해 뒀어요."

리쥐란 씨는 이렇게 말했다.

2018년은 국산 C919 대형 항공기가 출범된 지 열두 번째가 되는 해로 새 C919 항공기가 조립을 마쳤고, 또 새 시험 비행 항목이 준비되고 있었다. 상하이 푸둥 중국 상업용 항공기 기지의 작업장에는 "장기간 분투하자, 장기간 애로를 극복하자, 장기간 고생을 견뎌내자, 장기간 공헌하자"는 네 폭의 표어가 국기의 양측에 걸려 벽면 전체를 가득 채우고 있다. 이 표어들은 상업용 항공기업계 종사자들의 차세대 국산 대형 항공기 제작사업의 과거와 미래에 대한 진실한 묘사라고 할 수 있다. 후쌍첸 씨는 이제 곧 쉰여덟 살 생일을 맞게 된다. 퇴직까지 아직 2년이 남은 셈이다. 그는 남은 시간이 너무 짧다고 생각했다.

"저의 일생을 돌이켜 보면, 708프로젝트(Y-10) 때에 이 공장에 들어와서, C919로 마치고 퇴직할 것 같습니다. 광폭동체 항공기를 만드는 일은 해 보지 못하고 퇴직할 것 같습니다. 하지만 퇴직 연령이 허락된다면, 10년 아니 20년을 더 일하고 싶습니다. 중국 대형 항공기의 제작을 위해 공헌하고 싶습니다. 이것이 저의 꿈입니다."

푸둥의 총 조립장에서 이제 곧 조립을 마치게 될 새 C919 항공기를 바라보며 평생 기계 조립 일을 해오면서 단 하나의 불량품도 내지 않았다는 후쌍첸 씨는 희망에 부풀어 있었다.

촬영 기사가 후쌍첸 씨의 일상을 촬영하고 있다.

상하이풍 장인 후쌍첸 씨

「대국 장인」 제1시즌을 제작할 무렵, 나는 마침 중국 상업용 항공
기 전문 출입기자로 장기간 중국 대형 항공기 C919의 연구 제작 진도
를 추적해 왔었다. 소재만으로 볼 때, 중국 현대공업의 최고 수준을
차지하는 이 업종에서 만약 전 업종을 내리누릴 수 있는 급별의 고수
가 나오지 않으면 오히려 이상한 일이 될 것 같았다. 거듭되는 숙고
끝에 우리는 대형 항공기 C919의 항공기 조립공 후쌍첸 씨를 선택했
다. 당시의 중국상업용항공기그룹 청푸장(程福江) 홍보처 처장(处长)에
게 고마운 마음을 전한다. 항공업계에 특별한 애정이 있는 이 항공인
의 강력한 추천으로 우리는 이 이야기의 주인공인 후쌍첸 씨를 찾을
수 있었던 것이다. 후쌍첸 씨는 1960년 상하이에서 태어난 현지 사람
으로 우리 아버지와 동갑내기이다. 그와 친해진 후 나는 그를 아저씨

라 불렀다. 사실 후 아저씨는 말수가 적었다. 취재 기간 동안 나는 작업장과 공장 내 다양한 곳에서 세 번이나 장시간 인터뷰를 해서야 겨우 완성할 수 있었다. 후 아저씨의 표현방식은 그의 사람 됨됨이처럼 아주 순수했다. 아주 간단한 의사소통만으로 그는 자신이 근 40년 동안 공장에서의 경력과 경험을 정확하게 묘사해 냈다. 사(丝)급 정밀도에 대해 말할 때, 그는 '볼트를 이 구멍에 넣으면 조여지지만 그렇다고 해서 또 아주 단단하게 조여지는 건 아닌 감각'이라고 할 때는 아주 생동감이 넘쳤다. 당시 취재지로 선택한 곳은 상하이항공기제조공장 중심에 있는 잔디밭이었다. 나와 후 아저씨는 잔디밭에 앉아 한담하듯이 오랫동안 이야기를 나누었다. 우리가 앉은 잔디밭의 뒤에는 이 글에서 언급했던 중국 마지막 Y-10항공기가 세워져 있었다. 그것은 중국 사람들이 대형 항공기를 만들려는 꿈의 기념비였다. 비록 실패한 것이지만 그로 인해 꿈은 무너지지 않았던 것이다.

1985년 출생인 나와 후 아저씨의 세계는 아주 멀리 떨어졌다고 할 수 있다.

하지만 나는 그의 이야기를 듣는 것이 좋았다. 또한 이 이야기를 잘 해서 더 많은 사람들에게 들려주고 싶었다.

나는 우리가 가장 오랫동안 나눈 대화를 기억하고 있다. 그날 우리는 오후 3시부터 해질녘까지 이야기를 나누었다. 촬영 기사 돤(段) 형은 편색(偏色)되지 않도록 하기 위해 세 번이나 색의 온도를 조절하면서도 전원을 끄지 않았다. 깊은 이해를 거쳐 나는 후 아저씨를 '상하이풍 장인'의 대표 인물이라고 정의를 내렸다. '북방풍 장인들'이 훤칠

한 키에 시원시원한 성격인 데에 비해, 후 아저씨는 겉보기에는 냉정하고 침착했지만 내면은 아주 섬세했으며, 마음속 깊이에는 기술에 대한 숭배와 직업 윤리를 가지고 있었다. 시청자들은 아마 생활 속의 후쌍첸 씨가 상하이항공기제조공장 수천 명 직원들 중 카드놀이의 고수라는 것을 상상하기 어려울 것이다. 그는 평소 낡은 라디오를 조립하고, 수리하는 것을 좋아하며, 제자들과 동료들의 이발도 해준다. 분주한 대도시 상하이에서 자전거를 타고 출퇴근하며, 즐거운 얘기를 하다가 의기양양해지면 "아!" 하고 감탄하기도 한다.

이런 세부 사항들을 모두 프로그램에 넣는다면 사실 더욱 입체적으로 후쌍첸 씨를 부각시킬 수 있겠지만, 시간의 제한으로 아쉽지만 삭제할 수밖에 없었다. 사실 당시 나와 쉬샤오란(许晓然) 편집은 인터뷰 속의 굉장히 많은 포인트들을 놓고 어떻게 취사선택할 것인지 우왕좌왕하다가 결국은 다큐멘터리처럼 한 조목 한 조목씩 비망록을 써놓고 반복적으로 토론하고 따져보면서 어느 건 넣고, 또 어느 건 뺄 것인가에 대해 고민했다. 프로그램이 겨우 8분 정도밖에 되지 않았으므로 많은 내용들을 넣으면 너무 방대해 질 것 같았다. 그리하여 최종 원고에는 가장 중요한 것과 알맹이만 넣었다.

「대국 장인」 프로그램은 당시 뉴스채널에서는 잘 쓰지 않는 정품 촬영방식을 선택했다. 카메라팀 전체가 손에 익었던 파나소닉3100 고화질 대형 기계 대신 DSLR 카메라에 대삼원 렌즈를 장착해 모든 촬영을 완성했다. 사실이 증명하다시피, 이것이 바로 「대국 장인」이 두각을 나타낼 수 있은 핵심 경쟁력 중 하나였다. DSLR 카메라로 촬영해낸 것들은 채도가 매우 높았다. 특히 공업생산 라인의 금속 질감을 돋보이게 했다. 촬영사 돤더원(段德文) 씨도 솜씨가 아주 뛰어났다. 그는 장면 선택과 구성에 있어서 뛰어난 상상력을 가지고 있었다. 특히 망원 렌즈와 마이크로 렌즈를 사용해 인물이 처한 환경 속에서의 이미지를 잘 살렸으며, '절삭·마모·조립'의 따분한 작업에서도 공업 정교화 조작의 질감을 잘 살려냈다.

하지만 「대국 장인」 프로그램이 인정받을 수 있었던 핵심적인 가치는 후쌍첸 씨와 같이 착실하게 부품 하나하나를 다듬는 장인 근로자들을 선택하고, 그들에게서 오늘날 사회에서 널리 일반화할 수 있는 소중한 품성을 발굴해냈다는데 있다고 생각한다.

상하이라는 이 번화하고 빠르게 질주하는 도시에서, 시장경제의 물결 속에서, 쾌속 발전하고 있는 사회에서, 후쌍첸 씨는 낡은 자전거를 타고 수십 년을 하루와 같이 집과 직장 사이를 왕복했다.

그에게는 큰돈을 벌 수 있는 기회가 많았다. 항공업계 기계 조립공이라는 신분만으로도 그는 모든 현대화된 기업에서 근로자 군체(群體)의 최고 수준의 임금을 받을 수 있었다. 1980년대 상항이항공기제조공장은 불경기였지만, 상하이 자동차 제조업은 한창 호황을 누리고 있었다. 공장 문어귀에 줄을 지어 차를 주차해 놓고 인재를 스카우트하러 온 사람들을 만난다면, 마음을 움직이지 않는 사람은 몇이 없었을 것이다. 방송 직후 시청자들은 나와 이야기를 나누는 자리에서 후 아저씨는 '헌신자'의 귀감이라며 존경스러워했다.

중국 대형 항공기 업계가 불황에서 벗어나자 공장에 남아있던 후 아저씨에게는 곧 실력을 발휘할 수 있는 기회가 왔다. 그가 그때까지 공장에 남아 있던 이유는 단순히 가장 '비싼 것'이 아닌, 가장 '가치 있는 것'이라고 여겨지는 것을 지켜왔기 때문이었다. 당시 방송 후, 인터넷 링크에는 "중국 항공기 산업은 발전하지 못했다. 선진국에서는 모두 생산 라인을 사용하고 있는데, 우리는 아직도 인력을 이용하여 수공으로 일하고 있지 않은가?" 하는 댓글이 달렸었다. 이는 전 사회적으로 현대 공업에 대한 오해가 너무 심하고, 이에 대한 이해가 너무 적다는 것을 잘 보여주는 증거이다. 우리가 만약 무엇이 기술인지 알지 못한다면, 어찌 기술 숭배를 논할 수 있고, 어찌 기술 연구에 대해 논할 수 있으며, 어찌 기술 추월에 대해 논할 수 있겠는가?

내가 프로그램의 초반에 언급했듯이, 보잉이나 에어버스 등과 같은 강대한 항공기 메이커도 많은 돈을 들여 고급 장인들을 두면서 생산 라인에서 갑자기 나타나는 긴급 상황들을 처리하고 있다. 사실 전 세계적으로 완전히 똑같은 항공기는 거의 없다. 외관이 99%는 같아도 A기는 작은 나사받이를 하나 더 썼을 수 있고, B기는 조임 쇠 연 방식이 다를 수 있는 것이다. 이처럼 모든 항공기들은 다 수작업으로 교정한 곳이 있을 수 있는 것이다. 이것이 바로 항공기 산업의 실체이다. 세계 최고 수준의 록히드마틴의 스컹크공장에서도 수공예 장인들이 최고 난도의 수공예 작업을 해야 한다.

이것이 바로 수공예의 가치이다.

그리고 또 나에게 큰 감동을 주었으나 방송에서 그대로 나타나지 못한 점이 있다. 후 아저씨는 30여 년 동안 항공기 제작 일선을 지켜왔다. 그에 대한 깊은 이해를 거치고 나서야 그가 이처럼 긴 세월동안 자신의 직업을 견지해 온 것은 우리가 보통 말하는 "그럭저럭 지낸다"와는 마음가짐부터가 완전히 다르다는 것을 느낄 수 있었다.

"그럭저럭 지내는 사람들"은 겨우 합격이라 할 수 있다. 이런 사람들은 일에 충분한 심혈을 기울일 동력이 없다. 그러므로 자신의 직장을 잃는다 해도 큰 미련이 없는 것이다. 하지만 후쌍첸 씨와 같은 장인들은 매 하나하나 제품의 제작 과정을 거쳐 서서히 높은 경지에 올랐다. 그들은 대체 불가능한 경험과 손 감각으로 기예를 더욱 높은 단계로 끌어올린 것이다. 이렇게 뛰어난 기예는 그가 직접적으로 돈을 더 벌 수 있도록 해주지는 못하지만 그의 삶과 사업에 대한 내적인 충만감을 더해 줄 수는 있었다.

1980년대부터 2000년대 초반까지 중국의 항공산업은 물론 방위산업 전반이 침체에 빠졌었다. 계획 임무를 수행하는 데 필요한 사명감과 책임감은 물질생활의 강력한 수요에 너무 쉽게 무너져버렸다. 바로 이러한 시대의 조류 속에서 중국 항공기산업의 일선을 굳건히 지키고, 국가의 핵심 경쟁력을 키워 나가는 인재로 성장한다는 것은 전쟁 때 국가와 국민을 위해 희생하는 용사들과 마찬가지로 존경스럽고 배울만한 가치가 있는 것이다.

평화로운 시대의 영웅이란 바로 이런 사람들인 것이다.

자오중량(赵中良)

중국 CCTV 뉴스센터 전임 기자

후쌍첸 씨와 자오중량(趙中良) 기자가 C919항공기 앞에서 함께 찍은 사진.

마롱馬荣
칼끝 위의 무용수, 인생을 조각하다

인물 소개

마롱(馬荣)은 중국인초조폐총공사(中国印钞造币总公司) 기술센터 조각 디자인 부문 고급 공예미술사이다. 중국 제4세대 지폐의 요판(凹版) 조각가이자, 중국 최초의 인민폐 인물상을 조각한 여성 조각가이기도 하다. 현재 유통되고 있는 10위안, 20위안, 50위안, 100위안 짜리 인민폐의 마오(毛) 주석의 두상은 그녀가 조각한 것이다. 그녀는 근 40년 동안 지폐 원판 조각 창작에 종사해 오면서, 독자적으로 높은 수준의 지폐 원판 조각 작업을 해왔으며, 수공 조각 전문업과 핸드 페인팅 공예기술교재를 편집해 냈다. 그녀는 또 제5세트 인민폐의 창작과 베이징 올림픽 금은 기념주화 디자인 글로벌 입찰 등 굵직한 프로젝트들을 수행했다. 그녀의 이 같은 연구 성과들은 국제 선진 수준에 도달했으며, 그녀는 이탈리아 국제조각대학에서 초청강연을 한 적도 있다.

마룽(马荣) 중국인초조폐총회사(中国印钞造币总公司) 기술센터 조각 디자인 부문 고급 공예미술사.

요지(要旨)

현재 시장에서 유통되고 있는 100위안짜리 인민폐는 만져 보면 울퉁불퉁하다. 이는 세계 조폐계의 선진적인 요판 조각기술을 적용한 것으로 위조 방지 효과가 뛰어나다. 위조 방지에서의 마지막 관문은 인물 조각이다. 이 인민폐 속의 마오쩌둥(毛泽东) 초상 원판은 마룽 씨가 조각한 것이다.

중국 최초의 인민폐 인물상을 조각한 여성 조각가로서 근 40년간의 요판 조각 경험이 있는 마룽 씨는 지폐 요판 조각의 어려움에 대해 이렇게 말한다.

"지폐의 요판 조각에서 이미지 조소가 가장 어렵습니다. 인물의 정신상태, 공간감, 질감을 나타내야 하는데, 이 모든 것은 점과 선으로 구획(區劃)해 내야 합니다."

인민폐에 있어서 인물상 조각의 난도는 그 특수성에 그대로 반영된다.

"인물상 조각은 마지막 방어선입니다. 반드시 정교롭기가 극치에 달해야만 위조 방지 효과를 볼 수 있습니다."

라고 마롱 씨는 말한다.

마롱 씨는 틈만 나면 학생들의 조각 연습을 지도한다.

"선을 새길 때, 칼을 단단히 잡고 호흡을 가다듬은 후 천천히 앞으로 밀어야 합니다."

조각을 처음 배우기 시작할 때 가장 어려운 점이 무엇이었는가 하는 물음에 마롱 씨는 "불가역적인 것"이라고 대답했다.

"불가역적"이란 요판 조각이기에 조각가가 강철 칼로 강판에 한 획한 획씩 새겨야 하므로 역전의 여지가 없다는 것이다. 새긴 흔적의 많고 적음, 깊고 얕음, 굵음과 가늘이 모두 조각한 이미지에 영향을 준다. 그러므로 마롱 씨와 같은 조각가들은 조각칼로 한 획씩 그을 때마다 각별히 주의한다.

"위에 덧조각을 할 수는 있지만 이미 새긴 걸 지울 수는 없습니다. 새김이 비뚤어지면 이미지에 오차가 생길 수 있습니다. 손아귀에 힘이 좀 더 들어가도 인물의 피부가 두터워질 수 있습니다."

40년 가까이 조각을 해 온 마롱 씨라 하더라도 늘 시간을 내어 인물상 조각을 연습하곤 한다.

숙련된 조각가를 육성해 내려면 최소 10년은 걸려야 한다. 왜냐하면 기술을 연마해야 하기 때문이다. 마롱 씨의 스승은 제자에 대해 매우 엄격했다. 스승이 가르쳐 준 비결에 대해 마롱 씨는 "한 번 또한 번 연습하는 것"이라고 정리해 냈다.

자오야윈(赵亚芸)은 중국 제3세대 요판 조각의 대가이며, 또한 마롱 씨의 첫 번째 스승이기도 하다. 스승에게서 견습을 끝낸 지도 이미 많은 시간이 흘렀고, 그동안 명성을 날리기도 했지만, 마롱 씨는 여전히 처음 스승의 가르침에 깊은 고마움을 지니고 있다. 그녀는 해마다 시간을 내어 자신의 최신 작품을 들고 스승에게 찾아가곤 한다.

이번에 마롱 씨가 들고 간 작품은 '청동기(青铜器)'이다. 마롱 씨를 만난 자오(赵) 사부는 마냥 기분이 좋다. 마롱 씨의 손을 잡으면 친자식 손을 잡은 것 같다고 한다. 제자가 새 작품을 들고 간 것을 보고, 자오 사부는 예전과 마찬가지로 확대경을 들고 선 하나도 빼놓지

조각 중인 마롱 씨.

않고 자세히 들여다본다. 자오 사부는 마롱 씨와 같은 학생이 있는 것이 자랑스럽다.

"누구나 다 처음부터 조각할 줄 아는 게 아닙니다. 마음을 차분히 가라앉히지 못하면 그에게 컵 하나를 가져다줍니다. 그리고 물을 부어 주지요. 그 물을 보며 마음을 가라앉히라고 합니다. 하지만 마롱에게는 종래 물 컵을 건넨 적이 없습니다. 마롱이는 느긋하게 잘도 앉아 있었습니다. 말도 잘 들었고, 반드시 해내고야 말겠다는 결심도 있었습니다."

마롱 씨는 스승을 매우 숭배한다.

"여성 조각가라면 스승님이 중국에서 첫 번째 분입니다. 그래서 스승님을 아주 숭배했습니다. 막 이 업계에 발을 들여놓았을 때, 나는 앞으로 스승님과 같은 조각가 되겠다고 말했습니다."

자오 사부가 요구하는 바는 매우 높았다. 하지만 마롱 씨는 사부가 요구하는 것보다 더 높은 목표를 내걸었다.

"조각이 제대로 되지 못하면 매우 자책했습니다. '내가 또 주의력이 분산되었구나!' 혹은 '마음을 가다듬지 못했구나!' 하고 생각했습니다. 그런 다음 다시 새기기 시작했습니다. 이렇게 한 번 또 한 번씩 주의력을 집중해 새기고 또 새겼습니다. 그러면 주위의 모든 사물이 다 사라져 버린 텅 빈 상태에 진입하게 됩니다. 이런 시각이야말로 조각을 함에 있어서 최상의 상태에 도달할 수 있습니다."

조각을 함에 있어서 최상의 상태에 진입하기 위해 수도 없이 많은 훈련을 거친 후 그녀는 조각칼과 손, 그리고 강판이 하나가 되는 느낌이 들었다고 했다.

"이런 느낌은 강판이 딱딱한 것이 아니라 점점 더 부드러워지는 것 같은 것입니다."

딱딱한 강판이 부드러워지는 것 같은 느낌은 마롱 씨의 학생들도 바라는 목표였다.

마롱 씨의 학생인 뉴카이(牛凯)가

"손 감각이 어느 정도 유연해야 적절한 것입니까?"

하고 질문하자,

"조각을 할 때 손의 긴장을 풀어야 한다. 강판을 자유롭게 돌릴 수 있어야 새겨 낸 선이 미끈하단다."

마롱 씨는 이렇게 노하우를 전수했다.

중국에서 인민폐 인물상 조각에 종사한 첫 여성 조각가로서의 마롱 씨는 지폐의 인물상 설계에 대해 잘 알고 있었다.

"인물의 이미지를 지폐에 사용하는 데는 이유가 있습니다. 사람들의 마음을 사로잡을 수 있기 때문입니다. 일반적으로 공인의 이미지를 많이 사용합니다. 특히 각 나라 정계 지도자들의 이미지가 많이 사용됩니다. 사람들이 한눈에 진위를 알아볼 수 있기 때문입니다."

자신의 조각 기술을 지폐 설계에 이용할 수 있게 되는 것은 모든 요판 조각가들의 꿈이라고 할 수 있다.

1997년 곧 발행될 새 판본 인민폐는 마오(毛) 주석의 두상을 디자인하게 되었다. 당시 마롱 씨는 다른 요판 조각가들과 함께 경쟁하게 되었다.

유감스럽게도 마롱 씨는 당시 경쟁에서 탈락되고 말았다.

"당시 경험이 부족해서 조각칼이 아주 조금 밖으로 기울어지면서 눈이 약간 커졌습니다. 그래서 낙선되었습니다."

"그때 낙선돼서 서운했나요?"

기자가 물었다.

"괜찮았습니다. 그 후에도 기회가 있을 거라고 생각했으니까요."

마롱 씨는 담담하게 말했다.

마롱 씨는 계속 자신의 요판 조각기술을 향상시키는데 노력했다.

"예술 조형이 반드시 정확해야 합니다. 이미지 조소에 있어서는 반드시 유미적이어야 하며, 조각가 자신만의 개성이 있어야 합니다. 그래야만 많은 사람들의 사랑을 받을 수 있습니다."

그로부터 몇 년이 지난 후, 마롱 씨는 또 새로운 기회를 맞이하게 되었다. 이번의 도전은 20위안 인민폐 위에 마오(毛) 주석의 두상을 새기는 일이었다.

"그때 나이 많은 중역 사부들이 줄줄이 은퇴하였고, 우리 또래 젊은 사람들은 그들과 20~30세 쯤 나이차이가 있었습니다. 그래서 부담감이 컸었습니다. 우리가 이 임무를 제대로 수행해내지 못한다면 인민폐의 조각 수준이 떨어지는 게 아니겠습니까?"

"수준이 떨어진다는 것은 무엇을 의미합니까?"

"위조 방지에 영향 줄 수 있고, 인민폐의 안전이 영향을 받게 되는 것이지요."

강판 하나에는 인물 이미지 하나밖에 조각할 수 없었지만, 마롱 씨에게는 여러 가지 아이디어가 있었는데 강판 하나로는 그것들을 모두 담아낼 수가 없었다. 이에 마롱 씨는 과감한 결정을 내리게 되었다. 즉 강판 두 개를 동시에 조각하기로 마음먹었던 것이다. 이는 다른 동료들의 배나 되는 시간과 정력을 들여야 함을 의미했다.

"거의 80%쯤 완성했을 때 시간이 엄청 부족했습니다. 나는 둘 중 하나를 포기하지 않으면 안 되었습니다. 저는 이 판본이 비교적 만족스러웠습니다. 눈매가 아주 생동감 넘치게 나왔기 때문입니다. 이 판본은 지금 50위안, 20위안, 10위안 인민폐에 적용되었습니다."

인물상 조각은 조각가에게 있어서 매우 큰 도전이라 할 수 있다. 이에 마롱 씨는 학생들에게 "반드시 치밀해야 한다"고 주의 주는 것을 잊지 않았다.

이같이 치밀한 공예는 지폐에서만 볼 수 있는 독특한 기능이다. 이에 대해 마롱 씨는 깊이 체득한 바가 있었다.

"점이 하나 더 많거나 선이 하나 적어도 안 됩니다. 왜냐하면 위조 방지 기능을 실현해야 하기 때문입니다. 조각가 자신이 다시 한 번 같은 걸 조각하더라도 반드시 똑 같이 조각할 수 있다고는 할 수 없습니다."

젊은 마롱 씨가 조각한 20위안 인민폐 두상이 채택되었다는 것을 알게 된 자오야원(赵亚芸) 사부는 놀라움을 금치 못했다.

"나는 마롱이 조각한 것이라고 믿기지 않았습니다. 그때 나는 퇴직했다가 재임용된 사부가 조각한 것이라고 생각했습니다. 내가 모르는 상황에서 내가 퇴직한 후 마롱은 아마 조각 연습을 아주 많이 했던 것 같습니다. 그래서 마오(毛) 주석 두상을 조각해 낼 수 있었던 거죠. 일반적으로 마오(毛) 주석의 두상은 조각하기가 쉽지 않습니다."

마롱 씨에게 있어서 지폐의 요판 조각에서 가장 어려운 것은 강판 조각이 아니라 이미지를 옮기는 일이었다.

공예와 설비가 바뀌면서, 요판 조각과 관련된 많은 설비들의 생산이 중지되면서, 요판 조각도 반드시 전환을 가져와야 했다.

마롱 씨에게 있어서 이는 전통적인 조각으로부터 디지털 조각으로의 전환을 의미하는 것이었다.

"수공예 조각은 예술입니다. 그러나 컴퓨터를 이용해 조각한다면 그것도 예술입니까? 하지만 인민폐 디자인의 무거운 짐이 저희 어깨 위에 떨어졌다고 생각하니, 우리는 반드시 이 새로운 공예로 인민폐 디자인을 높은 수준으로 끌어올려야 하지 않겠습니다. 이것은 어려운 일입니다. 환골탈태(換骨脫胎)와 다름없는 일이지요."

이러한 전환을 위해 조각의 대가인 마롱 씨는 젊은 친구들의 학생이 되어 컴퓨터를 다루는 방법을 배웠다. 컴퓨터 관련 기초 상식을 배우기 위해 마롱 씨는 한 달 치 임금을 들여 집에 컴퓨터를 갖춰 놓았다. 그녀는 퇴근해 집에 돌아오면 낮에 젊은 친구들에게서 배운 컴퓨터 조작기술을 연습했고, 열심히 필기까지 했다.

마룽 씨가 학생을 지도하고 있다.

마룽 씨가 기자에게 촉감으로 인민폐의 진위를 판별하는 방법을 설명하고 있다.

"툴(tool)로부터 파일에 이르기까지, 그리고 찾아보고 싶은 자료에 이르기까지 모두 분류해 놓았습니다."

디지털 조각과 원래의 수공예 조각의 다른 점에 대해 마롱 씨는 이렇게 말한다.

"마우스가 조각칼을 대체한 것이죠."

새로 발행된 100위안짜리 인민폐의 인물상은 마롱 씨가 디지털 조각방법으로 창작해 낸 것이다. 마롱 씨는 요판 조각 공예의 전체를 그대로 컴퓨터에 이식해 넣었으며, 실용적인 디지털 조각 기술을 종합해 냄으로써 전통 공예의 현대적 전환을 완벽하게 이룩했다.

인민폐의 두상을 조각한 만큼 마롱 씨는 지폐의 진위 판별 방법에 대해 잘 알고 있었다. "옷의 무늬 방향에 따라 보면 옷의 결이 잘 느껴집니다. 하지만 위폐는 색채 변화가 매우 큽니다."

마롱 씨의 남편인 쿵웨이윈(孔维云) 씨도 지폐 요판 조각가이다. 그는 지폐의 요판 조각에 깊은 애정을 가지고 있다.

"요판 조각은 중국에서 100여 년의 역사를 가지고 있습니다. 초기에는 미국의 조각가로부터 중국에 도입해서 여러 세대의 조각가들이 대대로 전승해 오면서 많은 훌륭한 작품들을 만들어 냈습니다."

마롱 씨와 남편 쿵웨이윈 씨는 동창이자 동료이다. 마롱 씨와 마찬가지로 수공예 조각을 하는 쿵웨이윈 씨는 손놀림이 더욱 섬세하다. 이들 부부는 늘 피차간에 상대방의 창작에 영감을 불어넣는다.

다 같이 지폐 요판 조각가인 이들 부부는 함께 뛰어난 작품을 만들어 낸 경력이 있다.

마롱 씨는 기자에게 지금 유통되고 있는 1위안짜리 인민폐를 보여 주었다.

"이 1위안짜리 정면의 마오 주석 인물상은 제가 조각한 것이고, 뒷면의 시후(西湖) 풍경은 아내가 조각한 것입니다."

마롱 씨는 중국 인민폐 인물상 요판 조각가로서 이탈리아 조각가 대학의 요청으로 두 달 간의 학술 강연을 한 적이 있다. 이때 남편인 쿵웨이원 씨도 그녀를 도와 이것저것 정성껏 준비했다. "'청명상하도 (淸明上下圖)'[15]를 가지고 가요, 이건 우리의 많은 조각가들이 공동으로 창작한 것이어서, 우리의 조각 기술을 홍보할 수 있을 뿐만 아니라, 중국의 전통 문화예술을 보여줄 수도 있지 않겠어요?"

오늘날 세계 각국에서는 요판 조각가들이 점점 줄어들고 있는 추세이다. 이에 대비해 지폐 발행 업계는 이탈리아에 조각가대학을 설립해 각 나라의 조각가들이 이곳에서 공부할 수 있도록 했다. 이 대학은 세계 최고 수준의 조각가들을 교사로 초빙한다. 중국 출신의 '대국 장인'인 마롱 씨도 이곳에서 자신의 요판 조각 공예와 경험을 전수한 적이 있다.

마롱 씨의 남편인 쿵웨이원 씨는 그녀를 가장 잘 알고 있다고 해야 할 것이다.

"중국의 전통 조각예술, 그리고 문화예술을 인민폐와 함께 전 세계에 홍보하는 것은 우리의 책임이라 생각합니다." 라고 그는 말했다.

---

15) 청명상하도 : 북송시대의 화원 장택단이 청명절을 맞아 활기에 가득 찬 수도 변경(卞京, 개봉)의 모습을 그린 대작 두루마리이다.

40년 가까이 지폐 인물상 조각을 해 온 마롱 씨는 인민폐에 남다른 애정을 가지고 있었다.

"지금 빠른 결제 방식이 매우 많습니다. 그래도 저는 인민폐가 좋습니다. 일반 사람들은 숫자만 보고 돈을 지불하겠지만, 저는 숫자를 볼 뿐만 아니라 우리의 작품을 봅니다. 왜냐하면 거기에는 중국문화가 담겨 있기 때문이죠. 저는 인민폐를 더욱 중시하고, 아끼고, 중요하게 생각합니다."

현재 중국에는 겨우 10여 명이 지폐의 요판 조각 작업을 하고 있다. 제4세대 중국 지폐 요판 조각가로서 마롱 씨는 지금 제5세대 지폐 요판 조각가를 양성하고 있는 중이다. 모든 점들과 선들은 마롱 씨가 강판과 나누는 대화이다. 마롱 씨의 마음속에서는 매 한칼의 새김도 불가역적이다. 마찬가지로 그녀의 인생 또한 불가역적이다. 근 40년의 세월 동안 마롱 씨는 강인함과 끈질긴 추구로 칼끝 위에서 남과 다른 조각가의 인생을 살아왔던 것이다.

취재진과 마롱 씨 부부의 기념사진.

새 시대의 대국 장인

중국이 지폐에 운용하고 있는 요판 조각기술은 현재 세계 정상급 위조 방지기술이다. 지폐에 조각되는 인물상은 최상의 위조 방지의 요구에 부합돼야 하는 것은 물론 기법에서도 입신의 예술적 효과를 추구해야 한다. 지폐에 인물상을 조각하는 사람들은 수십 년을 하루와 같이 강판과의 대화를 통해 원천적으로 인민폐의 안전을 지켜왔다. 2016년 4월 중국인초조폐총회사(中国印钞造币总公司) 기술센터의 조각 디자인실에서 우리는 아주 조용한 시간을 보냈다. 방송이 나간 후 나의 위챗(중국의 카카오톡—역자 주) 앨범에는 다음과 같은 내면의 독백들을 기록하고 있다.

"우리의 모든 인민폐는 다 그녀와 관련이 있다.

조각은 그 어느 한 칼이든 모두가 불가역적이다.

수십 년의 인생은 더욱 불가역적이다.

고요하고, 신묘하며, 조용히 지킨다.

장인의 마음을 세상에 전하고, 극치의 인생을 조각해 낸다."

「대국 장인」의 시리즈에서 나는 앞 다섯 시즌의 뉴스 프로그램과 다큐멘터리 제1집의 보도에 참여했다. 이 과정에서 마롱 씨에 관한 보도는 내가 가장 좋아하는 것이다. 내가 취재한 적이 있는 '대국 장인'들은 모두 하나의 공통성이 있었다. 이것을 통속적인 말로 '정회(情懷)'라고 하겠다. 「대국 장인」 다큐멘터리의 문자를 총괄한 췌이원화(崔文华) 씨의 말을 빈다면 다음과 같다

"장인의 대가는 나라와 백성을 위한다. 마음속에는 지성(至誠)을 담았고, 손에는 뛰어난 기예가 있다. 기술을 수련하고 마음을 닦아 천하를 구제한다."

대국 장인들은 모두 '장인 정신'이 있었다. 하지만 마롱 씨를 취재할 때에는 이 시리즈가 벌써 제3시즌에 와 있었다. 앞에서처럼 계속 장인의 마음에 대해 말한다면 지루하고 식상한 느낌으로 관중들의 마음을 매료할 수 없을 것이었다. 그래서 이번 시즌의 작품을 만드는 것은 참으로 어려운 일이었다. 반드시 새로운 아이디어가 있어야만

'대국 장인'이라는 이 브랜드를 빛낼 수 있었다. 새 돌파구를 마련하기 위해, 샤오전성(肖振生) 뉴스센터 경제뉴스부 주임은 부서 내 모든 프로듀서들을 불러놓고 「대국 장인」 제3시즌을 혁신시키는 일과 관련해서 회의를 열었다. 쑹젠촨(宋建春) 농업경제팀 프로듀서는 장치우디(姜秋镝) 주임과 함께 중앙선전부로부터 중국 제1의 공익 프로그램으로 불운 '공동관심' 프로그램을 창립한 적이 있는 사람이다. 그는 인물 관련 창작에 비교적 뛰어났다. 회의에서 그는 "1인칭의 수법을 이용하는 것이 어떻겠는가?"하는 아이디어를 내놓았다. 바로 이것이 「대국 장인」 제3시즌의 길을 열어놓았다. 그때 외지에 출장 나가 있던 나는 샘플 제작의 임무를 맡게 되었다. 당시 취재와 제작 시간이 매우 제한적이었다. 하지만 다른 사람에 비해 다행스러운 점은 젠촨 씨가 나의 프로듀서였기에 평소 일하면서 교류가 많았다는 점이다. 나는 즉시 그에게 도움을 청했고 1인칭 표현법에 대해 배웠다.

마롱 씨를 처음 만난 것은 그들의 작업실에서였다. 작업실은 아주 조용했다. 『노동자일보』 사의 한 기자가 그녀에 대한 사진 촬영을 하고 있었다. 동업자의 취재에 지장을 주지 않기 위해 나는 마롱 씨의 상급자인 동시에 남편인 콩웨이윈 씨와 이야기를 나누었다. 「대국 장인」 앞 두 시즌을 제작한 경험에 따르면, 성공한 인물에 대해 보도하려면 우선 많은 이야기를 나눔으로써 그 인물에 관련한 정보를 가능한 한 많이 이해해야 했다. 콩웨이윈 씨는 인내심이 있고 세심한 사람이었다. 그와 이야기를 나누는 과정에서 나는 지폐 요판 조각의 역사와 기교에 대해 어느 정도 이해할 수 있게 되었다. 하지만 마롱 씨에 대한 취재 이것만으로는 턱 없이 부족했다. 별다른 방법 없어서 만나는 첫날부터 나는 마롱 씨와 콘웨이원 씨에게 한동안 그들과 같이 출근하고, 같이 식사하고, 심지어 집에도 찾아갈 것이라고 말했다. 이번 프로그램은 전반적으로 조용하고 유미적인 스타일이었다. 이는 요판 조각의 특수 공예와 밀접한 관련이 있었다. 마롱 씨의 작업 환경에 대해 느낀 바는 항상 조용하다는 점이였다. 작업실에서 조각가들은 거의 정지된 모습으로 조각을 하고 있었다. 그들은 가벼운 발걸음으로 살살 걸어 다녔고, 부드러운 목소리로 말했다. 며칠 동안 취재하며 그들에게서 전염이라도 된 듯 나도 부드러운 목소리로 말했고 걸음걸이도 가벼워졌음을 알았다.

조용하다는 점이 마롱 씨에 대한 취재에서 전편을 관통하는 키워드가 될 수는 없을까? 이 같은 생각이 들자 나와 촬영사 사오천(邵晨) 씨는 될수록 이 방향을 향해 노력했다. 조용한 분위기를 살리기 위해 우리는 매일 다른 조각가들이 퇴근한 후에야 본격적인 촬영에 들어갔다. 마롱 씨가 조각칼을 간다. 마롱 씨가 요판 조각을 한다. 마롱 씨가 학생들에게 조각 기법을 전수한다. 이렇게 며칠 동안을 촬영했다. 하지만 이러한 것들은 다만 파편화된 것일 뿐이었다. 이런 파편들은 피와 살이 있고 살아 숨쉬는, 사람을 감동시키는 '대국 장인'의 이미지로 한데 꿸 수가 없었다. 취재는 난항을 겪게 되었다. 진전을 가져오지 못하면 촬영 리듬과 장면을 전환시킬 수밖에 없었다. 지금도 그날이 목요일이었다고 확실하게 기억하고 있다. 그날은 우리가 원고를 넘겨야 할 마지막 시한이었다. 우리는 마롱 씨와 콩웨이원 씨를 따라 베이징인초조폐공장의 기숙사 건물을 찾았다. 거기에는 마롱 씨가 출근한 후의 제일 첫 스승인 자오야윈(赵亚芸) 사부가 살고 있었다. 그녀는 중국 제3세대 요판 조각의 대가였다.

고령의 노인은 마롱 씨를 보자 마치 먼 길을 걸어 집에 돌아온 딸을 만난 것처럼 다정하게 손을 잡고 놓지를 않았다. 노인은 우렁찬 목소리로 여러 번이나 한 마디 말을 반복했다.

"마롱과 같은 학생이 있어서 내가 헛살지는 않았지."

떠들썩한 오프닝은 그동안 취재의 한계를 단번에 타파해 버렸다. 사부가 어떻게 가르쳤던가로부터 시작해 사제 간의 전승, 그리고 다시 사부가 보는 마롱 씨, 이러한 내용들은 마롱 씨가 처음 인물상 조각을 공부할 때의 세월들을 하나로 꿰어 낼 수가 있었으며, 점차 '대국 장인'의 이미지를 입체적으로 살려 낼 수 있었다.

자오(赵) 사부에 대한 인터뷰는 이번 취재를 위해 다른 한 창문을 열어 놓은 거나 다름 없었다. 중국의 여러 세대 요판 조각가들이 인물상 조각에 대한 깊은 애정이 노인의 생동감 넘치는 이야기와 눈빛에서 남김없이 표출되었다. 그날 저녁 나는 최신 인터뷰를 토대로 기사를 다시 한 번 다듬어 추이디(秋镝) 주임에게 전송했다. 추이디 주임은 "원고가 일사천리로 잘 되었음. 이 사람의 '장인 정신'은 차분한 것임, 컴퓨터실에 연락하기 바람"이라고 답장을 보내왔다. 이튿날 나는 이 프로그램의 영상 편집자인 후하이차오(扈海超) 씨를 만났다. 나는 지금도 당시 후하이차오 씨의 도움에 감사하는 마음이다. 나는 1000여 GB나 되는 소재를 가지고 하이차오 씨를 찾아가서 이것은 단지 소재의 일부분일 뿐 당일에도 또 촬영하러 나갈 것이라고 말했다. 하이차오 씨는 다른 말없이 그 소재들을 받아서 업로드하기 시작했다. 그날 저녁 내가 조폐공장에서 취재를 끝내고 부랴부랴 컴퓨터실에 찾아갔을 때 그는 이미 내 원고에 따라 프로그램의 뼈대를 다 만들어 놓았다. 그 엄청난 분량의 화면들을 업로드하고, 프로그램의 기본 틀을 짜는 과정에서 그는 이미 내가 보여주려는 것이 무엇인가를 다 알았던 것이다. 하이차오 씨는 과거 제작해 놓은 견본들을 보여주며 오픈 크레디트와 엔딩 크레디트를 어떻게 만들겠는가 하고 물었다. 프로그램은 전편을 1인칭으로 서술하고 있었는데, 10여 분 동안의 이 같은 서술은 리듬감이 부족한데다 너무 조용했다. 그리하여 우리는 촬영과정에서 기록한 현장의 장면들을 삽입시킴으로서 템포를 조절했다. 그리고 소묘 식의 기록에 음악을 곁들여 마롱 씨가 작업할 때의 디테일을 보여주었다. 일요일 오후 추이디(秋镝) 주임이 프로그램을 심사했다. 그는 프로그램이 어느 정도 예상한 효과에 도달했다고 평가했다.

수정과 보완을 거쳐 프로그램은 예정대로 방송되었지만 사람을 극도로 긴장시킨 일도 있었다. 그날 '신원롄보(新闻联播)'는 편성된 컨텐츠가 많아서 우리에게 3분만 줄 예정이었다. 그런데 프로그램 심사 시 방송국 당직 책임자인 쑨위성(孙玉胜) 씨가 원 판본에 있는 일부 좋은 내용들이 들어가지 못한 것을 다시 넣으라고 지시했다. 당시는 '신원롄보(新闻联播)'의 방송 시작 시간이 불과 10분밖에 남지 않은 시각이었다. 뺄셈을 하라면 우리 같은 편집자들에게 있어서는 쉬운 일이었지만, 덧셈은 솔직히 쉬운 일이 아니었다. 나는 방송 시간에 맞출 수 있겠는가에 대해 더 생각할 겨를도 없이 가장 짧은 시간 내에 그 내용들을 보충하는 수밖에 없었다. 다행히도 7시 10분이 조금 넘은 시각에 우리는 프로그램을 방송 라인에 보낼 수 있었다. 좀 허술하게 제작되기는 했지만 그래도 방송 시간에 맞출 수 있었다.

이 몇 년 간, 「대국 장인」 프로그램의 사회적 영향력은 누구나 다 잘 알고 있을 것이다. 지금은 장인이 필요한 시대이고, 또한 장인이 출현하는 시대이기도 하다. 마롱 씨의 평온함과 순수함이 그녀를 한 세대의 거장으로 만들었다. 또한 「대국 장인」이 나온 배경에는 장인이라고 불릴 수 있는 방송 제작진이 있다. 나는 「대국 장인」의 주요 프로듀서인 웨췬(岳群) 씨와도 여러 번 협력한 적이 있는데, 크고 작은 프로젝트들에서 그녀에게서 힘을 얻은 바가 매우 많았다. 공교롭게도 「대국 장인」 시즌3을 제작할 때에는 웨췬 프로듀서의 남편이 급병에 걸리는 바람에 그녀가 옆에서 병시중을 들지 않으면 안 되었다. 이런 상황에서도 웨췬 프로듀서는 최대한 시간을 내어 이 프로그램의 제작 진척을 알아보고 가능한 한 도움을 주려 했다. 「대국 장인」의 제작을 할 때마다 편집을 맡은 동료들은 컴퓨터실에 뿌리라도 내린 것처럼 오랜 시간 자리를 지켜야 했으며, 서로 격려하고 도와주면서 한 번 또 한 번씩 혁신하는데 노력했다.

2017년 5월 「대국 장인」 제5시즌의 시놉시스[16]를 제작하고 나서 나는 위챗 모멘트에 다음과 같은 글귀를 남겨 수기의 대미를 장식하는 동시에 또한 새로운 출발점으로 삼았다.

"기물은 형체가 있지만 장인의 정신은 끝이 없고,(器物有形 匠心无界) 풍기는 사람의 마음을 움직여 결속력을 다지게 한다.

(成风化人 凝心聚力)

2년 여 이래 시즌1부터 시즌5에 이르기까지 「대국 장인」 프로그램 속 인물들과 제작진 여러분에게 감사함을 표합니다.

함께 일하고, 함께 수확합시다.

왕카이보(王凯博)
중앙라디오텔레비전방송총국 CCTV 뉴스센터 기자

---

16) 시놉시스 : 영화, 드라마, 다큐멘터리 등의 영상물 제작을 설명하는 청사진이다. 따라서 시놉시스를 작성하는 데에는 단순성과 명료성이 중요하다. 이는 시놉시스가 기본적으로 영상물 제작을 제안하는 성격을 갖고 있기 때문이다. 시놉시스에는 작품에 대한 개요, 기획의도, 등장인물, 줄거리 등이 포함된다. 작품에 대한 개요에는 작품의 길이와 주제, 수용자에 대한 간략한 언급이 포함될 수 있다. 기획의도에는 작가의 생각이 간명하게 표현되어야 한다. 등장인물은 이름, 나이 등을 포함한 작품에 등장하는 주요 인물들에 대해 설명한다.

장똥웨이张冬伟
LNG선에서 강판을 꿰매다

인물 소개

장똥웨이는 1981년 12월 출생으로 상하이(上海) 사람이다. 전문대학을 졸업하고 후동중화조선그룹유한회사(沪东中华造船集团有限公司) 조립2부 시스템 유지보수 작업장 용접 2팀 팀장이며 고급 기능사. 그리고 LNG(액화천연가스)선 보호시스템의 이산화탄소 용접과 아르곤 아크 용접 작업에 종사하고 있다.

장똥웨이 씨는 각고의 노력을 들여 선박 제조 기술을 연마하고, '장인 정신'을 전승하여 회사 내 프리미엄 제품인 LNG선 및 현재 세계적으로 가장 선진적이며 또한 제조 난이도가 가장 큰 45,000t 컨테이너 로로선[17]을 제작하는 중견 노동자로 블루칼라 중의 엘리트로 성장했다. 그는 자신의 불타는 청춘을 중국 해양장비 건설에 바쳤다.

---

17) 로로선(RO-RO선) : 화물을 적재한 트럭이나 트레일러 또는 일반 차량을 수송하는 화물선으로, 별도의 크레인을 이용하지 않고 차량들이 자가 동력으로 직접 승·하선할 수 있는 선박을 말한다.

장뚱웨이 호동중화조선그룹유한회사(沪东中华造船集团有限公司) 고급 기능사.

요지(要旨)

LNG선은 영하 163도의 극저온에서 바다를 건너 액화천연가스를 운반하므로 해상의 슈퍼냉동차로 불린다. 세계 민간용 조선분야에서 LNG선을 건조하는 것은 항모를 건조하는 것에 못지않게 어렵다. 현재 세계적으로 미국 등 소수 국가만 LNG선을 건조할 수 있다. 중국은 2005년에야 최초로 LNG선 용접기술을 습득한 기술 노동자 16명이 탄생했는데 장똥웨이 씨가 바로 그 중 한 사람이다.

　그는 벨트를 매고, 양가죽 장갑을 끼고는 방호 마스크를 쓴다. 익숙한 전기 용접 소리가 울리기 시작하면 장똥웨이 씨는 또 하루의 작업을 시작한다.

　"나는 아크 빛이 뿜겨져 나올 때의 이 소리를 즐깁니다. 나에게 있어서 이 소리는 음악처럼 편안한 느낌을 줍니다."

　장똥웨이 씨가 지금 용접하고 있는 것은 중국의 9번째 LNG선의 속창이자 또한 선박 전체에서 가장 핵심적인 부분이다. 이 부분은 용접 작업자가 종이처럼 얇은 인바강판을 옷을 만들듯 한 조각 한 조각씩 이어 붙여야 한다. 인바강판[18]은 가장 얇은 곳이 0.7mm밖에 되지 않아 크라프트지 같다. 강판의 뒷면은 나무 박스이다. 장똥웨이 씨의 손에 조금이라도 힘이 더 들어가 용접에 아주 살짝 적절하지 못한 상황이 생겨도 강판 뒷면의 나무 박스에 불이 붙을 수 있다. 용접으로 틈새를 잇는 것은 마치 나무 위에서 불장난을 하는 것과 같다고 누군가가 말한 적 있다.

　한 시간이 흘렀다. 불빛 속에서 방호 마스크 뒤의 장똥웨이 씨의 귀밑머리에서 땀방울이 흘러내리는 것이 보였다. 인바강판 용접공에게 있어서 가장 큰 도전은 심리상태를 안정시키는 것이다. 하지만 이것은 그렇게 쉬운 일이 아니다. 장똥웨이 씨에게는 용접 토치를 들었을 때 마음을 가라앉힐 수 있는 방법이 있다.

---

18) 인바강판((Invar steel plate) : 니켈합금으로 열변형이 거의 없는 얇은 강판.

3.5m 이는 걸어서 4초면 지나갈 수 있는 거리이다. 하지만 장똥웨이 씨가 3.5m 길이의 틈새를 다 용접하려면 무려 5시간이 걸린다. 이 5시간 동안 장똥웨이 씨는 마음이 명경지수의 경지에 도달해야 할 뿐만 아니라, 손은 깃털을 스치는 듯, 몸은 고요한 못물 같이, 우뚝 솟은 높은 산 같이 안정적이고 흔들림이 없어야 한다. 이것은 확실히 장인만의 경지이다.

"제가 용접한 것은 거의 다 알아볼 수 있습니다. 모두 한꺼번에 형태를 갖추었기 때문입니다. 형태가 고기비늘처럼 균일합니다. 저는 개인적으로 자수를 한 땀 한 땀 고르게 수놓는 것과 같은 균일한 효과를 추구합니다."

장똥웨이 씨는 이렇게 말했다.

"장똥웨이 씨는 일을 시작하면 3시간, 심지어 4시간이 돼야 멈춥니다." 그의 동료는 이렇게 말했다.

몇 시간 동안 쉬지 않고 용접을 하려면 우선 기본기가 좋아야 한다. 쪼그리고 앉아있는 것도 잘해야 하고, 손도 안정적이어야 한다. 장똥웨이 씨는 쪼그리고 앉아있기가 어려워서 중간에 일어나 쉬게 되면 용접이 연속성을 잃게 되어 비드의 외관에 영향을 줄 뿐만 아니라, 더욱 중요한 것은 용접의 질에도 영향을 줄 수 있다고 말했다. 때문에 용접을 하려면 무술을 연습하듯이 기마자세와 같은 기본기를 익혀야 한다는 것이다.

장똥웨이 씨는 용접을 시작하면 보통 3~4시간씩 쉬지 않고 일한다.

인바 수공 용접은 세계적으로도 난이도가 가장 높은 용접기술이다. 장똥웨이 씨의 사부(師傅)인 친이(秦毅) 씨는 중국 최초로 인바용접 기술을 습득한 용접공이다. 처음으로 친이 사부가 용접으로 뒷면에 비드를 형성시키는 걸 본 장똥웨이 씨는 눈이 번쩍 뜨이는 것 같았다. 이 기술은 정면에 용접을 함과 동시에 뒷면에도 보기 좋은 비드가 형성되었기 때문이었다. "비드를 용접하는 것도 원래는 예술이었구나." 사부의 능숙한 기술에는 당시 20대였던 그는 마음이 뒤흔들렸다. 사부의 손길 아래 용해된 쇳물은 고분고분하게 말을 잘 들었다. 사부의 절기를 보고 난 장똥웨이 씨는 용접기술을 꼭 배워내야겠다고 결심했다고 한다. 인바용접의 초강력 아크 빛은 눈에 아주 큰 자극을 준다. 그리고 용접 시 발생하는 비말도 신체에 어느 정도 상해를 입힌다. 처음 수습공 일을 시작했을 때, 많은 동료들은 사부가 용접하는 것을 한두 시간 보고는 떠나가 버렸다. 그런데 유독 장똥웨이 씨만은 사부 곁에서 한 발자국도 떨어지지 않았다.

"저희 용접공들에게 있어서 용접이란 멀찍이 서서 지켜보는 것으로 배울 수 있는 게 아닙니다. 사부가 7시간 동안 용접했다면 나도 7시간 동안 지켜보아야만 했습니다. 간단하고 반복적인 손동작 하나도 진정으로 습득하려면 한두 해로서는 다 배울 수 있는 게 아닙니다."

장똥웨이 씨는 이렇게 말했다.

하루라도 빨리 LNG선의 용접기술을 익히기 위해 장똥웨이 씨는 사부 곁을 따라다니며 자세히 관찰했다. 사부가 용접 할 때의 손짓 하나 하나를 놓치지 않았으며, 가장 작은 디테일한 것마저 놓치지 않고 지켜보았다. 이렇게 한 번에 몇 시간씩 따라다니며 기술을 익혔다. 와이어 용접을 할 때였다. 사부는 양손의 움직임이 딱딱 맞아떨어졌다. 손을 들었다 내렸다 하다보면 아주 깔끔하게 마무리 되곤 했다. 속담에 "스승은 입문만 시키고 수행은 자신에게 달렸다"고 했듯이, 사부처럼 익숙한 손놀림을 연습하기 위해 장똥웨이 씨는 용접과정에 반복적으로 연습하면서 와이어를 넣을 때의 손 감각을 찾았다고 했다. 때로는 집에서 밥을 먹다가도 젓가락으로 허공에서 손놀림을 연습하자 딸들은 아빠의 모습이 재미있다고 느껴서 인지 자기들도 허공에서 젓가락을 그어대곤 했다고 한다.

LNG선은 주로 영하 163도의 액화 천연가스를 싣고 장거리 운송을 하는 배로 국제적으로 공인하는 첨단기술·고난도(슈퍼리어 디피컬티)·고부가치를 포함한 '3고'의 선박으로 "조선공업 왕관의 명주"라 불리 운다. LNG선의 건조기술은 과거 구미와 한·일 등 선진국의 극소

수 조선소에서만 갖고 있었다. LNG선의 건조는 후동중화조선회사로서는 거대한 시련이 아닐 수 없었다. 국내적으로 선례가 없었고 국외에서는 또 기술봉쇄를 했으므로 한 걸음씩 모색하는 과정에서 힘들게 나아가야 했다. 당초 외국인들은 중국인이 이 기술을 습득할 것으로 기대하지 않았다. 슈퍼 LNG선의 모든 위치에 있는 인바용접을 수공으로 하려면 용접공은 반드시 국제 특허회사인 GTT의 엄격한 심사를 거쳐 합격증을 얻은 후, 매달 한 번씩 재시험에 합격해야만 계속 근무할 수가 있는 까다로운 기술이다. 장뚱웨이 씨는 이 시험에서 사부의 체면을 한껏 살려주었다. 친이 사부의 첫 학생들 중에서 장뚱웨이 씨가 첫 번째로 이 자격증을 따냈다. 외국의 시험 감독관들은 장뚱웨이 씨에게 엄지를 내밀었으며, 그가 용접한 강판에 OK라고 큼지막하게 써놓았다.

"사부에게 기술을 배울 때, 저는 꼭 사부를 능가해야겠다고 결심했습니다. 후에 내가 제자를 받아들이게 되자 제자들이 기술적으로 저를 능가할 수 있기를 바랐습니다. 만약 사람마다 한 단계씩 올라갈 수 있다면 중국은 기술적으로 뒤를 이을 인재들이 있게 되기 때문입니다."

장뚱웨이 씨는 이렇게 말했다.

호동중화조선그룹회사의 LNG선 건조팀은 일찍이 큰 선실에서 용접 작업을 마친 후 제3자 밀성(密性)검사에서 루점(漏点) 제로라는 기록을 낸 적이 있다. 한 개 선실 내에 있는 35km 길이의 비드에 루점(漏点)이 하나도 없다는 것은 용접 기예가 아주 정교하다는 것 외에도,

용접공에게 보통 사람 이상의 인내심과 집중도가 있음을 말해준다. 따라서 인바용접을 하면서 마음을 가라앉히지 못하면 질과 양을 제대로 유지할 수가 없는 것이다.

인바강(剛)은 초저온에 강한 철강재로, 종이처럼 얇고 녹이 잘 슬며, 가장 얇은 곳은 손으로 만져서 24시간 후면 녹이 슬어 구멍이 날 수가 있다. 그러므로 용접과정에서 땀 한 방울만 떨어져서도 안 되고, 손자국이 나서도 안 된다. 이 때문에 용접공은 용접할 때의 손놀림이 아주 정확해야 할 뿐만 아니라, 심리적으로도 안정되어야 하며, 그 어떤 정서 파동도 있어서는 안 된다. 이러한 것들은 모두 용접의 질에 직접적인 영향을 미칠 수 있기 때문이다. 이같이 심리상태를 연마하기 위해, 장똥웨이 씨는 여가 시간에 낚시질하는 것으로 성정을 수련했다.

"이 직업은 외부인에게 있어서는 좀 무미건조하게 느껴질 지도 모릅니다. 하지만 사람의 인내심을 키워줄 수 있습니다. 저도 낚시질을 좋아합니다. 낚시질은 제가 하는 일과 꽤 비슷합니다. 저는 가능하다면 8시간 동안 줄곧 낚시찌를 지켜볼 수 있습니다."

장똥웨이 씨는 이렇게 말했다.

장똥웨이 씨는 또 다음과 같이 솔직히 말했다.

"조선업은 다른 업종에 비해 결코 더 우월한 것이 아니라 오히려 매우 고달프고, 외부로부터의 유혹도 큽니다"

어느 한 번은 장똥웨이 씨가 용접박람회 현장에서 열리는 시범경기에 참가하게 되었다. 당시 경기가 끝난 후 몇몇 업체들이 몰래 찾아와 그가 후동조선그룹에서의 급여와 처우에 대해 알아보고는 급여를 두 배로 올려주는 등의 후한 조건을 내걸고 스카우트를 하려 했다.

하지만 장똥웨이 씨는 끝내 바깥세상의 번화(繁華)함과 유혹에 빠지지 않았다. 20살이 되기도 전에 후동중화기술학교에 입학해서부터 졸업 후 후동중화회사에서 일하기까지, 그리고 그 후 LNG선의 건조에 참여하기까지 장똥웨이 씨는 확고한 신념과 소박한 태도로 기업의 발전을 위해 묵묵히 노력해 왔으며, 실제 행동으로 자신의 청춘시절에 한 맹세를 실천해 왔다. 그는 자신의 능력을 최대한으로 끌어올렸을 뿐만 아니라, 더 많은 기술인재들을 길러내기 위해 자신의 지식과 경험을 아낌없이 주변 동료들에게 전수해 주었다.

장똥웨이 씨는 낚시질을 통해 인내심을 키웠다.

그는 스승이 제자를 가르치는 형식으로 2005년부터 2015년까지 10년 사이에 용접 최고 등급 인바G증 용접공, SP3/SP4/SP7 등 수공 용접공 및 MO1-MO8 아르곤 용접 자동 용접공 등 40여 명과 인바강판 해체공 6명을 양성해 냈다. 이는 보호시스템 용접의 각 종류 전반에 걸친 것으로서, LNG선 보호시스템 건조에 필요한 각종 수요를 충족시킨 것이다. 그는 30여 명의 다양한 용접유형을 숙달한 복합형 인바 용접공을 양성해 냈다. 이들 중 2명은 이미 팀장이 되었으며, 다른 사람들도 모두 현장의 핵심 기술자로 되었다. 장똥웨이 씨는 항상 작업 기일이 빡빡하기에 일주일에 한 번씩만 집에 돌아간다. 그러다 보니 가족들과 함께 할 수 있는 시간이 많지 않았다. 게다가 선박 인도까지 시간이 빠듯할 때에는 주말에도 잔업을 해야 했다. 딸들은 아빠가 보고 싶을 때면 큰 배 그림을 그린다. 딸들에게 있어서 아빠는 큰 배를 만드는 '슈퍼 히어로'이기 때문이었다.

"아빠가 만든 배는 10층짜리 아파트만큼 높아!"

장똥웨이 씨가 이렇게 말하면,

"와! 그렇게 커요?!"

큰 딸이 놀라움을 금치 못했다.

"그 배에 타면 아빠는 마치 개미처럼 작아 보인단다."

장똥웨이씨가 또 이렇게 말하면,

"그럼 내가 그 배에 타면요?"

큰 딸이 재차 물어 왔다.

"넌 작은 개미처럼 보이겠지?"

장똥웨이 씨가 동료들에게 기술을 전수하고 있다.

장똥웨이 씨는 이렇게 대답했다.

장똥웨이 씨는 어릴 적 별로 특별한 꿈이 없었다고 했다. 그의 목표는 좋은 고등학교에 진학하는 것도 아니고, 명문대학에 입학하는 것도 아니었다. 다만 안정적인 직장을 얻어 평범하게 살고자 했다. 용접공이라는 이 직업을 선택한 후에야 그는 용접공 일이 결코 쉬운 일이 아니며, 훌륭한 용접공이 되려면 더구나 쉽지 않다는 것을 알게 되었다. 평소 두꺼운 작업복을 입고 뜨거운 강판, 연기, 먼지와 하루 종일 씨름해야 했다. 특히 무더운 여름날 다른 사람들은 반팔에 짧은 바지를 입고도 덥다고 하지만, 그는 두꺼운 작업복을 입고 "고온과 싸워야" 했다. 돌이켜 보면, 장똥웨이 씨의 경력은 간단하다고 하면 간단하지만, 실제로 그리 간단한 것이 아니었다. 지금까지 그의 모든 변화와 발전은 또래 동료들보다 훨씬 더 강한 그의 인내와 근성을 보여주고 있다. 어려움과 도전에 직면했을 때 그는 결코 물러선 적이 없었던 것이다.

"아무리 큰 장벽이 있어도 나는 포기하지 않았습니다. 단 한 번도 포기한 적이 없습니다."

장똥웨이 씨가 힘주어 말했다.

지금까지 장똥웨이 씨는 중국 국내에서 건조된 12척의 LNG선에 모두 참여했다.

"출항할 때마다 LNG선이 천천히 바다를 향해 나가는 것을 보면 스스로 자긍심을 느낍니다. 수공 기술이란 컴퓨터로 타자해 놓은 것처럼 흰 종이에 검은 글자가 영원히 거기에 있는 게 아닙니다. 수공 기술이라는 건 항상 손에 쥐고 있어야 합니다. 머리와 손을 다 써서 쥐고 있어야 합니다. 그것을 사랑하고, 좋아해야만 열심이 배우게 되는 것이고, 또한 그것의 내적인 면을 추구하게 되는 겁니다."

장똥웨이 씨는 이렇게 말했다.

지금 중국에서는 더 많은 LNG선들이 계속 도크에서 출항하고 있다. 장똥웨이 씨와 같은 인바 용접공들의 마음도 LNG선의 세계 여행과 더불어 점점 더 넓어져갈 전망이다.

촬영사가 장똥웨이 씨의 작업현장을 촬영하고 있다.

먼저 마음을 수련하고 다시 기술을 연마한다

2015년 5월 중국 CCTV에서 「대국 장인」 프로그램이 첫 방송됐다. 이 프로그램을 통해 두 손으로 '신화' 만들어 낸 장인 8명이 빠른 속도로 대중의 시야에 모습을 드러내게 되었다. 「대국 장인」의 필요성과 '장인 정신'의 고양(高揚)이 사회의 지속적인 관심사가 되었다. 이 8명의 주인공 중 유일하게 1980년대 생인 장똥웨이 씨는 나이가 젊다는 이유로 더구나 많은 사람들의 주목을 받았다.

방송 후 자주 등장하면서 장똥웨이 씨에게는 '전국 종업원 직업윤리, 건설, 표병, 개인(全国职工职业道德建设标兵个人)', '전국 5.1 노동메달', '중국 품질 후보상' 등 각종 영예가 쏟아졌다. 원래 조용하고 평화롭게 묵묵히 일하던 이 젊은이가 갑자기 나타난 변화들에 과연 적응할 수 있었을까? 그의 일과 생활에는 어떤 변화들이 나타났을까? 좀 우쭐해졌을까? 마음을 가라앉히고 계속 기술을 연마하고 있을까? 이 같은 영광과 성취의 '폭격'이 젊은 세대에게 있어서는 너무 일찍 찾아온 것은 아닐까?

그때 나는 정말로 그가 걱정되었다.

3년이란 시간이 천천히 흘러갔다. 그동안 나의 걱정들과 의구심도 서서히 사라졌다.

장똥웨이 씨와 연락할 때마다 그는 여전히 예전처럼 겸손하고 평화로웠으며, 예의 바르게 '궈 기자'라고 나를 불렀다. 지금의 상태에 대해 물으면 "과거와 별 다른 것 없습니다. 매일 일하고 제자들을 가르칩니다."라고 가볍게 대답했다. 지금 장똥웨이 씨는 여전히 작업장의 팀장이고, 인바용접의 기술 선도자이다. 때로는 내가 "이보게 똥웨이 씨, 자넨 지금 바이두(百度)백과에 이름이 올랐어. 자넨 지금 유명인이야" 하고 농담을 하면 그는 그냥 "허허"하고 웃기만 할 뿐 더 이상 말이 없었다. 그 같은 평온함과 담담함은 그의 심경에 어떤 파란이 일었는지 전혀 느낄 수 없게 했다.

가끔 나는 이들이 "왜 「대국 장인」이 될 수 있었을까?" "왜 외로움과 유혹을 잘 견뎌낼 수 있었을까?" 하고 생각하곤 한다. 손재주가 좋고 기술이 좋은 것만으로는 분명히 부족할 것이다. 먼저 마음을 수련하고 기술을 연마해야만 경지에 오를 수 있는 것이기 때문이다. 차분하고, 매사에 침착한 것, 장똥웨이 씨에게는 그의 나이를 뛰어넘는 초연함과 담담함이 있었다.

하지만 3년 전만 해도 취재 대상이 아직 확정되지 않았을 무렵, 나는 그가 「대국 장인」의 주인공으로서 적임자인 지가 망설여졌다.

2015년 4월 17일 나는 「대국 장인」의 촬영 미션을 받았다. 이것은 인물에 관한 뉴스 프로그램이었으므로 인터뷰 대상을 선택하는 것이 매우 중요했다. 일단 사람을 제대로 선정하기만 하면 프로그램은 절반은 성공한 셈이었다. 제작진이 발표회를 열어 취재할 인물을 선정할 때였다. 그때 일부 동료들은 이미 자신이 촬영할 '대국 장인'을 확정해 놓은 상태였다. 그들이 선정한 '대국 장인'은 기본적으로 수십 년의 근속 연한과 경력을 가진 사람들로서 내 머리 속에 있는 '대국 장인'의 기본 이미지와 완전히 부합되었다. 즉 산전수전 다 겪어 보았고, 두 손에는 굳은살이 박였으며, 파란만장한 뒷이야기들이 있었던 것이다. 그때까지 내가 인터뷰해야 할 대상은 아직 정해지지 않았지만, 내가 생각하는 '대국 장인'도 남들과 별로 다르지 않았다.

상하이후동조선공장에서 처음으로 장똥웨이 씨를 만났을 때, 키가 후리후리한 이 젊은 사내는 내가 생각하는, 심지어 관중들이 생각하는 '사부'의 이미지와는 완전히 달랐다. 나는 고민하기 시작했다. 그때 장똥웨이 씨는 갓 30대 초반이었다. 그의 식견과 경력, 그리고 이야기가 이와 같은 특정 테마의 프로그램을 떠받칠 수 있을지 고민이었다.

후동조선공장의 관계자에 따르면, 인바용접은 중국에서 10년의 역사밖에 없다고 했다. 그래서 1980년대 출생한 사람은 이 직종 종사자들 중 '원로 사부'에 속한다는 것이었다. 더구나 인바용접은 세계적으로도 최고의 용접 공예였으므로 그들이 보기에 장똥웨이 씨는 아주 적임자였다. 그리하여 한 번 시험 삼아 해보자는 마음으로 나와 카메라 동료 리즈궈(李子国) 씨는 장똥웨이 씨에 대해 나흘간 밀착 취재를 하기로 했다. 나와 장똥웨이 씨는 나이가 비슷했으므로 의사소통에는 별로 큰 지장이 없었다. 며칠 동안 취재를 하면서 나는 장똥웨이 씨와 인바용접 분야에 대해 진정으로 이해하게 되었다.

장똥웨이 씨는 근무지가 선실 내부인 만큼 안전을 위해 선실에 들어서는 사람마다 머리부터 발끝까지 전용 복장을 갖추도록 했는데, 특히 몇 킬로그램에 달하는 강판신을 신어야 했다. 강판 신을 신고는 평지를 돌아다니기도 힘들었다. 그런데 LNG선은 덩치가 거대하다 보니 선실 내부는 10층짜리 건물만큼 높았다. 게다가 선실 내부에 있는 엘리베이터는 화물만 운송할 뿐 사람은 태우지 않았다. 우리는 강판신을 신고 장똥웨이 씨를 따라 선실 내부를 돌아다녔다. 그랬더니 하루도 안 돼서 발꿈치가 벗겨졌고, 하루가 지나니 두 다리를 들어 올릴 수조차 없게 되었다. 하지만 이는 인바 용접공들의 일상이었다.

이들 장인들은 사실 아주 평범해 보였다. 그 평범함은 우리 곁에 있는 모든 일반인들과 다를 바 없었다. 그들도 평범한 직장인들처럼 매일같이 붐비는 도시에서 동분서주했다. 하지만 이 장인들은 모두 평범하지 않았다.

장똥웨이 씨와 기자의 단체사진. 왼쪽으로부터 장똥웨이 씨의 동료, 궈웨이(郭薇) 기자, 장똥웨이 씨.

오늘날에는 사람들의 마음을 분산시키는 일들이 너무 많아, 다른 일에 전혀 신경을 쓰지 않고 한 가지에만 몰두하기가 쉽지 않다. 하지만 그들은 해냈다. 이 청년들은 성실하고 겸손하게 사부들의 '의발'(衣鉢)을 물려받았다. 이것은 단순히 '정회(情怀, 감정)'인 것이 아니다. 일단 선택하면 절대 포기하지 않겠다는 집념과 약속인 것이다.

기자로서의 나는 장똥웨이 씨를 '대국 장인'으로 선택함으로써 진실하고 젊은 '대국 장인'을 스크린에 펼쳐 보일 수 있어 다행스럽게 생각한다. 그는 침착하고 독립적이며, 성실하고 실속 있었으며, 경박하지 않았으며, 끈질기게 한 가지만을 추구해 왔다. 이러한 '대국 장인'을 관중들에게 소개할 수 있어 참으로 다행이었다.

'장인 정신'이 가지는 의미는 매우 깊다. 그것은 한 시대의 기질을 대표하는 것이다. 한 가지를 선택하면 일생을 그것으로 마감하는 것 바로 그것이기 때문이다.

궈웨이(郭薇)

중앙라디오텔레비전방송총국 CCTV뉴스센터 전임 기자

저우핑훙周平红
'난중지난'[19]을 타개할 수 있는 솜씨 좋은 사람

인물 소개

저우핑훙(周平红)은 중산(中山)병원 내시경센터 센터장이며, 세계 정상급 내시경 전문가이다. 그는 내시경 수술의 불가 영역을 꿰뚫어 유럽 동업자들로부터 멘토로, 인도(印度)의 동업자들로부터는 신과 같은 존재로 여기지는 사람이다. 그가 이끄는 내시경 팀은 벽력같은 기세로 전 세계의 소화관 수술 무대를 휩쓸었다. 그의 이름은 한 가지 수술의 세계적 대명사가 되었다. 왜냐하면 그는 세계 제4의 통로를 꿰뚫었기 때문이다. 이 통로는 생명으로 통한다.

---

19) 난중지난(難中之難) : 어려운 가운데 더욱 어려움이 있다는 말.

저우핑훙(周平红) 푸단대학(复旦大学) 부속 중산병원(中山医院) 내시경센터 센터장.

요지(要旨)

이것은 한없이 정교로운 것에 관한 이야기이다. 또한 의사의 어진 마음(仁心)에 관한 이야기이기도 하다. 『황제내경(黄帝内经)』[20]으로부터 시작하여 의사는 장인으로 정의되었으니, 그 지위는 아직 더 향상될 필요가 있다고 해야겠다. 의술과 어진 마음이 서로 일치될 때 그것은 위대한 정회(情怀)가 된다. 이것은 옛날부터 지금까지 변한 적이 없다.

저우핑훙 씨는 고향이 강남의 시골이다. 그는 늘 벼 향기 풍기는

---

20) 『황제내경(黄帝内经)』: 2000년 이상 동안 중의학의 근본적인 자료로 취급된 고대 중국의 의학서이다. 전설적인 황제와 그의 신하들이 문답하는 형식의 두 부분으로 구성되어 있다. 첫 번째 부분은 《소문》(素問)으로, 중의학과 그 진단법의 이론적 기초에 대해서 다룬다. 두 번째 부분은 《영추》(靈樞)로, 침술을 자세히 다룬다. 두 부분은 내경이나 황제내경으로 알려져 있으나 실질적으로 내경은 《소문》 부분만 일컫는다. 《명당》(明堂)과 《태소》(太素)라는 다른 두 가지 문헌이 황제내경이라는 접두어를 제목에 다는데, 두 가지 모두 부분적으로만 전한다.

고향을 잊지 못한다. 그는 또한 농토에서 일하는 사람들의 고된 일상과 농민의 고통을 잘 알고 있다. 그는 훗날 신술(神術)을 지닌 의사가 되었지만, 여전히 그러한 것들을 잊은 적이 없다. 신술의 이면에는 장심(匠心)이 있고, 나아가서는 인심(仁心)이 있다.

저우핑훙 교수는 의사로서의 어진 마음을 매일같이 분주한 일상에서 알아볼 수 있다. 그는 좋은 학자(学者)에게는 아낌없이 의술을 전수해 준다. 그는 또한 전 중국을 다 다니며 가난한 환자들에게 건강을 찾아주었다. 그가 이렇게 할 수 있었던 것은 외국 친구들의 말 그대로 사랑하는 마음이 있기 때문이다.

2016년 7월 8일부터 10일까지 2년에 한 번 열리는 제3회 '세계소화관종양회의'가 그리스의 아테네에서 열렸다. 이 회의에는 전 세계 25개국에서 온 400여 명의 전문가들이 운집했다. 즉 세계 소화내시경 분야의 정상급 전문가들이 다 모였다고 해도 과언이 아니다.

당시의 회의는 세계 내시경 분야의 올림픽 성회라고 불렸다.

회의의 중요한 내용은 내시경 수술 전문가들을 초청하여 현장에서 수술을 시연하고 수술방식과 수준을 평가하여 내시경의 최소침습술[21]의 발전을 도모하는 것이다. 첫 수술 시연은 난이도가 가장 큰 만큼 보통 글로벌 톱클래스의 전문가가 맡는다. 당시 회의조직위는 중국에서 온 내시경 의사 저우핑훙 씨에게 수술대를 맡겼다.

이때 저우핑훙 씨는 회의장에서 수km 떨어진 그리스의 한 병원에

---

21) 최소침습술 : 수술 시 절개부위를 줄여 인체에 상처를 최소한으로 남기는 수술 방법.

서 수술복으로 갈아입었다. 주위에는 그리스의 의사와 간호사들이 있었다. 그들은 한 결 같이 존경의 눈길을 보냈다. 이 대회에서 저우핑훙 씨는 육상선수인 우샤인 볼트(Usain Bolt)처럼 신과도 같은 존재였다!

수술실로 통하는 문이 열렸다. 저우핑훙 씨는 홀로 긴 복도를 걸어갔다. 복도의 저쪽에는 이미 조수 4명이 자리 잡고 있었다. 이들 중에는 세계적으로 유명한 내시경 전문가도 있었다.

수술 대상은 그리스의 분문이완불능증 환자였다. 분문이완불능증은 식도 하단의 괄약근 이완 부전으로 음식이 식도를 제대로 통과하지 못하는 질환이다. 내시경 수술이 시작하기 전까지만 해도 이 질환은 대형 외과수술로만 해결이 가능했다. 지금은 인체의 자연 통로를 이용한 내시경 수술로 최소침습술 치료가 이루어지고 있다. 그러나 인체 내의 내시경 메스가 어떻게 움직이고, 어떻게 환부를 절단하는가 하는 것은 인체 바깥에서 내시경을 조작하는 손에 달렸다. 이 양자 사이에는 1.2m의 거리가 있다. 육안으로 인체의 내부를 직접 볼 수 없기 때문에 내시경 앞부분의 카메라가 전송하는 화면만으로 조작해야 한다. 내시경 수술기는 천천히 환자의 구강에 들어간 후 식도를 따라 분문에 도착한다. 수술대와 수km 떨어진 대회 현장에는 저우핑훙 씨의 수술 영상이 실시간으로 전송됐다. 뿐만 아니라 저우핑훙 씨가 내시경을 조작해 메스가 인체 내에서 움직이는 동선(動線)도 실시간으로 전송됐다.

회의장은 쥐죽은 듯 조용했다.

수술 장면이 회의장에서 실시간으로 방영되었다.

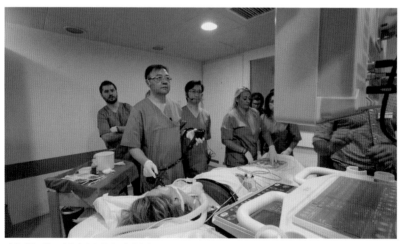

저우핑홍 씨는 침착하게 수술을 완성했다.

이것은 소화관 수술 교류대회였다. 이 대회에서 진행되는 모든 수술 시연은 수술 기예에 대한 포용적이고 개방적인 탁월한 교류의 성연(盛宴)이었던 것이다. 저우핑훙 씨는 두 손의 손가락이 가늘고도 길다. 하지만 또한 강인하고 힘이 있었다. 그는 내시경을 조작해 아주 빨리 환부를 찾아냈다. 병소는 분문 뒤쪽에 위치해 있었으므로 내시경은 식도 내에서 조심스레 길을 돌아가야 병소를 완전 커버할 수 있었다. 수술실의 조수들과 대회장의 전문가들은 모두 이 수술이 매우 어렵다는 것을 잘 알고 있었다.

하지만 저우핑훙 씨는 한 결 같이 미소 띤 얼굴로 여유 있게 대회장의 전문가들과 영어로 대화를 나누면서 매번 조작의 키포인트와 다음 단계의 수술방안에 대해 이야기했다. 하지만 수술은 무작위로 진행되는 것이고 모든 것은 현장 판단에 따르고 있었다. 그런 만큼 조금만 잘못되어도 수술은 실패로 끝나게 될 것이었다. 그러나 저우핑훙 씨가 메스로 정확하게 환부를 절단하는 모습을 화상으로 보고 있는 대회장은 더 이상 조용하지 않았다.

대회장에는 또 상하이 중산(中山)병원 내시경센터의 야오리칭(姚礼庆) 교수도 있었다. 저우핑훙 씨의 수술에 대해 야오리칭 교수는 믿음 가득한 얼굴로 화면을 바라보고 있었다. 그는 저우핑훙 씨의 스승이다. 그는 저우핑훙 씨가 이미 자신을 넘어선 글자그대로 청출어람의 제자였다고 믿었다. 단 30분 만에 수술은 완료됐는데, 이렇게 막힘없는 수술은 세계적으로 드물었다. 독일에서 온 한 전문가는 저우핑훙 씨의 수술은 환상적이라고 감탄했다. 그는 대가와 이렇게 가까운 거리에서 배울 수 있다는 게 대단한 행운이라고 여겼다. 이것은 그야말로 중국인들이 세계에 가져다 준 기쁜 소식이었다.

대회장 밖에서는 이번 대회의 의장단 의장 부인인 그리스인 여성화가가 그에게 직접 저우핑훙 씨 본인의 초상화를 선물했다. 우리가 화가에게 초상화에서 어느 부분이 가장 마음에 드느냐고 물었을 때 그녀는 웃으며 눈이라고 대답했다. 저우핑훙 씨의 눈에는 사랑이 보인다고 했다. 이것은 중국 의사가 세계에 남겨준 이미지였다. 이들이 세계에 전달하고자 하는 것은 단지 뛰어난 기예뿐만이 아니었다. 더욱 중요한 것은 사랑의 마음이었던 것이다.

국내에 돌아온 저우핑훙 씨는 여전히 기력이 왕성했다. 그는 시차 적응이 거의 필요 없는 듯 했다.

저우핑훙 씨는 아침 일찍 병원 입원부에 나타났다. 그의 뒤에는 내시경센터의 동료들과 견습 의사들, 그리고 국외의 의사들이 가득 따라다녔다. 모든 사람들이 다 저우핑훙 씨와 시시각각으로 보조를 맞출 수 있기를 바랐다. 왜냐하면 그것은 기술을 배울 수 있는 아주 좋은 기회이기 때문이었다. 입원부에는 10대의 여자아이가 있었다. 아이는 얼굴빛이 창백했다. 전전날의 수술이 30여분밖에 걸리지 않았지만, 원래부터 허약했던 아이는 아직 회복되지 못한 것이 분명했다. 이 아이도 분문이완불능증 환자였다.

전전날의 수술은 저우핑훙 교수가 직접 집도했다. 아이의 부모는 아이가 속히 회복할 수 있기를 절박한 심정으로 기원하고 있으면서도 저우핑훙 씨의 수술에 감동하는 마음이었다. 그들은 의사에게 오늘은 놀랍게도 유식을 먹을 수 있었을 뿐만 아니라, 최근 한 달 사이에 가장 많이 먹은 것이라고 말했다.

저우 교수는 웃으며 "아이가 먹을 수 있다는 건 좋은 일입니다. 그러니 너무 걱정하지 마십시오. 이제 며칠만 지나면 정상적으로 식사를 할 수 있게 될 겁니다"라고 말했다.

이것은 아마 환자의 가족에게 있어서는 가장 기쁘고 위안이 되는 대답이었을 것이다.

상하이 푸단대학 부속 중산병원 내시경센터가 바로 저우핑훙 씨가 평소 일하는 곳이다. 세계적으로 가장 어려운 POEM 수술의 절반 이상이 바로 여기에서 이뤄진다. POEM 수술의 중문 정식 명칭은 내시경 하의 식도 하층근 절개술이다. 이것은 현재 전 세계적으로 분문이 완불능증을 치료하는 가장 좋은 방법이다.

세계 소화관 치료 업계에서 이 수술 방법은 저우 씨 수술이라 불린다. 저우 씨 수술은 저우핑훙 씨에 의해 붙여진 이름이다. 그의 성씨로 수술 명칭을 명명했다는 것은 전 세계 소화관 치료 전문가들이 중국 의사에 대해 인정한다는 것이라고 할 수 있다.

외과수술과 달리 내시경 수술은 1.2m 길이의 특수 튜브형 내시경을 이용해 체내의 수술해야 할 곳에 깊숙이 들어가 정밀하게 수술해야 한다. 환자에게 있어서 이 수술의 가장 큰 장점은 수술이 인체의 자연 통로인 소화관에 작은 상처만 낼 뿐 크게 흉부를 열어서 수술을 하지 않으므로 수술의 위험을 낮추고 경제적인 지출도 절감할 수 있는 것이다.

회진할 때 환자가 저우핑훙 씨와 열정적으로 악수하고 있다.

　저우핑훙 씨가 하려는 이번 수술이 바로 POEM시술이다. 환자는 분문 부근에 종양이 하나 생겼는데 전통적인 치료 방법에 따르면, 흉부를 열어서 절개해야 하는 대수술이어야 했다. 그러나 현재 저우핑훙 씨는 내시경 수술로 종양을 절개하고자 했다.

　저우핑훙 씨가 수술할 때면 내시경센터 수술실은 많은 사람들이 몰려든다. 내시경 수술은 인체 내부에서 하므로 외과수술처럼 까다로운 무균 청결이 필요하지 않기 때문에 해외에서 상하이로 특별히 이 수술에 대해 공부하러 온 소화관 질환 관련 전문가들을 비롯한 많은 사람들이 저우핑훙 씨의 수술 현장을 견학하려고 하기 때문이다. 이런 상황에 대해 저우핑훙 씨는 상당히 익숙해 있었다. 그는 심지어 수술하면서 이야기꽃을 피우기도 한다. 왜냐하면 매 한 번의 수술이 모두 그가 동료·동업자들과 이론을 실제와 결부시켜 가면서 교류할 수 있는 좋은 기회이기 때문이었다.

저우핑훙 씨가 하는 매 번의 수술은 모두 직관적인 튜토리얼[22]이라고 할 수 있다. 또한 오직 교류를 통해서만 더 많은 문제를 발견할 수 있고, 더 많은 생각을 하게 되며, 더욱 과학적인 혁신을 기할 수 있다는 것을 저우핑훙 씨는 알고 있었던 것이다.

수술은 식도 관벽의 표점막층과 비교적 깊은 근육층 사이에서 이루어진다. 사람의 식도 관벽은 가장 두꺼운 곳이 0.4cm밖에 안 된다. 이렇게 좁은 공간에서 수술하면 환자의 식도가 손상 받을 확률이 비교적 크다. 저우핑훙 씨는 독특한 길을 개척해 냈다. 환자의 식도 관벽 사이의 겹층에 보이지 않는 터널을 만드는 것이다. 식도와 위벽 사이의 겹층에 터널을 만들고 이 겹층에서 내시경 하의 수술을 한다.

식도 관벽에 터널을 만드는 것은 저우핑훙 씨의 독창적인 아이디어이다. 터널을 뚫는 첫 단계는 바로 겹층에 생리 식염수를 주입하는 방법으로, 원래 꼭 들어붙은 식도 점막의 하층을 분리하는 것이다. 이렇게 되면 원래 착 들어붙어 있어 육안으로 볼 수 없던 터널이 생리 식염수를 주입한 후 분리되면서 터널이 형성되는 것이다. 이어 지름 3mm밖에 안 되는 메스가 쉽게 이 터널에 진입해 좁은 공간에서 최소 침습술 시술을 하게 된다.

저우핑훙 씨는 매 절차마다 모두 자세히 주위의 동료들과 동업자들에게 이야기해 준다. 하지만 그렇다고 해서 결코 주의력이 분산되는 것은 아니다. 저우핑훙 씨는 눈 한 번 깜박이지 않고 화면을 주시

---

22) 튜토리얼(tutorial) : 지도서 혹은 개별지도를 의미함.

한다. 민첩하게 움직이는 그의 손을 따라 인체 내에 들어간 내시경은 추호의 착오도 없이 움직인다.

저우핑훙 씨가 이 수술을 완성하기까지는 20분밖에 걸리지 않았다. 현재 세계적으로 내시경 수술 수준이 세계 선두에 있는 일본도 간단한 POEM 수술을 하려면 최소한 한시간 이상 걸린다. 이런 신들린 듯한 기예로 인해 많은 세계 정상급 전문가들이 저우 씨 수술에 큰 관심을 갖게 되는 이유이다.

2016년 7월 3일 장쑤성(江苏省) 인민병원의 초청으로 저우핑훙 씨는 이곳에 와 내시경 수술을 집도했다.

일본에서 온 전문가인 오우라(大浦) 씨도 많은 견학하러 온 사람들 중 한 사람이었다. 오우라 씨는 다른 사람들과 마찬가지로 휴대폰으로 수술 장면을 촬영했다. 이때 갑자기 저우핑훙 씨가 오우라 씨 쪽으로 얼굴을 돌리며 "로열티를 받을 겁니다"라고 웃으며 말했다.

오우라 씨가 어리둥절해 하자 저우핑훙 씨는 웃으며 "농담입니다. 난 계속 수술할 테니 당신은 계속 촬영하십시오."라고 말했다.

수술은 30분도 안 되어 무사히 끝났다. 수술 전 과정이 하도 여유로워서 보는 이들의 감탄을 자아냈다. 10년 전만 해도 내시경 최소침습술은 중국에서 백지나 다름없었고, 저우핑훙 씨도 평범한 외과의사에 지나지 않았다. 그런데 내시경과의 단 한 번의 우연한 만남이 저우핑훙 씨의 미래를 바꿔 놓았다. 저우핑훙 씨는 당시 여가 시간에 좀 더 많은 지식을 공부하려 했고, 야오리칭 교수는 그에게 내시경에 대해 공부할 것을 권했다. 불과 10년 전만 해도 내시경은 소화관 질환 검사에 주로 사용됐을 뿐, 내시경이 수술용 메스가 될 것으로 예상한 사람은 거의 없었다.

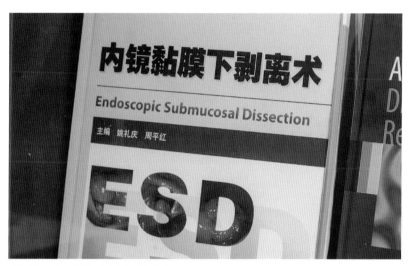

저우핑훙 씨가 편집장을 담당했던 전문 서적.

　그 후 몇 년이 지나면서 일본은 이 기술을 임상에 활용했으며 이는 신속히 세계적으로 전해져 이 분야에서 움직일 수 없는 위치를 정립하게 되었다. 2006년 상하이 중산병원은 저우핑훙 씨를 일본에 보내 내시경 소화관 조기 암증 병소 절제라는 새로운 기술을 공부하게 했다. 일본에 도착한 저우핑훙 씨는 배움에 굶주린 사람처럼 열심히 선진국의 지식을 공부했다. 다른 사람들은 수술을 하고 나서 저녁 6~7시가 되면 퇴근했지만, 저우핑훙 씨는 아침부터 밤 10시까지 계속 수술대에 붙어 서 있었다. 그는 그 어떠한 기예든 습득하려면 고생스럽게 대가를 지불하지 않는 한 여전히 거울 속의 꽃이요, 물속의 달이라는 것을 잘 알고 있었다. 저우핑훙 씨는 강남의 시골 출신이어서 농번기 때 일하던 고생이 낯설지 않은 사람이다. 그의 기억 속에는 고생스럽게 일하고 난 후 부모님의 얼굴에 피어오르던 흐뭇한 미소가 또렷이 남아 있었다. 그것이 바로 수확의 기쁨이라는 것을 그는 잘 알고 있었던 것이다. 그 시절 저우핑훙 씨는 일본 유학을 간 모든 학생들 중 질문을 가장 많이 한 학생이었다. 한 가지를 더 질문한다는 것은 그만큼 생각의 폭이 넓어진다는 것을 뜻하기도 했다.

유학생활을 마친 후 저우핑훙 씨는 내시경 수술에 대해 나름대로의 견해와 뛰어난 판단력을 갖게 되었다.

2010년 저우핑훙 씨는 국내에서 소화관 조기 암 내시경 절제술을 성공적으로 전개하였을 뿐만 아니라, 이를 바탕으로 스텔스 터널법을 특징으로 하는 POEM 수술을 창조하였다. 이에 따라 검사용으로만 쓰이던 내시경이 그의 손에서 훌륭한 메스가 되었던 것이다.

수백 번의 POEM 수술에서 성공한 후 저우핑훙 씨는 세계적으로 두각을 나타내기 시작했다. 2012년 그는 중국 대표로서 독일의 뒤셀도르프에서 열린 제14회 세계소화내시경대회에 초청되었다.

야오리칭 교수는 그때는 다만 견학하는 자격으로 초청을 받았던 사실을 명확히 기억하고 있다. 그때까지 세계 소화관 내시경 수술의 무대는 구미 국가에 속해 있었다.

그러나 이번에는 중국인들이 무대에 설 자격이 충분했던 것이다.

저우핑훙 씨의 사무실에는 각종 의학회의 참석증이 옷걸이에 가득 걸려 있다.

여러 노력 끝에 대회는 간신히 중국 의사의 요청을 수락했지만, 저
우핑훙 씨가 실시하는 수술이 일본의 최고 전문가와 동시에 시작돼
야 한다는 조건을 내걸었다.

이것은 기예와 영욕이 걸린 한판 겨룸이었다.

저우핑훙 씨는 성큼성큼 수술실로 걸어 들어갔다. 그 시각 그는 세
계학계에서 중국 의사들에 대한 믿음이 거의 없다는 것을 잘 알고
있었다. "수술에서 만큼은 중국 사람들 재간이 별로 없다."라는 말을
그는 진짜로 들은 적이 있었다. 실제로 대회의 수술 교류에서 일본
인, 독일인, 미국인, 러시아인, 인도인들이 모두 무대 중앙에 선 적이
있지만 지금까지 중국인들은 그곳에 서 본 적이 없었다.

저우핑홍 씨는 중국인과 중국인 의사에 대한 세계의 시각을 바꾸고자 했다. 30분 만에 저우핑홍 씨는 질적으로 높은 수준의 수술을 마쳤다. 수술은 거의 완벽했다. 그러나 이 때서야 일본 의사는 막 환부를 절제하기 시작하는 순간이었다.

저우핑홍 씨의 완벽함에 가까운 수술은 온 세계를 놀라게 하였다. 그 당시 수술실에서 직접 이 장면을 목격한 한 독일인 의사는 3, 4년이 지나도록 이번의 수술에 대해 잊지 못해 하며 이렇게 말했다. "그것은 기적이었습니다. 불가사의한 일이었습니다. 중국인들은 정말 대단했습니다."

2012년 세계 의학 무대에 등장한 저우핑홍 씨는 내시경 수술 분야에서 중국 의사들의 속도와 품질, 기법을 보여주면서, 세계 소화관 내시경 최소침습술 분야에서 중국의 선두 지위를 굳히데 하는 일등공신이었다.

야오리칭 교수는 그때 눈물을 흘렸다는 것만 기억하고 있었다.

탐구하는 자는 항상 끊임없이 전진한다. 세계적으로 인정받는 것도 단계적 결과물의 전시일 뿐이다. 저우핑홍 씨는 실천하는 가운데 원래 위장강 내에 국한되어 있던 내시경 수술을 흉강과 복강으로 확장시켰다. 이는 획기적인 돌파로 위장관 질환 이외의 환자들이 내시경 최소침습술의 혜택을 받을 수 있게 되었다는 것을 의미한다.

전 세계 내시경 의사들에게 있어서 이는 이정표와 같은 순간이었다. 앞으로 내시경 치료는 금기를 깨고 위장강 밖으로 확장될 것이라 확신한다. 저우핑홍 씨는 수술에 관한 기예를 끊임없이 향상시키는 동시에 또 내시경 부속 도구의 연구와 개발에도 진력했다. 그중 한 가지가 바로 봉합기이다.

소화기 내시경 수술은 위장벽을 뚫고 시행되는 경우가 있었기에 수술 후에는 상처의 봉합이 필요했다. 과거에는 외국제 범용 봉합기를 사용하는 경우가 많았는데 한 번에 하나의 금속 클립만 방출할 수 있었다. 그러다 보니 한 봉합과정에 여러 개의 봉합기를 교체해야 했으므로 환자는 큰 고통을 겪어야 했고, 의사는 또 강도 높은 노동을 해야 했으며, 수술 위험성도 매우 컸다.

저우핑훙 씨의 상상 속 봉합기는 연속적으로 사용하는 것이 가능해 수술 도중 봉합기를 교체하지 않아도 되는 것이었다. 그렇게 되면 수술 위험성도 크게 낮출 수 있을 것이라고 확신했다.

무엇보다도 이런 봉합기가 개발되면 수술비용이 크게 줄고 수술 원가도 절감될 것이었다. 이 역시 저우 씨 수술과 마찬가지로 기상천외한 방안이었다. 그러나 저우핑훙 씨는 이같이 기상천외한 아이디어가 없다면 혁신이란 있을 수 없고, 세상은 발전할 수 없다고 생각했다.

의료인의 출발점은 의료기술을 통해 생명이 최대한의 보장을 받게 하는 것이다. 의사의 '어진 마음(仁心)'이란 사실 가장 소박한 사랑이다. 저우핑훙 씨는 이런 사랑이 만민에게 고루 전해졌으면 했다. 저우핑훙 씨는 내시경 수술의 많은 난제들을 해결함으로써 생사의 변두리에 있는 사람들이 건강을 되찾을 수 있도록 했다.

거장은 모두 백성을 사랑하는 마음을 가지고 있다. 이것은 거의 법칙처럼 되어 있다. 이것 또한 온갖 어려움을 이겨내는 근본적인 동력이자 가장 큰 가치이기도 하다. 저우핑훙 씨도 당연히 의사로서의 이런 어진 마음을 지니고 있는 것이다!

의사의 장심과 인심(仁心)

2016년 봄 상하이는 십 수 년 만에 한 번 올까 말까한 추운 겨울을 보내고 겨우 따뜻해지기 시작했다.

그 해 우리는 대국 장인이 독일·일본의 장인과 다른 점에 대해 많이 논의했었다. 그 무렵 중국 CCTV에서 제작한 「대국 장인」은 이미 연속해서 몇 년째 방송되고 있었다. 그 시절 노동절은 더는 관광이나 하는 명절이 아니었다. 사람들은 점점 더 중국의 실업에 대해 이야기하기 시작했고, 중국의 노동자들에게 이야기했으며, 대국 장인에 대해 이야기했다. 인터넷 경제가 중국에서 활발해지기 시작했고, 자본의 게임이 온 나라를 휩쓸기도 했다. 나와 많은 사람들이 어쩌면 그것이 세계의 미래 모습일 수도 있다고 생각했다. 그럼 실업은 어떻게 될 것인가?

이러한 혼란스러움 속에서 나는 홀로 상하이에 갔고, 거기에서 프로그램을 만들기 위한 사전 조사를 시작했다. 그때 촬영하려고 마음먹은 대상이 두 사람이었다. 한 사람은 중국상업용비행기그룹의 판금(鈑金) 관련 일을 하는 왕웨이(王伟) 씨였고, 다른 한 사람은 바로 상하이 중산병원 내시경 전문가인 저우핑훙 교수였다.

중국상업용비행기그룹에서 나와 중산병원에 가느라고 지하철을 탔을 무렵, 내 머리 속에는 어느 자료에선가 찾은 "의사는 장인이다(医

者, 工也)"는 말이 뱅뱅 돌았다. 나는 아무런 문제도 없을 것이라 확신했다. 중국의 옛 역사에서 의사의 신분은 일찌감치 장인으로 자리매김 되고 있었기 때문이었다. 지하철역에서 나오니 바로 중산병원이었다. 상하이는 신기한 도시였다. 나는 중산병원이 소재한 거리에서 상하이의 신기함을 발견하게 되었다. 상하이는 길이 그다지 넓지 않은데도 사람과 차가 아주 많았다. 그런데 신기하게도 길이 막히지 않았다. 상하이의 많은 것들은 모두 정교로워 보였다.

그날 나는 저우핑훙 교수를 만나지 못했다. 그는 외지로 강의하러 나가고 없었다.

하지만 수확은 적지 않았다. 중산병원 내시경센터 창시자인 야오리칭(姚礼庆) 교수가 공간이 별로 없는 사무실에서 차분하게 나를 기다리고 있었기 때문이었다. 내가 나중에 알게 된 중국 내시경의 발전사는 그 비좁은 사무실로부터 천천히 발전해 온 것이었다.

너무 어려웠다!

지나온 역사는 더 말 할 필요도 없었다. 너무 어려웠다는 이 한 마디면 충분했다.

내가 중산병원 내시경센터의 벽에 걸린 수많은 사진들을 일일이 다 돌아보기도 전에, 야오리칭 교수는 이미 다른 방법으로 밖에서 강연하고 있는 저우핑훙 씨와 나를 연결시켜 놓고 있었다.

"강남의 논밭 속을 헤치며 달리는 소년, 그의 발에는 싱싱한 진흙이 가득 묻어 있었다. 소년은 달리다 말고 멈춰선 채 논에서 일하는 부모에게 환한 미소를 지어 보였다. 점심 무렵이 되자 소년은 가족과 함께 시골 농가로 돌아갔다. 그는 반갑게 달려 나오는 강아지를 어루만져주었다. 그리고는 두툼한 책을 집어 들었다…

그 다음에는 공부하러 상하이에 왔고, 다시 홍콩, 일본으로 갔다…"

저우 교수는 처음 내가 그에 대해 이런 인상을 갖고 있다는 것을 탓하지 않을 것이라고 생각했다. 그 후 그와 만나면서 늘 고향에 대해 말하는 것을 들을 수 있었다. 고향에 대해 말하고자 할 때면 그의 눈빛은 반짝였다.

중국과 서양의 학문을 통달한 교수로서의 저우핑훙 씨, 혹은 매일 수술대 옆을 지키는 의사로서의 저우핑훙 씨였지만, 내가 가장 흥미를 느끼는 것은 그의 메스였다.

야오 교수는 나를 데리고 의료설비실로 갔다. 거기에서 그는 새 포장을 뜯고 그 안에 있는 내시경의 진면목을 보여주었다.

대부분의 사람들이 본 내시경은 맨 앞에 있는 1센티미터도 안 되는, 머리카락 굵기의 와이어였을 것이다.

그것이 바로 메스였다.

이렇게 만나고 나서 나는 수개월 만에 다시 상하이로 와서 저우핑훙 교수를 만났다.

그는 아주 분주하게 활동하였다. 거의 인사말조차 할 틈도 없었다. 환자가 너무 많았기 때문이었다. 정례 회진에 대해 나는 본 적이 적지 않다. 하지만 이번은 달랐다. 저우 교수는 나는 듯이 걸어가며 환자들과의 거리를 좁혀 갔다. 나는 거의 따라잡을 수가 없었다.

중년의 저우 교수는 시종 허허 웃으며 병상에 누워 있는 환자들을 안심시켰다. 저우 교수는 모든 환자들의 상황에 대해 다 기억하고 있는 듯싶었다. 그 환자가 자신이 직접 수술한 사람이 아니어도 말이다. 그는 장쑤(江苏) 농촌에서 온 부부에게 딸이 오늘은 유동식(流動食)[23]을 먹을 수 있다고 말했고, 또 한 노인에게는 내일이면 퇴원할 수 있다고 말했다.

이렇게 한 바퀴 돌고 나자 놀랍게도 병실 안은 분위기가 후끈 달아올랐다. 그것은 틀림없이 믿음 때문이었을 것이다. 이런 믿음 속에는 또 거리감 없는 친절함이 감돌고 있었다. 그리고 나서 수술이 시작되었다. 수술은 꼬박 하루 동안 진행되었다. 내시경 수술은 눈에 보이는 상처가 없다. 모든 과정은 내시경의 탐침을 통해 환자의 몸속에서 이루어진다.

그는 내가 만난 대국 장인들 중 유일하게 손 감각을 통해 작업을 하지 않는 사람이었다. 저우 교수는 양손으로 긴 내시경의 다른 한 끝을 조절하여 머리카락처럼 가는 메스로 아주 정밀하게 환부를 절제하였다. 저우 교수의 뛰어난 기예에 대해 여기서 더 설명할 필요가 없다고 생각된다. 하여튼 나는 어안이 벙벙하여 거기에 선 채, 저우 교수가 하루 동안 네 번 수술을 하는 것을 지켜보았다.

더욱 놀라운 것은 내시경 수술은 체내에서 완성되는 것이라 수술

---

23) 유동식 : 씹지 않고 삼킬 수 있도록, 소화하기 쉽게 만든 음식.

환경이 비교적 개방적이라는 점이다. 나는 많은 사람들 속에 섞여 서서 그 수술 과정들을 지켜보았다.

중산병원 내시경센터에는 환자 외에도 전국 각지, 심지어 세계 각지에서 내시경 의사들이 몰려온다.

저우핑홍 교수가 막 수술복을 갈아입을 때, 수술대 앞에는 벌써 이렇게 공부하러 온 사람들로 가득 서있었다. 10㎡도 안 되는 공간에 수십 명의 사람들이 들어온 것이다. 그런데 알고 보니 그들도 모두 그들 지역에서는 이름난 의사였다.

첫 수술 때 나는 여러 가지 색깔의 머리들에 의해 나의 시야가 가려지는 것을 알았다. 그들은 나보다도 훨씬 더 절실하게 스크린에 나타나는 수술과정에서의 디테일한 부분을 보고 싶어 했다.

어떤 이에게 있어서 삶 자체는 바로 질주였다. 나는 다행스럽게도 이런 사람들과 한동안 동행할 수 있었다.

5일 간 연속해서 수술하고 난 후인 토요일 이른 아침, 나는 저우 교수와 함께 난징(南京)으로 떠났다. 아침 8시에 학술세미나가 있고, 10시에는 수술 수업이 있었다.

나는 지금 일본에서 왔다는 그 두 명의 내시경 의사의 이름이 잘 기억나지 않는다. 과거 내시경 수술을 가장 잘 했다는 의사들 중에는 그 두 명의 일본 의사도 있었다. 하지만 지금은 상황이 달라졌다.

저우 교수는 농담하는 것을 좋아했다. 그는 일본 의사에게 볼 수는 있지만 촬영해서는 안 된다고 말했다. 일본 의사들이 어리둥절해하자 그는 웃으며 "사실은 촬영해도 상관없습니다. 그리고 물어 보고 싶은 게 있으면 물어도 괜찮습니다. 알고 있는 바를 다 얘기해 드리 겠습니다"라고 말했다. 이에 두 일본 의사는 일시에 환호했다. 세계적 으로 이름난 의사라는 진중함 같은 것이 보이지 않을 정도로 그들은 열광했다.

질주는 계속됐다. 나는 그가 멈추는 것을 보지 못했다.

우리 일행은 저우 교수를 따라 그리스로 떠났다. 거기에서는 세계 적 교류대회가 열린다고 했다. 그 대회는 줄곧 세계 내시경 수술 업 계의 올림픽으로 불리어 왔었다.

과거 이 대회는 서양 의사들과 일본 의사들의 천하였다.

하지만 이번에는 중국 사람들이 왔다. 저우핑훙 교수가 이끄는 팀 이 온 것이다.

대회 의장단 단장의 부인은 근 1년의 시간을 들여 저우핑 씨의 초 상화를 그렸다.

대회에 앞서 사람들은 서로 인사를 하고 있었다. 거의 모든 사람들 이 다 저우 교수를 알게 된 것을 자랑으로 여기고 있었다. 나는 눈시 울이 뜨거워졌다.

야오리칭 교수는 나에게 수년 전 이 대회에 참가했을 때의 정경을 이야기해 주었다. 그때 대회는 3일 동안 열렸지만, 중국 의사들에게 는 단 1분의 시간도 주어지지 않았다. 그때에는 확실히 오만과 편견 이 존재해 있었다! 하지만 그때의 중국 사람들은 그 성회에 참가하기 위해 이미 모든 걸 준비한 상태였다. 단지 더 많은 것들을 배우기 위 해, 더 많은 것들에 대해 교류하기 위해서였고, 이렇게 배운 것으로 더 많은 환자들에게 복지를 가져다주기 위함에서였다.

중국 의사들은 단 한 번의 수술을 결전으로 생각하지는 않았다. 하지만 그들은 수술 교류의 기회를 쟁취해 내려 했다. 그러한 기회가 이번 대회에서 가장 큰 성황을 이루었다. 중국 의사 저우핑훙 교수가 가장 짧은 시간 내에 가장 복잡하지만 또한 가장 정밀한 수술을 해 냈기 때문이었다.

그것은 세계가 중국을 새롭게 인식하는 순간이었다.

2016년 내시경 수술 세계 교류대회가 다시 열렸을 때, 저우핑훙 교수는 수술복을 갈아입고 그리스의 한 병원에서 대회 제일 첫 번째 수술을 했다. 수술과 동시에 동영상이 회의장에 전해졌다.

그때 수백 명이 참가한 대회장이 물 뿌린듯 조용했던 것으로 기억된다. 나는 여러 해가 지난 후에도 여전히 저우핑훙 교수가 등장하던 그 모습을 잊지 않았다. 수술실로 향하는 대문이 홀연히 열리자 저우핑훙 교수가 정면으로 걸어 나왔다. 긴 복도에서 그는 확고한 모습으로 수술실로 향했다. 어쩌면 저우핑훙 교수는 대회의 박수소리에 이미 익숙해져 있었을 지도 모른다. 심지어 그의 제자인 차이(蔡) 박사는 깔끔하고 일 솜씨가 똑 부러져 보이는 여성 박사인 그녀마저 이같이 열렬한 박수소리에 아주 덤덤해 보였다. 하지만 나는 그렇지 않았다. 나는 술 한 잔 하고 싶을 만큼 마음이 설레었다. 저우 교수는 아주 분망했고, 그의 동료들도 아주 분망했다. 그들의 시짱(西藏)과 신장(新疆) 및 전국 각지에 대한 지원 계획은 차질 없이 하나하나 전개되고 있었다.

그들은 아무런 거리낌도 없었다. 그들은 전 중국의 내시경 수술 수준이 전면적으로 향상될 수 있기를 기대했다. 그들은 모든 환자들이 세계적으로 가장 선진적인 수술을 받을 수 있기를 희망했다.

그들은 대중을 위하여, 나라를 위하여 줄곧 노력하고 있었다. 그들은 어진 마음을 품은 진정한 어진 사람들이었다.

이 얼마나 다행스러운 일인가!

이 글을 쓰고 있을 때는 이미 2년이라는 시간이 흐른 2018년이었다. 2년이 지났을 뿐인데도 많은 사람들이 실업의 재흥기에 대해 열변을 토하기 시작했다. 이 같은 변화는 나에게도 마찬가지로 일어나고 있었다. 나는 이미 많은 장인들과 친구가 되어 있었다.

저우핑훙 교수와 그의 부인인 장잉(张颖) 씨, 그리고 위하오(宇豪) 아우, 야오리칭 교수와 왕핑(王萍) 수간호사, 저우 교수의 제자인 리취안린(李全林) 박사, 차이밍옌(蔡明琰) 박사 등 나는 줄곧 그들을 잊지 않고 있다. 내가 눈물이 글썽였던 그 순간들은 그들이 가져다 준 것이었다. 나는 줄곧 그 시간들을 아끼고 있으며 감사하게 생각하고 있다. 또한 그때 함께 일했던 동료 장리(姜力), 량즈치(梁芷绮), 장원카이(张文凯), 왕원보우(王文博) 씨에게도 감사의 말씀을 드린다. 그들은 나의 좋은 형제이고 좋은 자매이다!

장용펑(张永峰)
다큐멘터리 감독

산자지우单嘉玖
양심으로 백년을 전해가다

인물 소개

산자지우(单嘉玖)는 고서화(古字画) 표구·복원을 전문으로 하는 기예의 여성 전승인이다. 2017년 12월 28일 제5차 국가 무형문화재 종목의 대표적인 전승인 추천 명단에 입선되었다.

산자지우(单嘉玖) 씨는 21세에 고궁(故宮) 박물관 과학기술부에 입사했다. 지금까지 그녀의 손을 거쳐 복원된 희귀 서화문물은 200여 점에 달한다. 고서화 복원은 간단하게 말하면 세탁, 배접지 제거, 수선, 배접과 표구 등의 절차를 거친다. 서화 문물의 복원은 긴 시간을 필요로 하는데, 길게는 몇 년씩 걸리기도 한다. 복원사에게 있어서 가장 중요한 것은 대담하고도 세심해야 한다는 것이다. 조금이라도 태만하거나 또 아주 조금이라도 조심하지 않으면 문물이 손상될 수 있기 때문이다. 산자지우 씨의 부친인 산스위안(单士元) 씨는 고궁 박물관 부원장을 역임했다. 군벌이 혼전하던 시기 산스위안 씨는 최초의 고궁 유물 수호자가 되어, 91세에 별세할 때까지 문물들을 지켜왔다. 그는 유일하게 근속 연한이 고궁에 있은 연도 수와 같은 사람이었다. 산자지우 씨는 아버지가 남긴 "문물 관련 일을 하지만 문물을 완상(玩賞, 즐겨 구경하는 일—역자 주)하지 않는다"는 가훈을 이어받아 평생을 청렴하게 살면서 서화의 복구에만 전념해 왔다.

요지(要旨)

서화 복원은 오래된 수공예이다. 과학기술이 발달한 오늘날에도 후세에 전해지고 있는 고대의 서화 작품들은 오직 이 전통 수공예에 의해서만 계속 보존될 수 있다. 고궁박물관에 원본 그대로 진열되어 있는 대량의 서화들은 연대가 오래되어 훼손이 심하다. 이 서화들의 복원 목적은 그 수명을 늘리기 위한 것이다. 한 번 복원하면 그 수명이 최소 100년은 연장될 수 있다. 고궁박물관에는 일류의 복원사들이 있다. 그들이 복원한 것은 모두 중국의 진귀한 1급 문물이다.

59세의 산자지우(单嘉玖) 씨는 38년째 이 직책을 맡고 있다.

산자지우(单嘉玖) 씨는 고궁(故宮) 서화 복원사이다.

매일 이른 아침이면 산자지우(单嘉玖) 씨는 고루(鼓楼)에 있는 집에서 고궁까지 걸어서 출근하는데, 빠르지도 늦지도 않게 딱 50분이 걸린다. 그녀는 이미 38년째 이 길을 걸어왔다.

스차하이(什刹海)를 건너면 바로 고궁이다. 명청(明清) 양 대에 걸쳐 건조된 이 웅장한 궁전은 지금 매일 방방곡곡에서 온 수만 명의 관광객들을 맞이한다. 하지만 산자지우 씨가 꺾어 들어간 이 외진 골목은 잘 알려지지 않은 곳이다. 산자지우 씨가 근무하고 있는 과학기술부는 고궁의 서쪽에 위치해 있는데, 해당화 나무 그늘에 가려져 있다. 전하는 바에 의하면 이곳은 청대의 냉궁(冷宫)²⁴이었다고 한다. 서화 복원실의 문은 두 겹으로 되어 있는데, 그중 한 겹은 바람을 막기 위해 후에 단 것이다. 산자지우 씨는 우리에게 "문 맞은편의 종이 벽은 서화를 반듯하게 펴기 위해 이용하는 것입니다. 베이징은 봄이면 바람이 너무 셉니다. 게다가 종이 자체가 인장력이 워낙 커서 자칫하면 화심이 찢어질 수 있으므로 자연히 바람이 두려운 것입니다"라고 말했다. 사무실의 키는 모두 두 개이다. 가장 일찍 출근하는 사람이 키를 받아다가 문을 연다. 그리고 또 가장 늦게 퇴근하는 사람이 창문과 문을 꽁꽁 잘 걸고 나서 키를 돌려줘야 한다. "이 키는 과학기술부의 밖으로 나가지 못하게 되어 있습니다." 이같이 엄격하게 통제하는 제도는 문물을 이곳에 한 달, 심지어 1년 이상 놓아둘 수도 있기 때문이다. 고궁박물관에 소장된 문물은 대단히 많다. 하지만 산자지우 씨는 모든 제왕들이 서화에 대해 선호하는 취향을 잘 알고 있다.

---

24) 냉궁(冷宫) : 후비가 총애를 잃어 유폐된 궁.

일례로 건륭 황제는 서화에 정통했다. 그는 그림 하나에 학은 몇 마리, 소나무는 몇 그루 그려야 하는가를 직접 화공에게 성지를 내렸다고 했다. 고궁의 고서화 복원 대상은 두 가지 큰 종류로 나뉜다. 그 중 하나는 후세에 전해진 문물을 위주로 하는 궁정 소장품이다. 여기에는 서예와 회화 작품, 비첩(碑帖)의 탁본, 제왕과 황후의 초상화 등이 포함된다. '백원첩(伯远帖)', '오우도(五牛图)', '청명상하도(淸明上河图)' 등이 이러한 종류에 속한다. 다른 한 가지는 궁정 역사의 유물이다. 여기에는 궁궐의 편액(匾额), 제왕과 신하들의 서예와 회화 작품이 포함된다. 이런 골동품들은 복원기술을 통해 보호하지 않았다면 오늘까지 전해질 수 없었을 것이다. 이날 산자지우 씨가 제자와 함께 복원하고자 한 것은 원래 경기각(景祺阁)에 걸려 있던 산수 첩락(贴落, 벽에 붙여진 글씨나 그림-역자 주)이다. 첩락은 궁중에서 흔히 볼 수 있는 장식화로서 황제의 어필 서예나 궁중 화공의 작품 같은 것들이 있다. 이 몇 년 간 고궁은 몇몇 대전(大殿)을 원래 모습대로 복원 중인데, 그중 파손된 첩락은 복원하여 원래의 자리에 걸어두어야 한다. 그리하여 관광객들이 고궁의 과거 그대로의 모습을 감상할 수 있도록 하자는 것이다. 산자지우 씨가 소속된 서화 복원팀이 이 임무를 맡고 있다. 의외인 것은 산자지우 씨가 복원하려는 그림을 첫 절차로 뜨거운 물에 세탁한다는 점이다. 오래된 그림은 색상이 고정되었기 때문에 물로 세탁해도 색이 바래지 않는다고 했다. 그런데 그 위에 쌓인 100년이나 되는 먼지는 찬물로는 씻기지 않는다고 했다.

세탁한 후에는 화심(画心)을 벗겨낸다. 복원사는 본래 몇 겹으로 된

도배지 작품을 떼어내고, 당시 그림을 그린 얇은 선지 한 장만 남겨 작품의 흠집이 난 부분을 수선할 수 있도록 한다. 산자지우 씨는 첫 번째 층의 배지(背紙)를 조심스럽게 떼어낸다. 표구에 사용된 이런 배지는 건륭(乾隆) 때의 고려지(高麗紙)²⁵로서 역시 수백 년의 역사가 있는 만큼 보존해 두었다가 앞으로 계속 복원 재료로 쓸 수 있다고 했다. 산자지우 씨에 따르면, 건륭 때에 사용한 고려지는 질기고 내구성이 강하다. 그녀는 일찍이 어떤 종이공장과 함께 건륭 때의 고려지를 모조할 수 없겠는가를 연구했지만, 도저히 그와 같은 품질에 도달할 수가 없었다고 했다.

배지 두 겹을 떼어낸 후에는 떼어내기가 가장 어려운 탁심지(托心紙)가 남았다. 이는 전체 복원과정에서 가장 중요한 절차로서, 자칫 잘못되면 문물이 훼손될 수도 있다. 이 단계에서는 38년 간 서화 복원 일을 해 온 산자지우 씨도 살얼음 위를 걷는 느낌이다.

---

25) 고려지(高麗紙) : 고려지라 해서 고려시대에 만들어진 것이 아니라 고구려 말기 제지술의 발달로 한반도에서 만들어진 종이를 말한다. 이를 송나라 때 닥종이인 신라의 백추지(白紙)를 보고 중국인들은 이렇게 희고 매끄럽고 색깔이 영롱한 종이는 아마 누에고치로 떴을 것임이 틀림없다고 생각하여 1500년대까지 우리 종이를 견지, 잠견비(蠶絹紙), 후견지, 면견지, 금견지 등으로 부르며 예찬하였다. 이러한 미칭(美稱)은 그 종이의 우수한 품질을 보고하는 말이었다. 송나라 조희곡(趙希鵠)이 지은 동천청록(洞天淸錄)에 "고려지는 면견(綿繭)으로 만들었는데 빛은 비단처럼 희고 질기기는 명주와 같아서 먹을 잘 받으니 사랑할 만하여 이는 중국에 없는 것이니 역시 기품이다." 송나라 사람 서긍이 『고려도경(高麗圖經)』에서 "고려의 창고마다 서책이 가득하여 도저히 헤아릴 길이 없으며, 기서와 이서 또한 많다"고 찬사를 아끼지 않았는데 이는 『고반여사(考槃餘事)』『문방사고(文房肆攷)』 등과 함께 고려지의 우수성을 기록한 고대 역사서들이다. 당형전(唐衡銓)이 쓴 『문방사고(文房肆攷)』는 중국 사람들의 문방청완(文房淸玩)의 취미를 개설(槪說)한 책인데, 그 내용 중에 "AD 780년경 중국에서 고려지를 사용하였다는 기록과" 진(陳)나라 왕희지의 난정서에 이르기를 누에고치로 만든 종이를 썼다."고 했는데, 이는 바로 고려지를 말하는 것이다.

한적한 골목에 "고궁박물관 과학기술부"라는 간판이 걸려 있다.

　산자지우 씨가 지금 복원 중인 이 산수 첩락은 연대가 너무 오래되어 탁심지가 썩어서 화심과 분리할 수 없다. 어쩔 수 없이 산자지우 씨는 화심을 완벽하게 보호하기 위해서 탁심지를 조금씩 비벼내기로 했다. 이것은 많은 시간과 공력을 들여야 하는 일이다. 한데 붙어있는 화심과 탁심지 두 장의 종이의 두께가 0.22mm 밖에 안 된다. 이 두께의 종이에서 어느 층이 화심이고, 어느 층이 탁심지인가를 정확하게 터치해 내는 것은 하루 이틀 사이에 연습해 낼 수 있는 기예가 아니다. 옛사람들은 서화 복원을 두고 "병세가 위독한 데 치료는 지연된다(病笃延医)"고 표현하였다. 이른바 "잘 치료하는 것이란, 손이 가는 곳에 따라 치료가 되는 것이고, 잘 치료하지 못하는 것이란, 약재와 함께 죽는 것이다(医善, 则随手而起 ; 医不善, 则随剂而毙)"라고 하였으며, 심지어는 "뛰어난 복원사를 만나지 못하면 차라리 고데 문물을 그대로 두어야 한다(不遇良工, 宁存故物)"고까지 주장한다.

산자지우 씨의 제자인 위리(喻理) 씨는 중앙미술대학의 대학원생으로 산자지우 씨를 따라 일한 지 이미 2년 6개월이 된다. 그런데 지금까지 산자지우 씨는 단 한 번도 그가 독립적으로 문물을 복원하는 일을 하도록 시킨 적이 없다. 위리 씨는 그냥 풀을 쑤는 등 조수 노릇만 해 왔다.

위리 씨는 풀 쑤는 일을 우습게보지 말라고 한다. 풀을 쑤는 일에도 배우는 것이 많다는 것이다. 매 절차마다 사용하는 풀의 점도가 다르기 때문이라고 했다.

3년 이내에는 문물을 만져서는 안 된다는 것은 산자지우 씨의 사부가 정한 이전부터의 규정이다. 산자지우 씨도 젊었을 때에는 사부와 함께 날마다 솔로 문지르기나 종이 벗겨내기와 같은 기본기를 익혀왔다. 위리 씨가 가장 탄복한 것은 "산(单) 사부가 듣는 것만으로도 그의 업무에서 나타나는 잘못을 지적해 낼 수 있다"는 점이다. 소리를 듣고 솔질의 세기라든가 절차가 요구 바에 부합되는지 판별해 낼 수 있다는 것이다. 위리 씨는 이 2년간의 가장 큰 수확은 기술이 아니라 사부들이 문물에 대한 경외심을 체득한 것이라고 했다. 38년 동안 문물 복원을 해 온 산 사부도 문물을 복원할 때면 여전히 온 정신을 집중하며 한 치의 소홀함도 없이 한다. 원로 사부들은 늘 "문물은 잘 복원해야지 절대로 실패해서는 안 된다."고 했다.

산수(山水) 첩락(貼落) 한 장의 탁심지를 비벼서 벗겨내는 데 산자지우 씨는 거의 사흘 동안의 공력을 들였다. 풀을 먹여 도배를 한 후, 화면은 또다시 300년 전의 광채를 발하게 되었다.

더운 물로 그림을 세탁하고 있다.

화심(畵心)을 벗겨내는 모습.

이어 산자지우 씨는 그 위에 난 크고 작은 벌레 먹은 구멍과 닳아 떨어진 곳을 수선 한다. 작품의 수선을 완성하려면 또 가시 근 석 달이 더 걸린다. 나는 산(单) 사부에게 "복원한 서화 작품들 중 가장 유명하고, 가장 가치 있는 작품은 어느 것입니까?"라고 물은 적 있다. 이에 산(单) 사부는 느긋하게 "우리와 같은 복원사들에게 있어서 모든 서화는 다 같습니다. 우리가 '화의(画医)'라 불리는 것은 진짜로 의사와 환자 사이의 관계와 같기 때문입니다. 사람이 아프면 무슨 약을 먹고, 무슨 주사를 맞는가 하는 것은 병세에 달렸습니다. 서화 작품이 병들면 어떻게 구조하고, 어떻게 복원하느냐 하는 것은 작품이 손상된 상태에 달려 있지 문물의 등급에 달려 있지 않습니다. 이런 의미에서 국보급인 '오우도(五牛图)'와 일반 화공이 그린 첩락(贴落)의 구별은 복원의 난이도가 다르다는 차이밖에 없습니다"라고 말했다.

산자지우(单嘉玖) 씨가 옛날 그림을 복원하고 있다.

산자지우 씨는 문물 복원은 양심적으로 해야 한다고 말했다. 복원사가 복원한 문물은 겉으로는 보아서 복원한 것인지 알 수 없어야 한다는 것이다. 여기에는 비결이 있다고 했다.

그녀가 일찍이 복원한 작품들 중, 복원이 가장 어려웠던 것은 '쌍학군금도(双鶴群禽图)'라고 했다. 이 작품은 비단 위에 그린 것인데, 가로 2m, 세로 1m에 가까운데, 화폭의 단열이 심하여 밀집된 작은 구멍들이 수없이 많이 나 있었다.

견본화(絹本画)에 뚫린 구멍을 수선하는 것은 화선지에 그린 작품을 복원하는 것보다 훨씬 더 복잡하다. 사실 문물 복원 업계에는 전체적인 수선(整补)이라는 방법이 있다. 이렇게 밀집된 작은 구멍은 그림 전체의 뒷면을 비단으로 받쳐서 모든 구멍들을 한꺼번에 수선하고 다시 약간의 조정을 하는 것이다. 이런 방법으로 복원하면 일주일이면 충분하다. 게다가 산자지우 씨 능력으로는 흠잡을 데 없이 완전무결하게 복원할 수 있다.

하지만 백년 후면 지금의 복원사가 그림 뒷면에 받친 비단도 썩을 것이다. 그때에 가서 뒷사람이 다시 표구한 것을 열어보면, 앞사람이 붙인 이 비단이 이미 옛 사람들의 그림과 한데 들러붙어서 분리시킬 수 없게 된다. 그리하여 이 그림은 더 이상 복원할 방법이 없게 되는 것이다. 신중하게 생각한 끝에 산자지우 씨는 구멍을 하나하나씩 짜깁기하기로 했다. 그리하여 4개월여의 시간을 들여서야 이 수백 개의 작은 구멍들을 모두 짜깁기할 수 있었다. 현재 이 작품의 뒷면에는 근 1,000개에 달하는 작은 보철들이 빽빽히 있는데 그것은 수많은 작은 구멍들을 짜깁기한 것이다. 산자지우 씨는 문물 복원은 양심적으로 해야 한다고 말했다. 수백 년 동안 전해 내려온 작품을 자신의 손에서 망쳐서는 안 된다는 것이다. 그녀는 자신의 복원을 통해 이 작품이 계속 전해져 자손만대까지 볼 수 있도록 햐 한다는 것이다. 이것이야말로 문화재 관련 종사자의 역할이라고 했다.

퇴근하면 산자지우 씨는 다른 가정주부들과 마찬가지로 주방에서 음식을 만든다.

산자지우 씨의 남편은 고궁 고건물 복원 전문가이다. 그녀의 아버지 산스위안(单士元) 씨는 일찍이 고궁박물관의 부원장을 역임했다. 산스위안 씨는 17세 나던 해에 '청나라 조정 선후위원회(清室善后委员会)'의 멤버로 고궁에 들어와 문화재의 집계와 봉인·보관을 맡았다. 그때 많은 군벌들이 고궁의 보물을 노리고 있었다. 난세에서 산스위안 씨는 목숨을 걸고 문물들의 안전을 지켰다. 91세로 타계할 때까지 그는 평생 고궁을 떠나지 않았다. 그는 유일하게 근속 연한이 고궁에 있은 연도 수와 같은 고궁인(故宫人)이다. "아버지는 평생을 두고 고궁의 웅장한 건물들을 지켜왔습니다. 그리고 저는 날마다 고궁의 서예와 그림의 두루마리(手卷), 족자(立轴), 서화첩(册页), 첩락(贴落), 선면(扇面)들을 만지며 살고 있습니다."

산자지우 씨 가족은 2대에 걸쳐 고궁인으로 살아오면서 그간 접해온 진귀한 문물이 부지기수이다. 하지만 그의 집에는 골동품이 단 한 점도 없다. 산자지우 씨는 아버지가 남긴 가훈 때문이라고 했다. 즉 문물 관련 일을 하되 문물을 완상해서는 안 된다는 것이었다.

촬영사가 산자지우(单嘉玖) 씨의 작업 장면을 촬영하고 있다.

38년 간 산자지우 씨는 이사를 한 적도 없고, 직장을 옮긴 적도 없다. 과거 독일의 한 박물관에서 그녀에게 높은 월급을 제시하며 스카우트하려 했지만 그녀는 거절했다. 산자지우 씨는 평생동안 아버지의 가르침을 엄수해 왔다. 사회적으로 문물시장이 아무리 붐벼도 그녀는 한 번도 손대지 않았고, 30여 년을 하루와 같이 고궁의 이 작은 뜰안에서 차분히 국보 문물들만을 복원해 왔다.

고궁박물관이 소장한 서화작품은 대략 15만 점으로 세계 공립 박물관에서 수장한 중국 서화 작품 총수의 약 4분의 1을 차지한다. 그 중에는 산자지우 씨 사부 세대들이 복원한 장택단(张择端)의 '청명상하도(清明上河图)', 고굉중(顾闳中)의 '한희재야연도(韩熙载夜宴图)' 등 많은 국보로 불리 우는 1급 문물들이 있다. 지금 이 서화 작품들은 당연히 쉽게 재 복원하지 않을 것이지만, 궁전에 원상태로 진열된 많은 서화들은 복원이 절실한데 몇 세대 사람들이 일을 해도 다 해낼 수 없을 정도이다. 산자지우 씨는 퇴직까지 이제 1년이 남았다.

평생을 서화 복원작업을 해 오면서 늘 서 있었으므로, 다리와 무릎이 아프고 눈도 침침해졌다. 하지만 고궁의 많은 화의(画医)들은 퇴직 후에도 재임용된다. 복원해야 할 서화 작품들이 너무 많기 때문이다. 산자지우 씨의 가장 큰 소원은 전통적인 서화 복원하는 기예를 온전하게 다음 세대들에게 전수해주는 것이다. 동료들과 함께 완벽한 자금성을 다음 600년에 온전히 넘겨주려는 것이다.

'장인의 마음'에 들어가 보다

「대국 장인」 창작 체험담

"양심으로 백년을 전해 내려가다–고궁 서화 복원사 산자지우(単嘉玖) 씨"는 2016년 「대국 장인」 제3시즌 중의 한 부이다. 지난 두 시즌의 정품 역작들은 이 프로그램에 대해 좋은 평판과 양호한 사회적 영향력을 쟁취해 왔다. 그런 만큼 제3시즌에서 새로운 진전이나 혁신을 가져온다는 것은 그렇게 쉬운 일이 아니었다. 우리 모든 PD들은 심리적으로 스트레스가 매우 컸다. 이번 시즌의 특징이라면 취재, 촬영, 편집에 이르기까지 특별히 "신경을 써야 한다."고 강조한 것이다. '대국 장인'들은 저마다 묘기를 지니고 있다. 하지만 더욱 사람을 탄복케 하는 것은 그들의 꾸준함과 이미 훌륭한데도 더 훌륭하게 하려고 정진하는 마음가짐인 것이다. 바로 이같이 평범하지 않은 '장심(匠心, 장인 정신)'이 그들의 탁월함을 이끌어낸 것이다. 그리하여 이번 시즌에 우리는 렌즈를 통해 인물의 내면세계를 더욱 세밀하게 파헤치고, '대국 장인'들의 이미지를 더욱 생동적이고 입체적이며 실감나게 표현하고자 했다.

'장심'을 읽어내다

고궁의 문 앞은 관광객들로 북적거린다. 하지만 외부에 공개되지 않은 작은 집들은 몇 백 년의 비밀을 간직한 듯 고요하기 그지없다. 산(単) 사부는 바로 이같이 고요한 해당화 나무 그늘 밑에 있는 작은 집에서 38년을 일해 왔다. 나는 산(单) 사부의 하루 생활을 지켜보았다. 그녀는 매일 걸어서 출근했다. 제시간에 맞춰 출근했고, 서두르지도 여유를 부리지도 않았다. 백년 된 옛 그림 한 장이 그의 작업대에 펼쳐져 있었다. 산(单) 사부는 매일 잠식이나 하듯 조금씩 다듬어 나갔다. 한 절차 한 절차씩 일사불란하게 연속 몇 주일이나 일했다. 그리고는 다시 다른 서화로 바꾸었다. 이렇게 쉬지 않고 되풀이하였다.

우리처럼 방송을 하는 사람에게 있어서 제일 두려운 것은 밋밋함이다. 그런데 산(单) 사부는 이런 상태로 38년을 유다. 나는 산(单) 사부에게 "연장근무가 필요한가?" "매달의 임무량에 어떤 어려움이 있는가?"하고 물었다. 산(单) 사부는 웃으며 머리를 가로저었다. "그림 한 장을 복원하는데 얼마나 오래 걸리든 누구도 감히 재촉하지 못합니다. 그러다가 만약 복원이 잘못되면 어떻게 합니까? 이건 급히 한다고 해결할 수 있는 일이 아닙니다. 잔업은 더구나 필요 없습니다. 왜냐하면 고궁은 저녁 6시면 반드시 문을 잠그고 누구도 남겨두지 않기 때문입니다." 산(单) 사부의 소개를 듣고, 나는 "이건 참으로 편안한 직업이구나"하고 생각했다. "그렇다면 아무런 기복도 없는 이야기를 어떻게 엮어나가야 할 것인가?"하고 내심 걱정하기 시작했다.

사물의 표상은 마치 고요한 바다와 같아서, 왕왕 멋진 세계는 바다 밑 깊숙한 곳에 숨겨져 있는 것 같다. 「대국 장인」의 지난 두 시즌 프로그램을 만들어 온 경험에 따르면, 그 새로운 세계를 발견하는 키를 찾아야 함을 나는 잘 알고 있다.

산(单) 사부의 마음을 여는 키는 그녀가 제자에게 무심코 던진 그

한 마디에서 찾을 수 있었다. 그녀는 그때 아주 중요한 절차의 작업을 하고 있었는데, 제자에게 "살얼음 위를 걷는 기분"이라고 말했다. 따뜻한 봄바람이 부는 오후, 작업실에는 점심 후 휴식을 취하고 있는 나이 든 복원사 몇 명이 더 있었다. 산(单) 사부는 침착한 얼굴로 매일 하는 같은 동작을 하고 있었다. 그런데 그때 그녀는 "매일 살얼음 위를 걷는 기분"이라고 말했다. 주위의 환경과 전혀 어울리지 않는 이 말은 순식간에 주변의 평온한 분위기를 뒤집어 놓았으며, 사실의 본질을 한꺼번에 깨닫게 만들었다.

떠들썩한 바깥세상과 담장 하나를 사이 둔 이 작은 정원은 평온하고 쾌적하다. 하지만 이곳 사람들은 결코 초연하거나 자유롭고 산만하지 않으며 고도의 집중력으로 숨을 가다듬은 채 수련하고 있는 듯하다. 그들은 그들의 손에 있는 이 한 장의 옛 그림이 이미 백년을 지나오면서 온갖 산전수전을 다 겪어 왔으며, 이 세상에서 유일무이한 존재임을 잘 알고 있다. 산(用) 사부의 말을 빈다면, 그들이 작업을 할 때 가장 중요한 것은 이 문물들에 '경외심'을 가지는 것이다.

취재는 이런 생각을 따라가다 보니 산(单) 사부가 '쌍학군금도(双鶴群禽图)'를 복원한 이야기를 끌어내게 되었다. 그것은 근 넉 달 동안의 복원작업이었다. 산자지우 씨는 전체적인 수선(整补) 방식으로 뒷면에 있는 4,000여 개의 작은 구멍들을 한꺼번에 짜깁기를 수 있었다. 일주일 만에 해낼 수 있는 작업이었고, 그 효과도 자연스럽고 완벽할 것이었지만, 그녀는 결국 작은 구멍을 하나하나씩 수선하는 방식을 택해 근 넉 달 동안의 시간을 들여서 복원했다. 산자지우 씨에 따르면, 서화 복원의 품질의 좋고 나쁨은 직접 검증해 낼 수는 없다. 오직 백년 후에 후세 사람들이 다시 그것을 열고 재 복원할 때에만 전대의 복원사들이 어떤 솜씨를 가졌었는지를 알 수 있다. 이 '쌍학군금도(双鶴群禽图)'는 그녀가 전체적인 수선(整補) 방식으로 간단하게 복원하면 지금의 사람들에게 있어서는 아무런 영향도 없다. 하지만 수백 년 후 그림이 재차 망가져 재 복원을 하려면 어려움이 매우 많을 것이며, 심지어 복원이 불가능할 수도 있다. 그러면 이 그림은 아마 세상에서 없어질 수도 있다. 산(单) 사부는 뒷사람이 이 그림을 다시 열었을 때 전임자인 그녀의 무책임함을 탓하는 것을 원치 않는다고 말했다. 이것은 진정 한 푼의 에누리도 없는 '양심적인' 작업이었던 것이다. 그렇게 해야 한다고 요구하는 사람도 없고, 심지어 감독하는 사람도 없다. 전적으로 복원사가 문물에 대한 '경외심'과 자신의 직책에 대한 사명과 책임감에 의거할 뿐이었다.

그 순간 나는 산(单) 사부의 "장인 정신"을 이해할 수 있었다. 그녀는 38년 동안 세상과 동떨어진 이 작은 뜰에서 일해 왔으며, 직장을 바꾼 적도 심지어 이사를 한 적도 없었다. 바깥세상에서는 온 거리에 네온등이 번쩍거리고, 사회에는 어떻게 하룻밤 사이에 참새가 봉황이 될 것인지, 잉어가 용이 될 것인지 하는 첩경(捷径)을 가르치는 것들로 가득하다. 하지만 산자지우(单嘉玖) 씨가 하려는 것은 백 년 동안의 근사함을 지켜내는 일이다. 그녀에 따르면 "벽에 걸어 반듯하게 만드는 것"이 한 가지 절차에만 1년이 걸릴 수도 있다고 했다. 이 1년 동안 그녀는 어머니처럼 그림을 돌봐야 한다. 축축해도 안 되고 또 너무 건조해도 안 된다. 바로 이같이 순수한 마음가짐 때문인지, 산자지우 씨는 심지어 '큰 돈 벌기'가 얼마나 매혹적인 일인지도 모른다. 문물을 지키고, 직책을 지키며, 평범한 나날들을 보내는 것으로 그녀는 만족하고 있었다.

깨뜨리지 않고는 불가능한 혁신

산(單) 사부의 프로그램을 만들 때는 「대국 장인」이 이미 제3시즌에 와 있었다. 앞 두 시즌에서는 정성 들여 작품을 만든 덕에 프로그램의 품질을 높일 수 있었다. 제3시즌에서 우리는 앞 두 시즌과 차별화하여 이 시즌만의 특별한 프로그램을 만들고 싶었다.

촬영 전 이번 시즌 프로그램의 총 기획자인 장치우디(姜秋鏑) 주임은 새로운 콘셉트를 주문했다. 서술방식에 있어서 뉴스 프로그램에서 상투적으로 이용하는 해설 식을 그만두고, 순수히 화면 언어와 현장기록, 주인공의 자술로 전편을 이어나갈 것을 요구했다. 이러한 형식상의 변화는 단순히 혁신을 위한 것이 아니라 사실은 프로그램을 더욱 "마음속에 들어갈 수 있게" 만들려는 시도이기도 했다.

주인공의 자술방식은 사실상 서술의 시각을 전환시켜 기자의 객관적인 시각으로부터 주인공의 주관적인 시각으로 바뀌게 하는 것이다. 이는 마치 직접 관중들과 무릎을 맞대고 이야기를 하듯이 해서 관중들과의 거리를 좁힐 수 있는 것이다.

하지만 이것은 연출자에게 있어서는 큰 도전이었다. 8분 남짓한 프로그램에 많은 정보를 담아야 했는데, 「대국 장인」의 경력과 배경, 전문적인 기법 등에 대해 모두 자세한 설명을 해야 했다. 그런데 만약 해설이 없다면 시청자들이 알아볼 수 있을까? 혁신의 길에는 미지의 것들로 가득 차 있었다. 혁신을 통해 상상 밖의 신대륙을 만날 수도 있지만, 그 사이에 나타날 수 있는 많은 미지의 장애물들을 헤치고 나아가야 했다. 명료한 해설이 없다 보니 표현하고 싶은 것들을 화면 언어와 현장기록을 통해 표현할 수밖에 없었다. 기자가 알려주는 게 아니라 시청자가 스스로 프로그램을 통해 느끼도록 하는 것이다. 이 것은 촬영의 난이도를 크게 높였다.

실제로 우리는 다큐멘터리의 촬영기법을 빌려 사실감을 강화하고, 일상의 작은 부분에서 그 역동적인 순간을 포착했다. 그 한 주일 동 안 나와 카메라맨 돤더원(段德文) 씨는 산(单) 사부의 작업실에서 조용 히 있었던 것 같지만, 사실은 항상 산(单) 사부의 일거일동을 주시하 면서 언제 촬영을 해야 할지를 판단했다. 우리는 과거 마이크를 들고 인터뷰 상대의 움직임을 지휘하던 기존 방식을 바꿔서 사냥을 준비 하는 표범처럼 상대의 행동에 좀처럼 관여하지 않고 조용히 지켜만 보다가 기회를 보아서 움직였다.

예를 들면, 문물 복원과정에 산(单) 사부는 제자에게 요점을 가르 치곤 했는데, 이건 우리에게 있어서 매우 좋은 현장기록의 소재였다. 산(单) 사부는 제자에게 도구를 컨트롤하는 감각에 대해 "도구와 대 화를 나눌 수 있어야 한다"고 말했다. 그녀는 또 제자에게 제일 첫 층의 배지(背纸)도 낭비해서는 안 된다고 말했다. 이런 종이는 건륭 (乾隆) 고려지(高丽纸)여서 매우 진귀하기 때문에 이후의 복원작업에서 중요한 역할을 할 것이라고 말했다. 그녀는 또 가장 중요한 절차의 작업을 할 때 "살얼음 위를 걷는 기분"이라고 말했다. 이런 장면들은 매우 일상적이고 자연스러웠다. 사람마다 느긋하고 진실하여 취재한다는 흔적 없이 산(单) 사부의 '장인 정신(匠心)'이 읽혀지게 했다.

그 외 해설에 의해 서사할 수 없도록 하기 위해 우리는 가시화할 수 있는 것들을 찾으려 노력했다. 사실 이러한 것들은 시청각 전파의 본질에 더 가깝다고 해야 할 것이다.

일례로 산자지우 씨 가족이 두 세대 이어오면서 고궁에서 일해 왔지만, "문물 관련 일을 하지만 문물을 완상하지 않는다"는 가훈이 있다는 것을 보여주기 위해 집에 골동품이 한 점도 없다는 것을 해설을 통해 알려주는 것이 아니라 질의하는 방식으로 반증토록 했던 것이다. 그 중 내가 산(单) 사부네 집에 걸려 있는 그림을 가리키며 "이건 옛날 그림입니까?"하고 묻는 장면이 있다. 이 장면에서 산(单) 사부 부부는 허허 웃음을 터뜨리며 복제품이라고 알려주었다. 당시 산자지우 씨의 답변과 표정은 그 어떤 해설보다도 더 생생하고 설복력 있게 그녀의 청렴결백한 인생을 보여주었다.

'장인 정신'으로 '마음속에 들어갈 수 있는' 프로그램을 만들다

해설 없이 완전히 영상과 서사로만 나타내려는 것들을 명확하게 표현해야 하는 동시에 프로그램의 리듬을 흐트러뜨리지 말아야 했기 때문에, 영상 편집에 대한 요구도 매우 높았다. 영상 편집은 그냥 원고에 맞춰 화면을 붙이는 것이 아니라 소재에 대해 2차 창작을 해야 했다. 주인공의 외적인 행동논리에 따라 편집해야 할 뿐만 아니라 특히 그의 마음의 공간을 보여줄 수 있어야 했다. 주인공의 일거수일투족은 물론 얼굴 표정도 모두 생각을 나타내도록 해야 했다.

나는 평생 처음으로 영상 편집을 하는 것이 마치 기공(气功)을 수련하는 것처럼 느껴졌다. 내가 처음에 가졌던 생생한 느낌을 잘 포착하고, 마음의 리듬을 따라가야 했다. 화면이 좀 더 길어지거나 혹은 좀 더 짧아지는 것은 모두 서로에게 남다른 의미로 안겨올 수 있기 때문이었다. 영상 편집과정에 나와 편집인 뉴샤오천(牛曉晨) 씨는 연속해서 90여 시간을 일했다. 우리는 모든 것을 하나하나 숙고하면서 조금이라도 허투루 처리하지 않았다. 우리는 체력과 정신력이 한계에 다다를 때까지 일했다.

노력한 만큼 보람이 있는 법이다. 우리가 받은 가혹한 고통은 헛되지 않았다. 프로그램을 재차 편집·편성할 때 우리는 번잡한 것은 간략하게 만들고, 주제와 무관한 사소한 정보들은 빼버렸으며, 공감을 일으킬 수 있는 스토리들은 충실히 했다. 또한 서사의 리듬을 늦추어 관중들이 주인공의 내면을 세세히 음미할 수 있게 했다. 그리하여 프로그램은 "사적을 소개하는 식"의 패턴에 빠지지 않게 했으며, 진정으로 "마음속에 들어갈 수 있게 했다."

「대국 장인」은 지금 이미 시즌6에까지 와 있다. 하지만 품질에 대한 추구는 변함이 없다. 산(单) 사부가 서화를 복원할 때 정신을 집중하는 모습을 보며, 나도 그와 같은 상태를 찾아야겠다고 생각했다. 그와 같은 상태로 내가 만드는 프로그램을 대하며 마음을 가라앉히고 취재에서의 모든 부분, 촬영에서의 모든 것, 편집할 때의 모든 화면에 다 심혈을 기울이며 완벽을 기했다. 그리하여 남다른 효과를 나타낼 수 있었다.

장치앤채앤(张芊芊)
중앙라디오텔레비전방송총국 CCTV 뉴스센터 기자

닝윈잔(宁允展)
고속철도의 연마사

인물 소개

닝윈잔(宁允展)은 1972년 3월 생으로 중국공산당 당원이며 중처(中车)그룹 칭다오(青岛) 쓰팡(四方)동력차량주식유한회사의 차량 조립공이자 고급 기능사이다. 이 업종에 종사한 지 26년 동안 닝윈잔(宁允展) 씨는 생산 일선에 뿌리를 박고, 주로 고속 전기동력 분산식 열차의 보기차(bogie車)[26]연마 조립에 주력해 왔다. 그는 뛰어난 조작 기예와 높은 책임감으로 국내 고속 전기동력 분산식 열차의 보기차 제작에서의 한계를 타파하고, 고품질 고속열차의 제조에 기여했다. 그는 2018년 5월까지 11년간 불량품을 내지 않은 기록을 세웠다. 그리고 그와 그의 팀이 연마한 보기차는 1,300여 대의 고속 전기동력 분산식 열차에 조립되어 23억km를 달렸는데, 이는 지구를 5만 여 바퀴 돈 것에 해당한다. 그가 주재한 과제와 발명한 작업복은 기업에 매년 300여 만 위안(元)의 비용 절감을 가져오게 했다. 닝윈잔 씨는 '전국 도덕 모범', '중국 좋은 사람', '전국5.1 노동메달', '전국 가장 아름다운

---

26) 보기차(bogie車) : 바퀴를 직접 차체에 붙이지 않고, 바퀴가 달린 굴대 위에 차체를 올림으로써 차체의 회전이 자유롭고 흔들림과 탈선할 위험이 적도록 한 기차나 전차.

직원', '전국 직원 직업도덕 모범 개인', '중앙기업 모범', '산동 좋은 사람 스타 연도 10대 인물' 등의 영예를 획득한 바 있다.

닝윈잔(宁允展) 중처(中车)그룹 칭다오(青岛) 쓰팡(四方)동력차량주식유한회사의 고급 기능사.

요지(要旨)

2015년 7월 시진핑(习近平) 중국 국가주석은 중처그룹 생산 현장을 답사할 때 "중국에서 생산한 고속열차는 중국제조의 좋은 명함"이라고 말했다. 이 중에서도 380A형은 미국 상표특허국으로부터 중국 고속철 자체 지적재산권 인증서를 따냈다. 2010년 이 고속철은 베이징-상하이 고속철도에서 시속 486.1km로 세계 제일의 기록을 냈다.

그 후부터 이 고속열차의 모델은 중국 지도자들이 세계적으로 고속철 제품을 소개할 때 항상 지니고 다니는 물건이 됐다. 이러한 실적들은 중국 철도인들이 과학기술을 발전시킨 눈부신 역정을 기록한 것이고, 또한 한 장인이 반평생 갈고 닦은 뛰어난 기예를 기록한 것이다. 그가 바로 중국 중처(中车)그룹 칭다오(青岛) 쓰팡(四方)동력차량주식유한회사의 차량 조립공이자 고급 기능사인 닝윈잔(宁允展) 씨이다. 기술학교를 졸업한 이 칭다오 청년은 자신이 380A형 고속열차의 보기차 연마로 중국 고속철의 제1인자가 될 줄은 아마 꿈에도 생각지 못했을 것이다.

우리는 꽤 오랫동안 '장인'이라는 단어를 들어보지 못한 것 같다. 특히 새로운 사물이 넘쳐나는 시대에 장인이란 융통성이 없고 별 볼일 없다는 뜻으로 풀이되기도 했다. 그럼 우리 주변에 아직도 장인이 있단 말인가? 또한 장인으로 되려고 노력하는 사람이 있다는 말인가? 그 대답은 아주 애매한 것 같았다.

2010년 12월 3일 중국의 독자적 지적재산권을 가진 CRH380A형 고속열차는 베이징─상하이 구간에서 시속 486.1km라는 세계 철도 운영에서의 최고 속도를 기록했다. 현재 이 고속열차는 리커창(李克强) 총리가 해외 방문길에 갖고 다니는 유일한 고속열차 모델로 중국 고속철의 반짝이는 국제적 명함이 되었다.

「대국 장인」의 촬영을 위해 철도 부문에서는 몇몇 취재 대상을 소개했다. 당초 이들은 중국 고속철의 발전을 위해 땀과 눈물을 흘렸던 우수한 기술자였지만, 현재 그들 중 일부는 지도자로, 또 일부는 설계사로 자리를 옮기는 등 대부분이 일선에서 멀어졌다. 추천 자료의 무더기 속에서 중처그룹 쓰팡회사의 닝윈잔이라는 인물의 간략한 소개 한 마디가 나의 눈길을 끌었다. "그는 380A형 보기차의 제일 첫 연마사로서 지금도 작업 현장에서 일한다."는 것이었다.

촬영팀이 쓰팡회사를 방문해 사무실에서 상황을 설명할 때, 닝원잔 씨는 무언가 허둥대는 모습이었다. 그는 사무실이라는 이 환경에 너무나도 익숙하지 않았던 것이다. 중등전문학교를 졸업하고 작업장에 들어가서 24년이라는 시간을 그는 매일 선반 옆에서 바쁘게 움직이기만 했지 사무실에 올 기회는 거의 없었기 때문이었다.

닝원잔 씨가 사람들에게 준 첫 인상은 의사소통이 원활하지 못하다는 점이었다. 그의 표준어는 "아주 표준적이 되지 못했다." 하지만 기술에 대해 이야기를 나누자 금방 이 사람은 보통이 아니라는 느낌을 갖게 되었다. 그의 가장 큰 특징은 순수함이었다. 그는 기술에 대해 특별한 열정을 가지고 있었다. 그의 이야기에는 간만에 느끼게 되는 소박함과 진지함이 가득 묻어났다. 이것이 바로 장인만의 특유한 기질이 아닐까?

잠시 후 우리는 작업장으로 자리를 옮겼다. 그러자 닝원잔 씨는 마치 딴 사람이라도 된 것 같았다. 움직임이 얼마나 빠른지 마법이라도 쓰는 듯싶었다. 이때의 닝원잔 씨는 아버지가 아이를 보는 듯한 눈빛이 되어 선반 위의 매 하나하나의 제품들을 어루만졌다. 그 제품들은 일반인의 눈에는 그냥 강철 덩어리로 비치겠지만, 닝원잔 씨에게 있어서는 마치 생명이 있는 것 같았다.

기자는 이때 최대 관심사인 문제를 질문했다.

"고속철 보기차라는 게 도대체 뭡니까? 그건 왜 인공으로만 연마해야 되나요?" 닝윈잔 씨는 청산유수처럼 설명하기 시작했다. 그에 따르면, 고속열차는 마라톤 선수나 다름없는데 차바퀴가 발이고, 보기차는 다리라는 것이었다. 그리고 연마해야 하는 부분은 '(registration arm)(定位臂)'라고 하는데 그 발의 복사뼈에 상당하다는 것이었다. 사람이 발을 삐면 제대로 걸을 수 없는 것처럼 보기차의 이 부분도 매우 중요하다고 했다.

닝윈잔(宁允展) 씨는 줄곧 작업현장의 제1일선에서 일해 왔다.

"아래에 있는 바퀴는 이 노드를 통해(registration arm)에 삽목됩니다. 그리고 나서(registration arm)를 볼트로 고정합니다. 이때 이 노드가(registration arm)에 고정됩니다. 이것의 역할은 바퀴를 단단히 고정하여 느슨해지지 않도록 하는 것입니다."

닝윈잔(宁允展) 씨가 보기차를 연마하고 있다.

  고속열차의 보기차는 무게가 1.1t이다. (registration arm)은 네 바퀴
의 노드에 각각 고정되는데 그 접촉 면적이 10cm²에 불과하다. 하지
만 열차가 시속 300km로 운행할 때 이 접촉면이 받는 충격력은 20~
30t에 달한다. 틈새가 넓으면 바퀴가 헐거워질 수 있고, 완전히 땜질
하면 보기차를 다시 열어 볼 수 없기 때문에 열차의 정비에 지장을
줄 수가 있으므로 이것이 바로 기술의 어려움이라고 했다. 닝윈잔 씨
는 주변의 보기차를 가리키며 다른 공정은 모두 기계로 할 수 있지
만, 이것만은 반드시 수공으로 연마해야 한다고 말했다. 이는 중국에
서뿐 아니라 세계 모든 고속열차 생산라인에서 모두 수공으로 작업
을 한다는 것이다. 국제기준에 따르면, 수공 연마의 공간은 0.05mm
정도인데 이는 머리카락의 굵기에 상당한다. 너무 작게 연마하면 보

기차를 삽목할 수가 없고, 너무 크게 연마하면 십여 만 위안의 메인 보드를 쓸 수 없게 된다.

닝원잔 씨의 동료에 따르면, 닝원잔 씨는 자수를 놓는 것처럼 절단 면에 흐릿하게 보이는 세로선들을 촘촘하고 마찰력이 강한 그물처럼 연마해낼 수 있다고 했다. 지난 10여 년 동안 닝원잔 씨는 이같이 머리카락처럼 작은 공간에서 자신만의 묘기를 펼쳐왔다. 그의 기술적인 권위와 자신감도 바로 여기서 실현되었던 것이다.

상사에게 인정을 받기보다 동업자들로부터 칭찬을 받는 것이 더욱 어려운 일이다. 닝원잔 씨와 같은 작업장에 있는 한 동료는 "0.1mm 의 연마 기예에 도달했을 때, 국내에는 대략 10여 명이 그와 비슷한 수준을 유지하고 있었습니다. 대략 15명쯤이었죠. 그러나 0.05mm의 수준에 이르러서는 다른 누구도 그 같은 재간이 없었습니다. 현재 전국적으로 아마 그만이 이런 수준에 도달했다고 봅니다."라고 말했다.

닝원잔 씨가 일하고 있는 중국 중처(中车)그룹 칭다오(青岛) 쓰팡(四方)차량주식유한회사는 100여 년 전 독일인이 최초로 여기에 공장을 짓고 철도 차량을 생산했었다. 지금 중국인들은 여기서 스스로 세계 최고의 열차를 만들어 내고 있으며, 최고의 고속열차 장인도 배출해 냈다. 닝원잔(宁允展) 씨는 기술적으로는 확실히 뛰어났다. 하지만 의사소통에 있어서는 아주 약했다. 그의 제자의 말을 빈다면 사부의 일솜씨는 더 "말할 것도 없다." 하지만 사부는 일을 하지 않을 때도 "말이 없다."고 했다. 그는 말수가 적은 탓으로 첫 번째 아내와 이혼했다. 그는 기자에게 "이틀간 당신들이 오신 바람에 많은 얘기를 했습니다. 아마 과거 몇 년 간 한 말들을 다 합친 것만큼 될 것입니다. 그런데 취재가 이제 금방 시작되었다니요? 당신들 방송국 사람들도 쉽지는 않군요!"라고 하는 것이었다.

어쩔 수 없이 기자는 그에게 문자를 보냈다. 그는 문자 메시지에서 자신은 말하는 것을 좋아하지 않으며, 단지 실제적인 제품을 연구하려고 생각에만 집중할 뿐이라고 했다. 기자는 그에게 "이번 취재에서 실제적인 제품은 바로 당신과 관련된 일을 이야기하는 것입니다. 당신과 나는 생산하는 제품이 다르지만, 모두 기술적인 일을 하는 겁니다. 다만 당신은 연마하는 공구를 사용하고, 나는 마이크를 사용할 뿐입니다."고 답했다. 그는 나의 말에 이해와 공감이 가는지 통쾌하게 마이크를 잡고 기자에게 말하기 시작했다.

사실 진정으로 그의 말문을 연 것은 그 문자 메시지가 아니라 여섯 살 난 그의 딸아이였다. 그의 딸은 아주 활달했고, 특히 말하기를 좋아했다. 그는 자신도 딸애처럼 되고 싶다고 했다. 하지만 성정은 그렇게 쉽게 바뀔 수 있는 것은 아니었다. "딸이 앞으로 당신과 같은 일을 하기 바라는가?"하고 묻자, 그는 여자애이기 때문에 같은 일을 할 것이라고는 생각지 않는다고 했다. 하지만 우리는 딸애에 관한 화두로부터 시작해 그의 아버지에 대한 추억을 끌어내게 되었다. 마을에서 대장장이로 일했던 아버지는 그가 기술을 배우기보다는 장사를 해서 돈을 벌 것을 바랐다. 하지만 그는 끝내 자신이 하고 싶어 하던 의지에 따라 철도기술학교에 진학했다.

2010년은 380A형 고속열차 제조하는 과정에서 결정적 시기였다. 하지만 이 해에 7년 동안 백혈병으로 앓아온 그의 아버지가 세 번째로 입원하기도 했다. 닝원잔 씨는 앞으로 아버지와 함께 할 수 있는 시간이 얼마 남지 않았음을 느끼게 되었다. 하지만 그는 날마다 아버지 옆을 지킬 수가 없었다. 아버지의 별세 소식을 들은 것은 퇴근길에서였다.

"가족이 저에게 전화를 걸어왔습니다. 아버지가 돌아가셨으니 빨리 오라고 했습니다. 저는 마음이 괴로웠습니다. 아버지는 나에게 많은 영향을 주었습니다."

2010년 12월 3일 중국 CCTV '신원렌버(新闻联播)' 프로에서 중국이 자체적으로 설계한 380A형 고속열차가 베이징-상하이 구간에서 시속 486.1km의 기록을 냈다는 소식이 전해졌을 때, 닝원잔 씨는 더 이상 아버지와 이 뉴스를 공유할 수 없게 되었다. 부모님이 계시면 인생은 온 곳이 있는 셈이지만, 부모님이 계시지 않으면 인생은 이제 돌아가는 길밖에 남지 않은 셈이 된다. 사나이가 가볍게 눈물을 흘리지 않는다고 함은 다만 슬픔이 뼛속 깊이까지 스며들지 않았기 때문이리라. 그 후부터 닝원잔 씨는 모든 정력을 일에 쏟아 부었다. 그의 전반생은 장인이 되는 길이었다면, 후반생은 후회 없이 계속해 나가는 것이라고 말했다. 닝원잔 씨는 자신은 다행히 고속철시대에 태어났다고 말했다. 만약 아버지가 이 시대에 태어났더라면 자신보다 훨씬 더 큰일을 해냈을 것이라고 했다. 이 소박한 말에는 현재 중국 장인들 특유의 자부심이 엿보였다.

2006년 닝원잔 씨는 수많은 경쟁자들을 물리치고 첫 번째로 일본인에게서 380A형 열차 보기차 연마기술을 공부한 중국인이 되었다. 일본 전문가들은 닝윈잔 씨의 기술에 대한 정밀한 조종과 파악을 하는 데에 엄지손가락을 치켜들었다. 애초 닝윈잔 씨는 일본인에게서 기술을 배운다는 것이 어쩐지 마음에 거리꼈었다. 칭다오(青島)가 고향이었던 그는 아주 어렸을 때부터 노인들에게서 일본이 중국을 침략한 이야기를 들었다. 비록 자신이 직접 겪은 일은 아니었지만, 그의 마음속 깊은 곳에는 일본인에 대한 색다른 감정이 있었다. 즉 그들에게 절대 얕보여서는 안 된다는 것이었다. 과연 몇 개월 동안 열심히 공부한 끝에 일본인들은 그에게 엄지손가락을 치켜들어 보였다. 인터뷰 중 이 말을 할 때 그는 처음으로 환한 미소를 지어 보였다.

"그때 통역의 말이, 통역은 저를 형이라 불렀는데요, 제가 그보다 나이가 많아서였지요. 통역의 말에 의하면 일본인들이 저를 두고 고수라 했답니다."

남에게 뒤지지 않으려고 애쓴 탓에 닝윈잔 씨는 첫 번째로 380열차의 보기차를 연마할 수 있는 자격을 따냈으며, 고속철 연마의 제1인자가 되었다. 또한 그 후에는 반장이 되기도 했다. 하지만 얼마 지나지 않아 그는 반장이 되기 싫으니 그냥 일을 하게 해달라고 상사에게 찾아가 말했다고 한다.

인터뷰에서 기자가 "그동안 고속철 생산의 공신들이 모두 진급했는데 당신은 왜 그냥 일선에서 일합니까?"라고 물은 적이 있었다.

닝윈잔(宁允展) 씨가 새로 조립한 보기차를 검사하고 있다.

"열차의 고속화 임무를 마치고 나서 저도 반장이 되었습니다. 하지만 후에 상사에게 찾아가 일선에 돌아가게 해달라고 말했습니다. 왜냐하면 저의 장기는 일선에서 일하는 것이기 때문입니다."

라고 답했다.

"반장 노릇을 하면서도 기술 관련 일을 할 수 있지 않습니까? 그럼 더 좋은 게 아닙니까?"

기자가 또 물었다.

"그럼 제가 완벽한 사람이 되는 게 아닙니까?"

그가 대답했다.

"당신은 완벽한 사람이 아닙니까?"

기자가 또 물었다.

"나는 결코 완벽한 사람이 아닙니다."

그는 이렇게 대답했다. 이것이 바로 우리의 '대국 장인'이다. 일념으로 기술에만 집중하겠다는 독자적인 경지의 장인이다. 그의 업적은 사실 참으로 놀라웠다. 그는 고속열차 보기차의 연마작업을 해 낸 첫 번째 중국인이다. 애초 그를 가르친 외국인 전문가가 그에게 엄지손가락을 치켜들었을 뿐만 아니라, 지금은 제자들도 그에 대해 매우 탄복한다. 왜냐하면 지금까지 이 작업을 완성할 수 있는 사람은 전국적으로 15명을 넘지 않았기 때문이다. 그리고 가장 세밀한 작업은 오직 그 혼자만이 해낼 수 있기 때문이다.

장인을 취재하며
자신과 만나다

닝원잔(宁允展) 씨를 취재하는 과정은 마치 나 자신과 대화를 나누는 것 같았다. 이러한 느낌은 나의 인생 경력에서 비롯된 것이다. 그와 나의 인생 기점에는 비슷한 점이 많았다. 우리는 모두 농촌 출신이었다. 중학교를 졸업하던 그 해, 닝원잔 씨는 철도 관련 중등전문학교에 응시했다. 그것은 또한 내가 처음으로 직업을 구하기 위해 지원한 첫 번째 인생 지원이었는데, 안타깝게도 뜻대로 되지 못했다. 이후 20여 년 동안 우리는 서로 다른 인생행로를 걸어왔다. 그가 작업장에서 열차의 부품을 다듬을 때 나는 마이크 앞에서 반복적으로 원고를 퇴고하고 있었다. 생각지도 못한 것은 여러 해가 지난 어느 노동절 전야에 우리가 고속열차 생산 작업장에게 만나게 되었던 것이다. 닝원잔 씨에게서 나는 '전승'이라는 단어의 참뜻을 이해하게 되었다. 닝원잔 씨의 마술사 같은 손은 아버지의 유전자를 물려받은 것이었다. 그의 아버지는 마을의 대장장이였다. 닝원잔 씨가 어릴 적 그의 아버지는 마을 사람들에게 가구를 다듬는 일을 해 주었다. 그리하여 닝원잔(宁允展) 씨도 어려서부터 이와 같은 손재주에 관심을 갖게 되었던 것이다. 중학교를 졸업한 후, 닝원잔 씨는 철도기술학교에 입학했다. 이로부터 그는 열차와 운명을 같이하게 되었다. 그는 일과 휴식이 따로 없었으며 집과 공장을 구분하지 않았다.

닝원잔 씨의 집은 공장에서 차로 거의 30분 쯤 가야 하는 거리에 있었다. 그와 아내는 모두 공장에 출근했다. 그들은 출퇴근길에서만 이야기를 나눌 수 있었다. 집에만 도착하면 닝윈잔 씨는 또 다시 분망하게 보내기 때문이다. 30여 m²의 작은 뜰 대부분은 닝윈잔 씨가 차지하고 있었다. 이 연마하는 공구들은 모두 그가 인터넷을 통해 구매한 것이었다. 다름이 아닌 손재주를 익히기 위한 것들이었다. 처음에 아내는 이러한 남편의 행동을 이해하지 못했다.

"한 번 시작하면 저녁 8시, 9시까지 연습했습니다. 내가 피곤하지도 않느냐고, 하루 동안 출근해서 같은 일을 했는데 피곤하지도 않느냐고 물었습니다. 그러나 그는 자기 취향도 관심사도 다 없어졌습니다. 그러다보니 조금씩 그가 연습하는 것에 대해 받아들이게 되었고, 이해하게 되었습니다. 사람마다 생각이 다르므로 이해하고 지지하려면 반드시 그의 모든 생각을 지지해야 합니다."

닝윈잔 씨 아내의 말을 듣고 나는 그녀가 이해되었다. 모든 부부들은 다 천생연분이다. 가정에서는 옳고 그름이라는 게 따로 없다. 다만 상호 간에 포용과 이해가 있을 뿐이다. 하지만 여섯 살 난 그의 딸은 아직 아버지를 완전히 이해하지 못하고 있었다.

"네가 만약 어른이 되면 지금 아빠가 하는 일을 하겠니?"

기자가 아이에게 물었다.

"안 해요."

아이가 대답했다.

"왜?"

기자가 또 물었다.

"나는 힘든 일을 하는 게 두려워요."

아이가 대답했다.

"아빠가 일하는 게 힘들다고 느껴지니?"

기자가 물었다.

"넌 커서 뭐 할래?"

기자가 또 물었다.

"엔지니어가 될 겁니다."

아이는 이렇게 대답했다.

내가 그의 딸과 인터뷰할 때 닝원잔 씨는 멀지 않은 곳에서 기계를 만지고 있었다. 나는 렌즈를 통해 그가 눈물을 가득 머금고 있는 것을 보았다. 닝원잔 씨는 딸애의 생각을 이해한다고 말했다. 애초 아버지가 그의 선택을 존중했기에 철도기술학교에 입학할 수 있었다고 했다. 아버지는 그가 독자적으로 어느 한 부문을 담당할 수 있는, 직장에서 없어서는 안 될 기술자가 되기 바랐다. 20여 년의 노력 끝에 그는 아버지의 바람을 실현했다. 하지만 일 때문에 그는 아버지가 세상을 떠날 때 옆을 지키지 못했다. 이 때문에 그는 두고두고 마음에 응어리가 맺혔다.

"장인은 실력으로 일을 하는 것입니다. 있는 그대로 하는 것입니다. 어떻게 해서든 일을 잘 하는 것이 본분입니다. 그리고 끝까지 해 나가는 것입니다."

"언제까지 일할 것입니까?"

기자가 물었다.

"더 할 수 없을 때까지 일할 것입니다."

그는 대답했다.

취재가 끝난 뒤 닝원잔 씨는 처음으로 낯선 사람 앞에서 눈물을 흘렸다고 말했다. 그리고 나는 그의 이야기를 듣고 나서 새벽 늦게까지 원고를 썼다. 나는 한쪽으로 키보드를 두드리며, 한쪽으로는 눈물을 흘렸다. 날마다 정책과 숫자 속을 넘나드는 경제뉴스 기자에게 있어서 이것은 아주 특별하고 소중한 경험이었다. 중국 고속철에 감사를 드려야 할지, 아니면 「대국 장인」 프로그램에 감사를 드려야 할지를 모르겠다. 내가 닝원잔 씨를 만날 수 있게 해 준 것에 대해, 현대 중국의 우수한 장인을 만날 수 있게 해준 것에 대해, 그리고 자기 자신과 지금 종사하고 있는 이 직업에 대해 좀 더 또렷한 인식을 가지게 해 준 것에 대해 감사를 드린다. 「대국 장인」의 남다른 점은 '장인 정신'(匠心)이다. 이 '장인 정신'은 닝원잔 씨를 단련해 냈을 뿐만 아니라, 나와 나의 동료들도 단련해 냈다. 중국전매대학(中国传媒大学)의 한 박사 지도교수는 '신원롄버(新闻联播)'에서 이 프로를 본 후 위챗(중국의 카톡)으로 "당신이 만든 프로그램을 두 번 보았는데 느낌이 아주 좋았습니다. 뉴스성도 있고 인정미도 있었습니다. 특히 소녀와의 그 대화는 뉴스 프로그램의 한계를 극복하게 했습니다. 이 프로그램을 이미 다운해 두었습니다. 학생들에게 강의할 때 소재로 쓸 생각입니다"라고 말했다. 어느덧 3년이 흘러갔다. 닝원잔 씨가 진행한 과제와 그가 발명한 작업복은 매년 기업에게 300여 만 위안을 절약해 준다. 닝원잔 씨 자신도 '전국 도덕 모범', '중국 좋은 사람', '전국 5.1 노동메달', '전국에서 가장 아름다운 직원', '전국 직원 직업도덕 모범인', '중앙기업 모범', '산동의 좋은 사람 스타 연도 10대 인물' 등의 영예를 획득했다. 중앙텔레비전방송국의 「대국 장인」 프로그램은 아직도 남아 있어 한 명 또 한 명의 신인들이 이 팀에 가입하고 있다. 또한 중국신문상, 전국5.1노동상 등의 영예가 줄을 잇고 있다. 사실 나에게 있어서 이 팀에 합류하여 장인들을 취재한 것은 일솜씨를 연마하는 것임과 동시에 또한 마음을 가다듬는 것이기도 했다. 장인을 취재하면서 나 자신도 장인이 되었다. 물론 「대국 장인」의 모든 시즌 제작에 참여한 것은 아니지만, 제3시즌에 참여한 경력 하나만으로도 나의 직업 생애 중 가장 큰 경륜으로 남을 것이다.

「대국 장인」 프로그램을 만들며 나는 자신과 만날 수 있었다. 장인과의 대화는 또한 나 자신과의 대화였다. 나는 누구이고, 어디에서 왔으며, 어디로 가는가? 뉴스란 무엇이고, 어떻게 발굴하며, 어떻게 혁신할 것인가? 과거의 물음들이 그 해답을 찾음과 동시에 또 새로운 도전이 찾아왔다. 하지만 이번의 실천과 사고를 거쳐, 나는 매체 융합이라는 시대가 도래 했을 때에도 「대국 장인」 프로그램을 만든 경륜으로 더욱 자신 있게 길을 헤쳐 나갈 수 있으리라고 믿는다.

공상에 빠지지 않고, 허세를 부리지 않으며 지행합일(知行合一)로 새로운 시대 언론계의 분투자로, 실무자로 될 수 있으리라 믿는다.

정롄카이(鄭連凱)
중앙라디오텔레비전방송총국 CCTV 뉴스센터 기자

주원리朱文立 '장인 정신'으로 경전經典에
경의를 표하는 '여자汝瓷'의 대가

인물 소개

주원리(朱文立)는 1946년 출생이며, 허난(河南) 루저우(汝州) 사람이다. 국가급 무형문화재의 대표적인 전승인이며, 중국 도자기 예술의 대가이다. 중국 국무원 '정부 특수 수당 획득자'이며 중국 고도자기연구회(古陶瓷研究会)의 회원이다.

주원리(朱文立) 씨는 1976년 이래 줄곧 '여자(汝瓷)'의 연구제작과 관련된 일을 해 왔다. 1987년 여요(汝窑) 천청유(天青釉)를 만들어 내는 데 성공했으며, 1988년 6월 중국 경공업부의 검정에 통과되어 중국 여요의 공백을 메우고 수백 년 동안 단절되었던 여관자(汝官瓷)가 다시 빛을 보게 했다. 이는 '1990년 중국 기술성과 대전(1990年中国技术成果大全)'에 등재되었다. 1993년에는 허난(河南)성 과학기술위원회의 '보풍 청량사의 여관자 복제(宝丰清凉寺汝官瓷的仿制)' 과제를 주관하여 완성했으며, 허난(河南)성 과학기술위원회의 검정에 통과되었다. 1994년에는 '유엔 기술정보진흥시스템(TIPS)'에서 주는 '발명과 혁신 과학기술의 별상'을 수상했다. 1998년 8월에는 '제1회 중국국제민간예술박람회'의 금상을 수상하고, 핑딩산(平顶山) 시위원회와 시정부로부터

'핑딩산(平頂山)시 전업기술 우수 인재'라는 칭호를 받았다. '세계 고도 자기 과학기술 세미나'에 여러 번 초청받아 참가했고, 120여 편의 논문을 발표했으며, '청자(青瓷)의 제1인자'로 꼽히고 있다.

요지(要旨)

중국 '5대 명자(名瓷)'에서 첫 자리를 차지하던 여자(汝瓷)[27]는 800여 년 전 전란과 함께 그 배합 방법이 실전되었으며, 오늘까지 남아있는 고대의 자는 겨우 65점에 불과하다. 도자기의 대가인 주원리 씨는 각고의 노력을 들여, 근 400개의 배합 방법을 연구해 냈으며, 그중에서 천고의 수수께끼를 풀어나갈 수 있는 답을 찾고 있다. 그는 밤낮으로 1,000여 도 고온의 도자기 가마를 지키면서 꿈속의 천청자(天青瓷)를 기다리고 있었다. 1,000여 번 실험하고, 1,000여 번의 기대와 실망을 겪었으며, 1,000여 번 도자기를 부수고 나서도 그는 포기하지 않았다.

그렇게 5년 만에 기적이 일어나 '여자'를 재탄생시킬 수 있었으며, 그는 '"여자'의 제1인자"가 되었다. 이 소식은 업계를 놀라게 했다. 그럼에도 주원리 씨는 연구를 멈추지 않았다. 그는 자신은 여전히 옛사람과는 차이가 있다고 생각한다. 그는 평생의 노력을 기울여 최후의 배합 방법을 찾고자 하고 있다. 현재 70대 중반인 주원리 씨는 이미 40여 년 동안 '여자' 연구에 심혈을 기울여 왔다.

---

27) 여자(汝磁) : 허난성 중서부에 위치한 핑딩산(平頂山)시 바오펑(寶豐)현 칭량사(清凉寺) 일대가 생산지인데, 송대 5대 가마인 여(汝) 관(官) 가(哥) 정(定) 균(鈞) 중에서 가장 유명하다. 여자는 조정에 바치는 도자기로도 유명하여 여관자(汝官瓷)라고도 불리운다.

그는 평생의 시간을 들여 이 일을 계속할 것이라고 했다.

장인은 장인만의 업계에서 '경전'으로 전해지고 있는 기예에 경의를 표하는 방식이 있다. 그것은 바로 연구와 습득을 거쳐 기예를 최고의 경지에 이르게 하는 것이다. 주원리 씨도 자신만의 방식으로 도자기의 '경전'에 나름대로 경의를 표하고 있다.

주원리 씨는 자기를 만들 때면 그것이 어떤 모양과 사이즈이든 모두 직접 물레질을 한다. 오늘 주원리 씨는 새로 물레질을 해 낸 소태(素胎, 잿물을 입히기 전 도자기의 흰몸—역자 주)들에 유약을 입히고자 한다. 이것은 10여 가지 광물질이 첨가된 유약으로 황갈색처럼 보인다. 유약을 입히기 전에 먼저 그것들을 잘 섞어야 한다. 그 다음 주

도자기 예술의 대가 주원리 씨.

원리 씨는 국자로 유약을 떠서 소태 안에 넣고 흔들어 유약을 고루 입힌다. 그리고 나서 다시 소태를 360도로 회전시키면서 소태 안의 유약을 모두 쏟아낸다. 그 후 손가락으로 소태의 바닥을 잡고 재빨리 유약에 집어넣었다가 다시 재빨리 꺼낸다.

주원리 씨가 독자적으로 연구해 낸 유약을 입히는 기교는 전후 두 번으로 나뉜다. 처음으로 소태를 유약에 넣었다가 꺼낸 후에는 일정한 습도의 반 건조 상태를 유지해야 한다. 너무 건조하면 두 번째로 유약에 담갔을 때 그 표면에 기포가 생기면서 품질을 보증할 수 없게 되기 때문이다.

소태에 유약을 입힌 후에는 '화장(化粧)'을 한다. 즉 유약을 입힌 후의 소태를 수정하는 것이다. 색이 고르지 못하거나 유약이 입히지 않은 곳을 수정하는 것이다. 유약이 입히지 않은 곳은 붓으로 유약을 묻혀 입히고, 유색(釉色)이 고르지 못한 곳은 도구를 이용해 깔끔하게 다듬는다.

'여자'는 당(唐)나라 중기에 나타나 북송(北宋) 시기에 이름을 알렸으며, '5대 명자' 중 최우선 자리를 차지했다. 또한 여주(汝州)에서 났다 하여 '여자(汝瓷)'라고 불렸다. 800년 전 송(宋)나라와 금(金)나라 간의 전쟁으로 '여자'의 관요(官窯, 관아에서 운영하던 도요−역자 주)가 파괴되면서 장인들의 기예가 유실되어 그 배합 방법이 수수께끼가 되고 말았다. 현재 남아있는 고대의 '여자'는 겨우 65점에 불과하다. 800여 년 동안 수많은 도자기 장인들이 '여자'를 만들어 내고자 했지만 모두 실패했다.

'여자'를 만드는 것은 후세 도자기 장인들의 궁극적인 도전이 되었다. 주원리 씨도 이 궁극적인 도전을 받아들인 사람들 중 한 명이다.

주원리 씨는 또다시 도자기를 굽기 시작했다. 그는 '화장'을 마친 소태를 도자기 가마 속에 세 줄로 나누어, 간격까지 정밀하게 맞추어 배열했다. 소태를 굽는 과정과 위치가 다름에 따라 열을 받는 정도가 다르기 때문에 그 효과도 다르다. 소태를 배열함과 함께 그는 '화조(火照, 가마 안의 온도와 소태의 숙성 정도를 알아보는 데 쓰이는 테스트 블록–역자 주)도 넣는다.

주원리 씨는 화조(火照)의 온도가 일정하게 올라가면 굽기를 멈추고 꺼내본다. 그리고 다시 굽기 시작해서 또 일정하게 온도가 올라가면 다시 꺼내서 그 요변(窯變)을 관찰한다.

가마 속의 도자기.

화조(火照)는 화표(火标)라고도 한다. 이것은 가마 내 온도와 소태의 숙성 정도를 검증하는 물건이다. 화조는 불규칙적인 원형으로 그 가운데에 작은 구멍이 있다. 이것은 소태를 굽는 과정에 끄집어내어 검사하는 데 쓰인다.

주원리 씨는 한 가마에 보통 16개의 화조를 넣는다. 그리고는 가스 가마의 문을 꽉 닫고 가마 아래에 불을 붙인다. 그러면 가마 안에서 불길이 활활 타오르기 시작하며 도자기 굽기가 시작된다.

'여자'는 굽는 과정을 12단계로 나누는데, 매 단계마다 자기의 색깔에 변화가 나타난다. 이 과정은 근 8시간 동안 지속된다. 그 사이 주원리 씨는 가마 곁을 떠나지 않고 시간에 맞추어 관 화구의 화조(火照)를 살펴본다. 이 모든 과정은 경험에 따르며 전략이 승패를 가른다. 일정한 시간이 지나면 주원리 씨는 관 화구로부터 가마 속에 가는 막대기를 밀어 넣어 화조를 하나 끄집어내서는 그것이 식으면 유약의 색상을 관찰한다. 화조는 냉각 속도가 매우 빨라서 끄집어 낸 후 몇 초 만에 신속히 냉각된다. '여자'는 기타 자기와는 달리 불을 끄면 녹두색 유약이 온도의 변화에 따라 30분 내에 끊임없이 변화한다. 주원리 씨는 끄집어 낸 화조를 시간 순서에 따라 배열한다. 그러면 그 색깔의 변화를 분명하게 알아볼 수 있다. 온도가 1110도일 때와 1070도일 때 끄집어 낸 화조는 모두 녹두색이다. 그러다가 제일 마지막으로 1050도일 때 끄집어 낸 화조만이 녹두색으로부터 천청색(天青色)으로 변한다. 즉 최후의 순간에야 장인은 그것이 '여자'만의 독특한 색상인 천청색(天青色)으로 변한 것을 확인할 수 있다.

'여자'가 가마 속에서 색깔이 변하는 것은 신기한 '요변(窯變)'이다. 그럼 송(宋)나라 때의 장인들은 어떻게 '궁극적인 요변'을 가장 완벽한 천청색(天青色)이 되었을 때 정지시켰을까? 장인으로서의 이러한 기량이 바로 주원리 씨가 줄곧 찾고자 하는 것이었다.

많은 자기를 구워 내면서 주원리 씨는 다른 사람들이 모르는 비밀을 발견해 냈다. 모든 자기는 구워 내는 과정이 화학 변화 과정인데 단 한 번의 요변만을 거친다. 이에 비해 '여자'는 유독 2차 요변을 한다. 그런데 이 2차 요변은 역사에 기록된 적이 없다. 다 구워진 자기는 불을 꺼서 대략 8시간이 지나야 완전히 냉각된다. 그리고 냉각된 후에야 가스 가마를 열 수 있다. 가스 가마가 열리고 자기는 천천히 당겨져 나온다. 이때 우리는 '탁탁'하는 맑은 소리를 들을 수 있다. 이 것은 '여자'의 개편(開片)하는 소리이다. 개편이란 자기의 유약을 바른 표면이 자연적으로 금이 가는 현상이다. 개편의 원인은 두 가지가 있다. 하나는 소태가 모양을 갖출 때 흙이 일정한 방향을 따라 뻗어 나가면서 그 분자의 배열에 영향을 미쳐서이다. 또 다른 한 가지 원인은 소태와 유약의 팽창계수가 다르기 때문이다. 즉 구운 후 유약 층의 수축률이 크기 때문이다. '여자'는 이 같은 개편으로 인해 더욱 독특한 특징을 가지게 된다. 개편은 유약 층에 불규칙적인 잔주름을 나타낸다. '여자'는 매 점마다 개편이 크게 다르다. 이 같은 개편 소리는 대략 10여 분 동안 지속된다. 주원리 씨는 구워진 자기를 손에 들고, 안경을 낀 채 세심하게 살펴본다. 그래야만 그 자기가 제대로 구워졌는지를 알 수 있다고 한다.

1987년 주원리 씨가 구워 낸 자기들 중 여러 점이나 여요(汝窯)의 천청색(天青色)을 띠었다.

이런 천청색은 보기에는 단색이어서 화려하지는 않지만, 사실은 품격이 고귀하고 운치가 풍부하다. 그 색상은 청색인 듯하지만 청색이 아니고, 남빛인 듯도 하지만 남빛이 아니어서 씻은 듯이 깨끗하여, 참으로 말로 표현하기가 어려울 정도다. 더 묘한 것은 빛과 각도의 변화에 따라 색상과 광택의 변화를 가져온다는 점이다. 명미(明媚)한 햇볕에서 보이는 연황색도 있다. 확대경으로 들여다보면 유약층에서 드문드문 기포를 볼 수 있다. 그것은 마치 초가을 푸른 하늘에 새벽별이 드문드문 떠 있는 것처럼 밝게 빛나지만 찬 기운이 없고, 어여쁘지만 요염하지가 않다. '여자'는 이처럼 소박하고 우아하며, 고상하고 순결하여 자기 중에서 이를 초월하기가 불가능한 극품이 되었으며, 흙과 불의 승화를 통한 장인의 '기예 경전'이 되었다.

주원리 씨는 천청색이 바로 비 내린 후의 하늘과 땅이 접하는 곳의 짙푸른 하늘색이라고 했다.

주원리 씨는 800년 동안 자취를 감췄던 진품 도자기를 다시 세상에 나타나게 했다. 이는 업계를 놀라게 한 기적이었다. 그 결과 주원리 씨도 이름난 장인이 되었다.

주원리 씨의 '신화'는 1980년대 초부터 말해야 할 것이다. 당시 중국 경공업부는 '여자'의 천청유에 대한 연구(汝瓷天青釉的研究) 과제를 하달했다. 주원리 씨를 비롯한 '여자' 공장의 기술자들은 연구에 들어갔다. 하지만 그들의 열정은 최종적으로 현실적 결과에 의해 파멸되었다. 원 계획은 6개월 사이에 성과를 내는 것이었는데 2년이 되도록 성공하지 못했다. 실험팀은 곧바로 해체되었다. 크게 실망했던 주원리 씨는 다시 시작하기로 마음을 먹었다. 그는 홀로 연구하기 시작했다. 그는 마치 사도(邪道)에 빠진 사람처럼 자기 주머니를 털어 집에서 밤낮 없이 연구하였다. 그렇게 또 2년이 지났다. 그는 여전히 천청자(天青瓷)를 만들어 내지 못했다. 그는 낙담해서 그만두려고까지 생각했다. 그가 절망해 있을 무렵, 어느 한 책에서 신화 이야기를 읽게 되었다. 시세종(柴世宗)이 성지를 내려 시요(柴窯)를 만들었는데 전임 두 도자기 관원이 천청색의 도자기를 만들어 내지 못해 참수를 당했다. 세 번째 자기 관원도 이미 두 가마를 구워냈는데 모두 성공하지 못했다. 이제 마지막 한 가마도 구워내지 못하면 참수될 판이었다.

주원리(朱文立) 씨가 '여자' (汝瓷)를 관찰하고 있다.

집에 돌아간 그가 울적해 하자, 일곱 살짜리 딸이 "아버지 왜 그렇게 울적해 하세요?"하고 그 원인을 물었다. 그 관원은 딸에게 일의 전말을 이야기했다. 그러자 딸이 다시 물었다. "어떻게 하면 천청색의 자기를 구워낼 수 있어요?" 그 도자기 관원은 "사람이 뛰어들면 된다. 산 사람으로 도자기 가마에 제를 지내야 한다. 하지만 나는 도자기 관원으로서 그것을 구워내기 위해 차마 백성을 죽일 수가 없구나"라고 말했다. 그런데 세 번째 가마의 도자기를 구워낼 때, 그의 딸애가 다른 사람들이 주의하지 않는 틈을 타 도자기 가마에 뛰어들었다. 그러자 도자기 가마의 가스가 터지면서 갖가지 기이한 형상들이 나타났다. 이때 생겨난 것들은 기와조각마저 천만금에 달할 정도로 고귀한 것이 되었다. 사람들을 그것들을 가져다 투구(冑)로, 호심경(護心鏡)으로 사용했다.

전설에 불과한 이야기였지만 주원리 씨는 희망을 보는 듯싶었다. 그는 이 전설에 과학적인 일면이 없을까를 분석해 보았다. 사람이 도자기 가마에 뛰어들면 뼈밖에 남지 않을 것이다. 뼈의 성분은 인과 칼슘이다. 그럼 인과 칼슘이 중요한 작용을 한 것일까? 주원리 씨는 여러 가지 뼈들을 가져다 온갖 방법을 다 해 실험해 보았다. 하지만 뼈들을 태워보니 모두 흰색이었고 천청색은 나지를 않았다. 그는 또 이렇게 태운 뼈들을 유약에 타 넣어 보았다. 1냥, 2냥… 여러 가지로 실험해 보았지만 천청색은 나오지 않았다. 실험은 실패로 끝났다.

주원리 씨가 연이은 실패로 괴로움에 시달리며 그만두려 할 때마다 어쩐지 알 수 없는 힘이 그를 밀어주는 것 같았다. 주원리 씨는 '뼈를

태우는' 과정에서 얻은 교훈으로 328개의 배합방법을 만들어 내어 반복적으로 실험했다. 이러한 실험들은 연전연패했다. 그러다가 제일 마지막 배합방법으로 2박 3일 동안 구워보았다. 1980년대의 흙 가마는 온도가 매우 높았는데, 고온에서 두 번 군불을 지필 때마다 물을 한 컵씩 마셔야 했다. 가마 문을 열고나면 온도가 1000여 도에 달했기에 다리 양쪽이 데어 물집이 생기기도 했다. 주원리 씨는 그동안 한잠도 자지 않고 도자기 가마 곁을 지켰다. 이번만은 성공할 줄 알았는데 막상 자화(瓷化)된 후 화조를 꺼내 보니 여전히 녹색이었다. 그는 완전히 낙담해 집에 돌아가서 며칠 동안 꼬박 잠만 잤다. 잠에서 깨어난 그는 온 가마의 도자기를 전부 부숴 버리려고 생각했다. 그런데 원래 가마를 열었을 때 연두색이던 자기들 중 기적적으로 4점이 천청색을 띠고 있는 것을 보았다. 주원리 씨는 아무리 생각해도 그 원인을 알 수 없었지만 미칠 듯이 기뻤다.

그러나 그 후 세월이 가면서도 그가 꿈꾸던 천청색은 더 이상 대량으로 나타나지를 않았다. 거의 40년의 세월이 흘렀다. 그 사이 주원리 씨는 수십만 점의 '여자'를 구워냈지만 진정 완벽한 천청색의 '여자'는 불과 수십 점에 불과했다. 그가 구워낸 '여자'는 여러 가지인데 연꽃그릇, 삼생준(三牲樽), 옥호춘(玉壺春), 관이병(玉壺春) 등 수십 가지 양식이 있다. 주원리 씨는 확대경을 이용해 도자기의 흠집을 살펴보는 것으로 그것의 정품 여부를 판단했다. 약간의 흠집, 예를 들면, 유색이 고르지 못하거나 변형된 것은 1등품이라 할 수 없는 것이다. 한 가마에서 정품이 한 점 나오기 어렵기 때문에 합격률은 만분의 일밖에 안 되었다. 사람들이 보기에 이미 70여 세인 주원리 씨는 '여자'의 대가임에 손색이 없다. 하지만 그는 이 수십 년 동안 수십 점의 천청색 자기가 나온 것은 그냥 우연일 뿐이며, '여자'를 제작해 내는 진정한 비결은 아직 파악하지 못했다고 생각한다. 처음으로 천청색 자기를 구워내고부터 이미 30여 년이 흘렀다. 그 사이 그는 헤아릴 수도 없이 많은 도자기들을 구워냈다. 하지만 줄곧 그 자리에서 맴돌고 있는 듯싶다고 했다. 진정한 장인은 스스로를 속이지 않으며, 더구나 세상 사람들을 속이고 명예를 훔치지 않는다.

불합격 도자기가 나오면 그는 그 자리에서 부숴버린다. 이것은 주원리 씨가 이미 몇 번째로 부숴버리는 것인지 알 수 없다. 이번 한 달 동안에도 주원리 씨는 다섯 가마에서 200여 점의 '여자'를 구워냈는데 한 점도 남기지 않고 모두 부숴버렸다. 그 부숴버린 도자기 조각 하나하나에 모두 주원리 씨의 정성이 깃들어 있다. 이것은 완벽을 향한 대가였다.

어떻게 하면 매 가마마다 모두 성공할 수 있는 옛 방법을 찾을 수 있을까?

주원리 씨는 28형 자전거를 타고 캔버스가방을 멘 채, 매일 여주(汝州)의 곳곳을 누빈다. 자전거는 주원리 씨와 30여 년의 세월을 함께 해 왔다. 1970년대 말 주원리 씨가 첫 자전거를 사서부터 그 자전거를 타고 산으로, 공터로 어느 곳 할 것 없이 내달렸다. 그는 지금까지 모두 12대의 자전거를 망가뜨렸다. 그러나 시대는 변했지만 주원리 씨는 변하지 않았다.

주원리 씨가 살고 있는 여주는 송(宋)대 관요의 주요 생산지로 여관요(汝官窯), 북송관요(北宋官窯) 등이 나타난 곳이다. 도자기 도시로서의 여주 상점에는 '여자'라는 꼬리표를 붙인 제품들이 많이 있다. 하지만 이것들은 화학 안료를 배합해 만든 제품들이다. 주원리 씨가 보기에 이것들은 모두 '모조품'에 불과한 것이다. 그가 정선해 낸 성공작이라 해도 송대의 '여자'와는 아직 차이가 있다.

주원리 씨는 '여자'의 비밀은 지하에, 옛 도자기 가마 속에 숨겨져 있을 것이라고 생각한다. 현재 북송의 유적들은 이미 지하에 묻힌 지가 오래이다. 그리하여 토사를 뒤집어엎는 건축공사 현장이 그가 주목하는 곳이 되었다. 그는 개인적으로는 지하를 발굴할 능력이 없기 때문에 어느 새 건축공사 현장에서 자기 조각이 나왔다는 말만 들리면 비가 오든 바람이 불든 어김없이 찾아간다. 보통 하루 사이에 자전거를 타고 몇몇 건축공사 현장에 다녀올 수가 있었다. 그때마다 갈퀴, 삽, 솔 등을 가지고 가서 하나하나 파헤쳐 본다. 그는 그렇게 파낸 조각들을 아무리 작은 것이라 해도 버리지 않고 모두 깨끗이 닦아서는 가방에 넣어 가지고 온다.

주원리(朱文立) 씨가 불합격 도자기들을 부숴버리고 있다.

　주원리 씨는 이렇게 40년 동안 무수히 많은 건축공사 현장들을 돌아다니며 10여 개의 옛 도자기 가마 유적을 발견했다. 하지만 실존된 지 800년이 되는 진귀한 문물만은 끝내 찾아 내지 못했다. 세월은 흘러 청춘시절은 사라졌지만 '여자'에 대한 그의 사랑은 변함이 없다. 이런 그를 두고 많은 여주 사람들은 '도자기 미치광이(瓷痴)'라고 부른다. 주원리 씨는 건축공사 현장에서 발굴해 낸 도자기 조각들을 자신의 작업실에 가져간다. 그는 대량의 고서를 뒤적이고, 또 확대경으로 모든 자기 조각들의 아주 미세한 특징까지 자세히 관찰한다. 그는 매일 많은 시간을 들여 이곳에서 조용히 그 도자기 조각들을 연구한다. 민요(民窯)든 관요(官窯)든 가리지 않고, 그 어느 왕조의 어느 종류의 도자기이든 그는 모두 한눈에 알아볼 수 있으며, 조리 정연하게 분석해 낼 수 있다. 오직 도자기만이 그가 수십 년을 하루같이 연구에 몰두할 수 있게 했던 것이다. 주원리 씨는 '여자'가 진귀하다고 하는 것은 그 유색에 달린 것이며, 이는 지금의 과학기술로는 해답을 찾을 수 없다고 말했다.

주원리(朱文立) 씨가 물레질을 하고 있다.

오랜 탐색과 많은 대비 연구 끝에, 주원리 씨는 가장 큰 문제는 유약의 배합일 것이라는 결론을 내렸다. 이 결론이 아무리 정확하다고 해도 소용이 없다. 왜냐하면 '여자'의 유약 배합 방법은 이미 '여자'와 함께 소실되었기 때문이다. '여자' 색깔의 순수함 여부는 유료(釉料)가 결정하는데, 그 유료는 수십 가지 서로 다른 광석을 배합하여 만든다. 그 배합 방법은 후세 사람들이 실험실에서 수십만 번의 실험을 거쳐서도 아주 정확하게 파악해 낼 수가 없다. 주원리 씨의 유약 배합 실험실 책상 위에는 각종 광석을 갈아 만든 분말이 담긴 그릇이 10여 개 있다. 매번 유약을 조제할 때마다 그는 모든 광석의 용량을 잰다. 이는 조금도 틀림이 없어야 한다. 일말의 오차라도 유약의 실패를 불러올 수 있기 때문이다. 이 실험실에서 그는 근 1만 번에 달하는 실험을 반복해 왔다. 이 같은 실험을 통해 실전된 지 800년이나 된 배합 방법을 찾으려고 했다. 하지만 그는 분명히 성공하지 못했다. 그는 자신이 제작해 낸 '여자'가 송대의 '여자'와는 조금 다른데, 그것은 배합 방법의 차이라고 확신한다. 그 배합 방법을 찾기 위해 주원리 씨는 지금까지 노력해 왔다. 그는 매일 같은 문제만 고민한다. 배합 방법은 도대체 어디에 있을까?

주원리 씨는, 여주가 '여자'의 유일한 산지라고 생각하고 있다. 또한 교통이 불편했던 옛날에는 꼭 현지에서 재료들을 구했을 것이다. 그렇다면 '여자'의 유약을 만드는데 쓰인 광석들은 여주의 산속에 있다는 것이 된다. 이런 생각을 하면서부터 주원리 씨는 사흘에 한 번씩 산속으로 들어가기 시작했다. 멀리 갈 때에는 자전거를 타고, 가까운 곳에 갈 때에는 걸어서 간다. 그는 왼쪽 어깨에는 캔버스가방을 메고, 오른손에는 작은 망치를 들고 혼자서 여주의 산속을 돌아다닌다. 낫으로 길을 트고, 가시덤불을 헤집고 이곳저곳 두드려 보며 찾아다닌다. 그동안 그는 밀밭을 지나고, 개울을 건너며, 산을 넘고 숲을 지나다가 이곳이다 싶으면 멈춰 서서 광석을 채집해, 두드려 깨서는 그 색깔과 질감을 연구했다. 매번 산에 광석을 캐러 갈 때면, 그는 동이 트기 전에 캔버스가방에 찐빵 세 개와 끓인 물 한 병을 넣고 떠난다. 그러다가 점심때가 되면 산속 아무 곳에나 앉아 끓인 물에 찐빵을 먹고는 또 계속 찾아다닌다. 그렇게 찾아다니다가 날이 어두워져서야 집에 들어간다. 이렇게 춘하추동을 거듭해 오면서, 희망을 안고 나갔다가는 실망해서 돌아온다. 그는 이미 여주의 모든 산들을 다 돌아다녔다. 혼자 다니던 데서 이제는 두 딸을 데리고 산으로 다닌다. 광석에 대한 그의 탐구는 지금까지 중단된 적이 없다. 두 딸은 모두 주원리 씨의 '여자' 제작 기예의 전승인이다. 끊임없이 광석을 찾아다니는 과정에서 그들은 새로 발견한 바도 많다. 주워 온 광석이 유약을 만들 수 있을 지는 불의 세례를 거쳐야만 알 수 있다. 집에 돌아온 주원리 씨는 광석을 도자기 가마에 넣고 소태와 함께 큰 불에서 굽기 시작한다. 불의 세례를 거치면 이번에는 기적이 생기지 않을까 하는 희망을 가지며 굽는 것이다. 또 도자기 가마를 여는 날이 돌아왔다. 이번에는 꼬박 2박3일간 구웠다. 주원리 씨는 지친 몸이지만 여느 때와 다름없이 자세히 살펴본다. 그는 도자기 하나를 집어 들어 살펴보고는 부숴버리고 또 다른 걸 집어 들고 살펴보기를 거듭한다. 이곳의 모든 도자기들은 부름 소리를 듣기라도 하듯이 꿈틀거릴 태세이다. 주원리 씨는 자신이 성공의 가까이에 다가왔다고 생각한다. 하지만 그 성공은 또 요원하게 느껴지기도 한다. 뭐라고 딱히 말할 수 없는 긴박감이 고희(古稀)의 주원리 씨를 재촉한다. 그는 또다시 여관요(汝官窯)의 유적지의 요저(窯底)를 찾아간다. 이 유적지는 그가 1999년 건축공사 현장에서 발견한 것이다.

그것은 행운의 신이 그를 가장 후대해준 거라고 생각했던 순간이었으며, 또한 그가 고대의 장인들과 가장 가까웠던 순간이기도 했다고 한다. 그것은 심지어 손만 뻗치면 잡힐 것 같은 것들이었다. 유적지는 발견된 후 현지인들에 의해 보호되었다. 유적지에는 다섯 개의 구덩이가 있는데 그중 둘은 큰 것이고, 셋은 작은 것이다. 흙 속에는 도자기 조각들이 은은하게 빛을 내뿜고 있었다.

그 후부터 매번 중요한 실험이나 도자기를 굽기 전, 혹은 망설임이 생길 때면 그는 언제나 이곳에 온다. 여기서 그는 요저(窯底)에 바싹 엎드린 채 조용히 머나먼 고대에서 울려오는 소리를 듣는다. 언젠가는 그와 고대의 장인들이 서로 마음의 소리를 들을 수 있을 거라고 생각한다. 주원리 씨는 평생을 두고 끊임없이 견지하고 기다려 왔다. 또한 끊임없이 탐구해 왔다. 어느 날엔가 눈을 뜨자마자 도자기 가마를 열고나면, 눈앞에 기적이 펼쳐질 것이라고 희망해 왔다.

주원리 씨는 이 같은 일상을 한평생 반복해 왔다. 예나 지금이나 장인들이란 이처럼 끈질기게 찾고 발견하는 사람들이 아닐까? 그 발견의 길이 아주 멀고, 아주 어려워도 그들의 노력을 막을 수는 없는 것이다.

포기하지 않고 끝까지 정진하는 장인과 그 '장인 정신'

주원리 씨를 처음 만나게 된 것은 2016년 4월 29일 첫 번째 사전 인터뷰에서였다. 그것은 주 씨 '여자'전시회의 면회실에서였다. 주원리 씨는 수수한 차림새에 순수한 여주 방언을 구사하고 있었다. 그의 말

주원리(朱文立) 씨가 소태를 다듬고 있다.

을 잘 알아듣지 못한 나는 대화하는 내내 그의 표정과 행동에 더 신경을 썼다. 세 시간 동안 이어진 교류에서 주원리 씨는 '여자'의 조각을 들고 있지 않으면 '여자'와 관련된 서적을 들고 있었다. 그는 집중력이 강하고 표정이 진지했다. 나는 그에게서 '여자'에 대한 깊은 사랑을 느낄 수 있었다. 그 사랑은 '열광적'이라고 표현해도 과언이 아닐 것이다. 그의 여주 방언도 한참 듣고 나니 어느 정도 습관이 되어서인지 점차 알아들을 수 있게 되었다. 내가 가장 인상이 깊었던 것은 주원리 씨와는 어떤 이야기를 해도 결국에는 모두 '여자'에 관한 화제로 돌아간다는 것이다. 그는 말끝마다 '여자'였다. '세 마디에 본업을 떠나지 않는다'는 말이 있듯이, 주원리 씨는 말끝마다 '여자'였다. '여자'에 대해 말할라 치면 그는 도도히 흐르는 강물처럼 끝이 없었다. 그의 생명에는 '여자' 말고는 다른 아무 것도 없는 것 같았다.

　주원리 씨는 '여자'의 1인자이다. 민간에는 "가산이 아무리 많아도 '여자' 한 조각이 있는 것보다 못하다."는 말이 있다. 이론적으로 보면, 주원리 씨는 응당 돈이 매우 많아야 한다. '여자'를 구워내 팔면 끊임없이 돈을 벌 수 있기 때문이다. 그러나 사실 내가 본 주원리 씨는 부유하지 못했다. 그의 공장은 임대한 것이었고, 게다가 1990년대의 낡은 건물이었다. 아무런 실내 장식도 없이 그냥 간단하게 꾸민 것이었다. 그는 매일 이 낡은 건물에서 도자기를 만들었다. 그렇게 도자기를 만든 지 이미 수십 년이 된다. 그의 도자기 가마도 매우 낡았다. 그의 말에 따르면, 이미 수십 년 동안 새 걸로 바꾸지 않았다는 것이다. 하지만 이 낡은 가마에서 구워 낸 '여자'는 그의 딸인 주위펑(朱钰峰)이 새 도자기 가마에서 구워낸 것보다 훨씬 좋았다. 그의 솜씨를 잘 알려주는 대목이다. 주위펑도 자신만의 도자기공장이 있다. 공장 건물은 역시 세를 낸 것이고, 인테리어는 '여자'의 기품과 잘 어울린다. 그녀는 몇 번이나 아버지에게 공장에 실내 인테리어를 해주겠다고 제의했으나, 주원리 씨는 고집스럽게 거절해 버렸다. "나에게는 겉치레가 필요 없다. 기예만 좋으면 된다." 그는 이렇게 말했다고 한다. 주원리 씨의 오래된 공장 건물 마당에는 도자기총(冢)이 있다. 이곳은 전적으로 도자기 조각을 매장하는 곳이다. 주원리 씨는 진정한 장인이다. 그런 만큼 영원히 상인이 될 수 없는 것이다. 주원리 씨는 '여자'는 자신의 목숨과도 같은 것이라고 말했다. 모든 것을 다 버릴 수 있지만 유독 '여자'만은 버릴 수 없다고 했다. 그가 '여자'에 대한 사랑은 모든 것을 초월한다. 그의 원칙은 흠잡을 데 없이 완벽한 '여자'를 만들어 내는 것이다. 그런 만큼 흠집이 있는 '여자'는 모두 부쉬 버린다. 우리는 프로그램을 제작하는 과정에서, 그가 여섯 가마 약 200여 점의 '여자'를 부숴버리는 것을 직접 목격했다. 당시 우리는 여주의 많은 공장들에서 자신들이 만든 제품을 가마채로 판다는 말을 들었다. 가매 채로 판다는 것은 그 한 가마의 제품이 정품이든 등외품이든 상관없이 통째로 판다는 의미이다. 주원리 씨가 구워 낸 '여자' 제품들은 한 가마에 최소한 10만 위안은 될 것이다. 하지만 그는 종래 그렇게 판 적이 없다. 그는 절대 불량품이 시중에 유통되게 하지 않는다. 정품이 나왔다 해도 그는 쉽사리 팔지를 않는다. 때론 너무 궁색해서 다음 가마의 제품을 만들 밑천을 마련하기 위해, 혹은 생계를 유지하기 위해 아주 적은 일부분의 제품만 내다 판다.

촬영을 시작한 첫날이 특히 인상이 깊다. 그날 우리는 주원리 씨가 산속에 들어가 광석을 찾는 장면을 촬영했다. 산에 관한 커트신은 모두 이 하루에 완성하기로 했다. 좋은 촬영 효과를 내기 위해 나는 미리 주원리 씨에게 하루 동안 4개의 산에 다녀와야 하니 너무 힘들면 중간에서 잠시 쉴 수 있다고 말했다. 이렇게 강도 높은 체력운동을 70대의 주원리 씨가 버텨내지 못할까봐 걱정스러웠던 것이다. 촬영사는 70세의 노인이 하루에 네 개의 산을 오르내리는 것은 아예 불가능하다고 말했다. 70세의 노인은 더 말할 것도 없고, 그 자신도 하루에 네 개의 산을 오르내리는 것은 무리라고 했다. 그런데 산속 촬영에서 우리 8명 중 속도가 가장 빠르고, 체력이나 컨디션이 가장 좋은 사람이 주원리 씨일 줄은 상상도 못했다. 그 하루 동안 그는 전혀 쉬지 않고 광석을 찾는 한편 산을 오르내리면서 우리의 촬영에 보조를 맞추었는데, 오히려 힘든 산속 촬영을 즐긴다고 표현해야 할 정도였다. 주원리 씨의 산행 체력은 수십 년 동안 광석을 찾아 다니는 과정에서 단련된 것이었다. 그는 평소 늘 천으로 만든 신발을 신고 다녔는데, 그것은 수시로 산이나 공사장으로 내려가기 위한 준비였다. 점심시간에도 그는 빠른 속도로 식사를 했다. 그리고는 계속해서 도자기에 대해 연구했다. 그는 다른 사람과 한담하는 등 다른 일에 시간을 낭비하는 일이 없었다. 과거 나는 '여자'에 익숙하지 않다 보니 단색이라고만 생각했으며, 그 제작이 별로 어렵지 않을 거라고 생각했다. 하지만 '여자'와 많이 접촉하면서, 단색일수록 흠집이 더 잘 드러난다는 것을 알게 되었다. 유약층에 기포가 하나뿐이어도 티가 나며, 이처럼 뚜렷한 흠집이 있으면 정품이 되지 못하는 것이었다. 그러므로 주원리 씨는 수십 년 동안 '여자'를 제작했음에도 정품은 수십 점밖에 없다. '여자'의 천청색은 화조에 대한 관찰을 통해 도자기 가마 안의 유색의 변화를 알 수 있다. 촬영을 할 때 나는 주원리 씨가 제일 마지막으로 집어낸 화조가 냉각된 후 연두색인 것을 보았다. 그런데 눈 깜작할 사이에 또 그만 색깔이 변화하는 것이었다. 그 전에 비해 훨씬 더 많은 남빛을 띠었다. 하지만 천청색의 그런 남빛은 아니었다. 나는 속으로 "이것이 천청색으로 변할 수 있을까? 변할 수 있다면 얼마나 오래 기다려야 할까?"하고 생각했다. 그 다음날 이른 아침, 즉 전날 도자기 가마를 열어서부터 대략 12시간이 지난 무렵, 그 제일 마지막 화조는 진짜로 천청색으로 변해 있었다. 나는 천청색으로 변화하는 신기한 요변(窯变)의 과정을 직접 목격했던 것이다.

내가 보기에, 주원리 씨에게는 매우 귀중한 품성이 있다. 그와 같이 중국과 외국 전문가, 학자들의 인정을 받은 장인이 과감히 자신의 연구에 대해 부정하고 의심하는 것, 한 번 또 한 번 이미 공인된 성과를 뒤집는다는 것은 결코 쉬운 일이 아니다. 그는 '여자'를 연구하는 길에서 결코 멈추지 않았다. 그는 전 일생을 다 해 전인의 발자취를 탐구해 왔다. 그는 줄곧 자신이 구워낸 '여자'의 천청색이 송대의 천청색과는 약간의 다른 점이 있다고 여겼다. 주원리 씨의 이 관점에 대해 알고 난 후, 나는 그가 제작해 낸 천청색 자기 조각과 송대의 천청색 자기 조각을 세밀하게 비교해 보았는데, 확실히 차이가 있었다. 송대의 '여자'는 자태(瓷胎)가 비교적 얇았다. 어떤 도자기이든 모두 지금의 '여자'보다 많이 얇았다. 하지만 가장 중요한 것은 그래도 색상의 차이였다. 송자(宋瓷)의 유색은 투명한 남빛이다. 나는 현실 생활에서 실제로 이런 남빛을 본 적이 없다. 그것은 가슴이 후련해지게 하는 남빛이었다. 이것이야말로 진정한 천청색인 것이다.

주원리 씨는, "한 작가가 여주로 저를 찾아온 적이 있었습니다. 그는 밤늦게까지 글을 쓰다가 힘이 들 때면 '여자'를 불빛에 대고 감상한다고 말했습니다. 그렇게 '여자'를 감상하고 있으면 천천히 마음이 맑아지고 편해진다고 했습니다. 당신들도 한 번 시험해 보시지요. 진짜로 그런 기능이 있습니다. 우리가 정신을 집중해 '여자'를 보고 있을 때면 '여자'도 우리를 봅니다"라고 말했다. 그는 언제, 어디에서 누구를 만나든 늘 '여자'를 위해 광고를 했다. '여자'에 푹 빠진 이 노인은 불길로 도자기를 구워낼 뿐만 아니라, 영혼으로 도자기를 구워 낸다. 그는 '여자'와 수십 년을 함께해 왔다. 그의 도자기 작품들에는 모두 끝까지 포기하지 않고 정진하는 그의 영혼이 깃들어 있는 것이다.

양징(杨景)

다큐멘터리 감독

장똥메이张冬梅
환약은 3그램이지만 그 책임은 천근이다

인물 소개

장똥메이(张冬梅) 씨는 동인당(同仁堂) 수석 기능사이고 전국모범노동자이며, 동인당 안궁우황환(安宫牛黄丸) 무형문화재 사업의 전승인이다. 17세에 동인당제약공장에 입사해, 퇴직할 때까지 30여 년을 하루와 같이 "정제하는 과정이 아무리 번잡해도 품을 줄이지 않고, 재료가 아무리 비싸도 차이 있는 재료는 쓰지 않는다(炮制虽繁必不敢省人工, 品味虽贵必不敢减物力)"는 의약에 관한 옛 사람들의 교훈을 몸소 실천해 왔다. 안궁우황환은 동인당의 주력제품이다. 이는 200여 년의 역사가 있는 중성약(中成药)으로, 중국의 전통약 중에서도 급한 증상에 쓰는 약이며, 또한 서민들의 '구명약'이기도 하다. 현재 이 국가무형문화재 전승을 책임진 사람이 바로 베이징 동인당 및 '안궁우황환 팀'의 장똥메이(张冬梅) 팀장이다. 장똥메이 씨와 그가 이끄는 26명의 팀은 동인당 이좡(亦庄) 생산기지 전통공예 전시라인에서 해마다 세계 각지의 70~80개 나라와 지역의 근 1만 명에 달하는 국내외 손님들에게 안궁우황환을 수작업으로 제작하는 특별한 기술을 선보이고 있다.

장똥메이(張冬梅) 동인당 수석 기능사.

요지(要旨)

   어머니의 뒤를 이어 동인당에 입사해서부터 퇴직할 때까지 30여 년
이라는 시간은 한 사람에게 있어서 길다고 하면 길고, 짧다고 하면
짧은 시간이다. 30여 년간 장똥메이(張冬梅) 씨는 '정제하는 과정이 아
무리 번잡해도 품을 줄이지 않고, 재료가 아무리 비싸도 못한 것을
쓰지 않는다 (炮制虽繁必不敢省人工, 品味虽贵必不敢减物力)'는 의약에 관
한 고훈(古训)에 따라, 환약을 만드는 한 가지 일에만 집중해왔다. 즉
약재의 연마와 배합(研配)·합타(合坨, 덩어리지게 하는 것-역자 주)·
제환(制丸)·내포장(内包)·잠랍(蘸蜡, 밀납으로 싸는 것-역자 주)·도장
찍기(打戳)·외포장(外包) 등이다. 간단해 보이지만 이러한 기예를 습득
하기란 생각처럼 그렇게 쉽지 않은 것이다.

목숨을 구하는 '신약(神药)'으로 알려진 작은 환약이 있다. 3g에 불과하지만 황금보다도 비싸다. 213년의 역사가 있는 이 환약은 지금까지 여전히 손으로 제조해야 하는 기예를 따르고 있다. 이 약이 바로 중약(中藥) '온병삼보(溫病三宝)'[28]에서 으뜸으로 치는 안궁우황환(安宮牛黄丸)이다. 안궁우황환이 다만 약재가 좋은 것뿐이라고 생각하는 것은 잘못된 것이다. 안궁우황환의 조제는 약재의 연마와 배합·합타·제환·내포장·잠랍·도장 찍기 등 여러 절차가 있다. 이렇게 만들어 낸 환약은 둥글고 빛이 나며, 밝고 윤이 나야 한다. 또한 부드럽고 매끈해야 하며 색깔과 광택이 균일해야 한다. 무게는 더구나 한 치의 오차도 없이, 반드시 3g 이어야 한다.

이 신기한 환약을 만드는 사람이 바로 오늘 우리가 소개하려는 「대국 장인」 장똥메이(张冬梅) 씨이다. 모든 절차를 수곤으로 조제하는 환약이 이같이 정밀하다니 감탄을 금할 수가 없다.

"장똥메이 사부가 어떻게 일을 하는지를 알고 나면 이건 전혀 놀랍지 않을 겁니다."

장똥메이 씨와 20여 년간 함께 일했다는 동료이며 이 팀의 부팀장인 궈펑화(郭凤华) 씨는 이렇게 말했다.

량버웨이(梁博伟)는 영국 석사 졸업생으로, 3년 전 입사했으며 장똥메이 씨가 그의 사부이다. 첫 출근부터 그는 장 사부가 일할 때의 진지함에 놀라움을 금치 못했다.

---

28) 온병(溫病) : warm disease라는 이 병은 온사(溫邪)가 들어와 생기는 외부감각(外感) 열병의 통칭.

"장 사부는 업무 태도가 저의 과학연구 지도교수보다도 더 엄격했습니다. 안궁우황환 생산 작업장에 들어가기 전에 두 번 옷을 갈아입어야 하고 세 번 손을 씻어야 합니다." 그는 이렇게 말했다. 장통메이 씨는 손 씻는 것도 18개의 동작으로 분해한다. 손을 적시고, 손가락 틈새를 씻으며, 손톱을 점검한다. 손목을 씻는다… 이 18개 동작 중 어느 하나도 빠져서는 안 된다. 그리고 제일 마지막으로는 알콜 소독을 해야 한다.

"그뿐이 아닙니다. 장 사부는 또 다른 사부에게 우리 신입 사원들이 손 씻는 걸 옆에 서서 감독하게 했습니다. 우리가 어느 한 동작이라도 빠트릴까봐 걱정되어서 말입니다." 량버웨이(梁博伟)는 웃으며 이렇게 말했다.

"보잘것없는 손 씻기를 두고 이렇게까지 하다니?"

"안궁우황환은 우황(牛黃)·주사(朱砂)·사향(麝香)·진주(珍珠) 등 11가지 약재를 조합하여 만듭니다. 안궁우황환을 조제함에 있어서의 첫 번째 표준은 바로 '정제 원료 투입'입니다. 모든 약재와 생산 단계에서 반드시 청결 기준에 도달해야만 조제한 약품의 품질과 효력을 완전히 보장할 수 있습니다. 예를 들면, 사향에 남아있는 동물의 털은 경험과 책임감으로 한 올 한 올씩 깨끗이 골라내야 합니다. 털 한 오리도 남겨서는 안 됩니다. 안궁우황환은 우리 서민들의 '구명약'인 만큼 한 치의 차질도 없어야 합니다."

장통메이 씨는 이렇게 말했다.

장똥메이 씨(오른쪽 두 번째)가 젊은 시절 동료들과 함께 찍은 사진.

서민들의 이 '구명약'이 '안심약'이 될 수 있도록 하기 위해 장똥메이 씨는 품질 관리를 엄격히 했다. 그녀는 "제품의 품질은 생산해 낸 것 이지, 검사해 낸 것이 아니다"라고 하면서, 팀원들이 "100% 합격된 고 품질 제품을 생산해 내는 것" 사명으로 하며, "완벽함과 최선을 다 하는 것"을 작업의 기준으로 삼으며, 일상 업무에서 모든 세부사항을 다 중시하고, 모든 생산 동작을 다 규범화하도록 요구했다. 그녀는 또 팀 내부 추출 검사, 소조 순검(巡檢)과 개인 자체 검사라는 '3급 검 사' 방법을 내놓았다. 이처럼 문제점이 발견되면 누구나 다 '품질검사 원'의 역할을 할 수 있게 돼, 안궁우황환은 생산의 모든 단계의 품질 을 보장할 수 있게 되었다. 2004년 '안궁우황환' 팀이 설립된 이래, 장 똥메이 씨가 이끄는 이 팀이 조제해 낸 안궁우황환은 매년 평균 100 만 환(丸)에 달했는데, 합격률은 100%이다.

장똥메이 씨는 17세에 동인당에 입사했고, 지금은 동인당 수석 기능사이며, 안궁우황환의 유일한 무형문화재 전승인이다. 손으로 "환약 비벼 만들기(搓丸)"에서 단번에 성형율(成型率)은 100%에 달한다. 하지만 견습생으로 갓 입사했을 때에는 그게 아니었다.

"처음에는 약제를 길쭉하게 비비는 일을 했습니다. 아무리 비벼도 환약 모양이 되지 않았습니다. 아무리 시험해 봐도 안 되었습니다."

약제를 길쭉하게 만드는 것도 수제 환약을 만드는 데 있어서 중요한 단계이다. 굵기가 균일하고 길이가 적당해야 한다. 마치 만두를 빚을 때 밀가루 반죽을 길쭉하게 만드는 것과 같다. 이것이 제대로 되지 않으면 환약을 만드는 속도와 품질에 직접적으로 영향을 준다. 이렇게 간단해 보이는 작업을 장똥메이 씨는 1년 넘게 연습했다.

장똥메이 씨는 그때를 회억하여 웃으며 말했다. "제가 막대모양으로 길쭉하게 빚은 것들이 죄다 마음에 들지 않았습니다. 후에는 집에 돌아가기만 하면 밀가루 반죽으로 연습했습니다. 그때 우리 집에서는 날마다 국수를 먹었습니다."

"어려울수록 더 연습해야죠."

장똥메이 씨는 약제를 막대 모양으로 길쭉하게 빚는 동작을 숙달한 후에는 가장 중요한 절차인 환약 비벼 만들기를 배울 기회가 생겼다.

"처음에는 감히 엄두도 내지 못했습니다. 제가 제대로 하지 못해 작업의 진도에 영향주면 어쩔까 하는 생각도 있었습니다. 후에는 다른 사부님들이 환약을 비벼 만들 때 옆에서 무게를 재는 일을 하면서 그들은 어떻게 하나 일일이 눈여겨보았습니다. 그렇게 날마다 연습을 하니 나중에는 저도 일이 손에 익숙해지게 되었습니다. 제일 많을 때에는 동시에 8개를 비빌 수 있었습니다."

환약 비벼 만들기는 손힘에 대한 요구가 매우 높다. 장퉁메이 씨는 날마다 같은 동작을 반복해야 했다. 즉 팔을 들고 허리를 곧추 펴야 했는데 이렇게 하루 동안 일하고 나면 허리가 시큰거리고 등이 결렸다. 한동안 이같이 고강도의 노동을 한 후, 장퉁메이 씨는 심한 추간판 탈출증(椎間板脫出症, Spinal disc herniation)[29]을 앓았다. 매일 작업장에 들어서서 가장 먼저 하는 동작이 바로 약을 먹는 일이었다.

"정형외과 진통약도 먹었고 의사에게 진찰을 받아보았지만 모두 별다른 수가 없었습니다."

환약을 비벼 만드는 것 외, 금박을 입히고 밀랍을 묻히는 것, 도장을 찍는 것 모두가 수작업이다. 수년 전 공장에서 환약을 비벼 만드는 기계를 사놓지만 여전히 수작업에서 벗어날 수 없다. 장퉁메이 씨는 수작업으로 만든 것이 바로 고품질 환약이라고 했다. 기계로 비벼 낼 수 없는 부분은 여전히 수작업으로 비벼야 하는 만큼, 환약 비비기는 여전히 반드시 습득해야 할 부분이라고 했다.

안궁우황환은 청(淸)대 온병(溫病, 중국의학에서 급성 열병(熱病)의 총칭-역자 주)의 대가인 오당(吳瑭)이 창제한 것으로, 고열 혼수, 중풍, 뇌출혈 등 급격한 증상과 중증을 주로 치료한다. 동인당의 10대 명약 중 안궁우황환이 제1위를 차지한다. 안궁우황환에는 우황(牛黃), 우각분(牛角粉), 사향(麝香), 진주(珍珠), 황련(黃連) 등 11가지 중약

---

29) 추간판 탈출증(椎間板脫出症, Spinal disc herniation) : 추간판 헤르니아는 탈장의 일종이며, 흔히 디스크라고 한다. 추간판의 일부가 피막을 찢고 탈출한 상태를 말한다.

이 들어 있다. 곱게 빻은 약 가루를 일정한 비율로 배합하여 환약을 만드는데, 이 과정은 동인당의 극비 기밀이다. 사향으로 경락을 소통시켜야 하기 때문에 안궁우황환은 반드시 천연 사향을 사용해야 한다. 하지만 이 사향은 장똥메이 씨에게 있어서 골칫거리이다.

장똥메이 씨의 소개에 따르면, 사향에 있는 아주 미세한 융모들을 집어내야 하는데, 이는 기계로 대체할 수 없는 작업이며, 번거롭고 재미없는 일이라고 한다. 털을 집어내는 이 절차는 자체적 기준이 없고, 얼마를 집어내어야 하는지, 어느 정도 집어내느냐는 지 등은 모두 약사의 마음속에 있는 저울에 달렸다는 것이다.

장똥메이 씨는 '마음속의 저울'에 대해 제자들에게도 똑같이 주문한다. 장똥메이 씨의 제자인 장나(張娜)는 이에 대해 인상이 깊다. "제가 처음으로 털을 집어내는 일을 할 때였어요. 일곱 번이나 집어냈는데도 사부에게 가져가 검사를 맡으니 안 된다는 것이었어요. 저는 당시 마음이 매우 무거웠어요. 후에 사부는 '털을 깨끗이 집어냈느냐의 여부에 대해서는 아는 사람이 없다. 하지만 양심을 속이면서 목숨을 구하는 구명약을 만들어서는 안 된다. 이건 우리 약사들이 대대로 전해오는 규칙이다'라고 말씀해셨어요."

장나(張娜)는 이렇게 말했다.

"더욱 완벽함을 기하기 위해, 갈고 닦으며 조금도 소홀함이 없도록 하는 것은 장똥메이 씨가 제자에 대한 깊은 마음 씀씀이자 또한 그녀 자신이 사부로부터 전해 받은 것입니다."

장똥메이 씨는 과거 사부의 가르침에 대해 한시도 잊지 않는다.

"나와 사부는 한 사람이 커다란 그릇 하나씩 차지하고 쪽걸상에 앉아 털을 가려내기를 예닐곱 번 했습니다. 제가 사부에게 이만하면 되겠는가고 물었더니 사부는 안 된다, 아직 멀었다, 아직도 많이 집어내야 한다고 했습니다. 제가 이렇게 많이 가려냈는데도 안 되나? 이건 너무 짜증나서 못하겠습니다." 라고 했더니, 사부는 그래도 가려내라고 말했죠. 사부는 아무 말도 하지 않은 채 그냥 가려냈습니다. 사부는 자기 몫을 다 하고 내 몫까지 가려내기 시작했습니다. 나는 사부가 나이도 많은데 쪽걸상에 앉아 낑낑거리며 조금씩 털을 집어내는 것을 보고 마음이 아팠습니다. 그래서 결국은 사부에게 쉬시라 하고 내가 하겠다고 말했습니다.

"사부는 괜찮아? 계속 해낼 수 있겠어"

라고 물었지요.

장똥메이 씨가 동인당 약국에서 고객과 이야기를 나누고 있다.

이 일이 있은 후, 장똥메이 씨는 "내가 하는 일을 아무도 보지 않아도 하늘은 알고 있다(修合无人见, 存心有天知)"는 동인당의 사훈에 대해 더욱 깊이 인식하게 되었으며, 무거운 책임감을 느끼게 되었다고 했다.

자신의 직업생애를 돌이켜 보며 장똥메이 씨는 이렇게 말한다.

"저는 한평생 밀환(蜜丸)을 만드는 한 가지 일만 해왔습니다. 30여 년 동안 줄곧 밀환 생산만 해온 것입니다. 한 가지 일만 해왔지만 그것도 잘 하기만 하면 됩니다. 저의 어머니도 동인당에서 일했습니다. 어릴 때, 어머니가 출근할 때 따라다니기도 했습니다. 저는 어머니에게 '제가 어머니의 뒤를 이은 것이 잘된 일이죠, 저도 이만하면 어머니 얼굴에 먹칠을 안 했죠'고 말했습니다."

베이징 따자란(大柵栏)에는 동인당의 오래된 약국이 있다. 여기에서 장똥메이 씨는 각지에서 온 고객들을 만난다. 베이징의 한 고객은 장똥메이 씨에게

"난징(南京)에 있는 친구의 부탁을 받고 구명약을 사러 왔습니다, 참 수고가 많으시네요."라고 말했다.

장똥메이 씨가 안궁우황환의 기예 전승인이라는 걸 알게 된 한 연로한 대만 고객은 읍을 하며

"탄복합니다. 전통 중약의 오래된 처방은 당신들에게 의지해 전승해야 겠습니다."고 말했다.

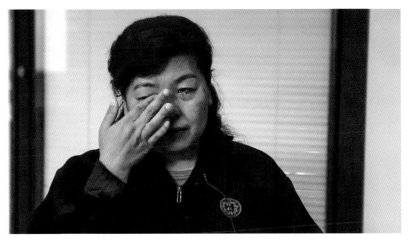
장똥메이 씨가 감격의 눈물을 흘리고 있다.

이 말을 들은 장똥메이 씨는 뜨거운 눈물을 금할 수 없었다. 이것은 중화의약에 대한 인정이자 그녀에 대한 인정이었던 것이다. 그녀는 자신이 고집스럽게 견지해 온 것이 가치고 있는 일이었다고 느꼈던 것이다. 장똥메이 씨는 이 모든 것은 그녀가 "응당 해야 할 일"이라고 생각하고 있다.

"한밤중에 갑자기 잠에서 깨어나는 경우가 있습니다. 그때면 이 약은 넣었었나?, 저 약은 넣었었나? 하는 생각으로 끝이 없습니다. 그러보면 아예 잠들 생각이 멀어지죠. 제가 지금 하고 있는 일들을 제대로 잘해서 품질과 양을 담보해 아무런 실수도 없다면 저는 그로서 만족합니다. 쉬운 말로 발 뻗고 잠잘 수 있는 것이지요"라고 말했다.

34년 동안 장똥메이 씨는 환약을 조제하는 한 가지 일만 해 왔다. 하지만 이 34년 동안줄곧 이 일만을 견지했기 때문에, 그녀는 중화

약사 천년의 '장인 정신'이 무엇인지를 연면히 이어올 수 있었던 것이다.

장통메이, 웃기 좋아하는 큰언니

'대국장인' 장통메이 씨 프로그램을 만든 것은 2016년의 일이다. 시간이 꽤나 흘렀지만 장통메이라는 이름만 보아도 나의 눈앞에는 웃기 좋아하는 풍풍한 여성의 모습이 떠오른다.

베이징 동인당의 '온병삼보(溫病三宝)' 중 첫 자리를 차지하는 '안궁우황환'은 "급한 병을 즉시 막을 수 있고, 위태로운 병도 잠깐 사이에 만회할 수 있다(救急症于即时, 挽垂危于顷刻)"는 평가를 받는다. 그동안 안궁우황환은 줄곧 신비의 베일 속에 싸여 있었으며, 장통메이 씨가 하는 일도 역시 그런 느낌을 주었다.

처음 동인당제약공장에 갔을 때, 장통메이 씨는 자신이 좀 수다스러워서 제자들에게서 장 어머니라 불린다고 말했다. 이렇게 말하는 장통메이 씨는 행복한 표정이었다.

처음 취재를 시작했을 때에는 작업장을 드나드는 것이 너무 귀찮게 느껴졌다. 위생에 대한 요구가 아주 엄격했기 때문이었다. 작업장에 들어가려면 손 씻기, 무균복 입기, 소독 등 여러 절차를 거쳐야 했다. 여기의 손 씻기는 일반적인 손 씻기가 아니다. 손 세면대도 여러 개나 되는데 각각 다른 기능이 있다. 이 여러 세면대에서 모두 한 번씩 씻어야만 비로소 합격이다. 그리고 나서야 비로소 무균복 입기와 소독 절차에 들어갈 수가 있다. 우리의 촬영 기계 장비들도 반복적인

취재진은 '전신무장' 을 하고서야 안궁우황환의 생산 작업장에 들어갈 수 있었다.

소독을 거쳐야만 제약 작업장에 들어갈 수 있었다. 그런데 작업장 문에 들어서니 장똥메이 씨는 혼자서 종종걸음을 치는 것이었다. 우리는 촬영을 위해 좀 천천히 걸으라고 몇 번이나 주의를 주었다. 장똥메이 씨는 쑥스러운 듯

"작업장에서 뛰어다니는 게 습관되어서…"

라고 말했다. 장똥메이 씨가 나에게 준 첫 인상은 성격이 아주 시원시원하다는 점이었다.

장똥메이 씨는 1982년 어머니의 뒤를 이어 베이징동인당주식회사에 입사했는데, 그 사이 어언 30여 년이 지났다. 이 30여 년 동안 장똥메이 씨는 단 한 번도 생산라인을 떠난 적이 없으며, 조제약 대밀환(大蜜丸)의 약제 배합·합타·제환으로부터 손으로 환약을 비벼 만들기(搓丸)까지 세심한 판별 능력과 탄탄한 솜씨를 익혔다. 안궁우황환은 제작 절차가 매우 복잡하고, 각 절차에는 또 매우 엄격한 기준이 있다. 비록 전통적인 방법으로 생산한다고 하지만, 장똥메이 씨가 이끄는 안궁우황환팀의 생산량은 여전히 상당히 많다. 이쫭(亦庄) 분공장만 해도 연간 100만 환(丸)이나 생산해 낸다. 이렇게 많은 생산량을 올리면서, 동시에 또 수작업을 한다는 것은 고작 20여 명뿐인 이 팀에 있어서는 큰 도전이 아닐 수 없다.

안궁우황환팀의 장똥메이 팀장에 따르면, 과거 안궁우황환은 생산라인 방식을 이용했는데 즉 약제 배합·합타·금박 입히기·포장 등에 모두 전담자를 두었다는 것이다. 그러나 지금은 이러한 기초위에서 교대제를 도입해, 기본 인력 외에도 새로운 인력을 더 증가시켰다

고 했다. 예를 들면, 금박 입히기 단계에는 두 명의 노동자가 필요한데, 교대제 근무방식으로 인원을 적당히 늘렸다는 것이다. 금박 입히기가 완료되면 탄력적으로 투입됐던 인력이 그 다음 단계에 배치되는데, 예전에는 몇 명이 전담하던 노동을 여러 명의 멤버가 함께 하기 때문에 시간당 생산량이 대폭 늘었다고 했다.

이 생산라인에는 근 100년 간 전해내려 온 목제 거푸집이 있다. 이는 지금도 환약 비벼 만들기에서 없어서는 안 되는 곳이다. 거푸집에는 한 줄로 둥근 구멍이 새겨져 있다. 거푸집은 장기간 환약을 만드는 데 쓰이다 보니 진한 약향이 났다.

약제공들은 미리 준비된 막대 모양의 중약 반죽을 거푸집에 넣고 그 위를 작은 나무 판자로 누른다. 이때 두 손으로 나무 판자를 가볍게 누르면 20여 개의 검은색 환약이 거푸집에서 굴러 나온다.

"가장 중요한 건 나무 판자를 누르는 힘의 세기입니다. 이건 수도 없이 많이 연습해야 합니다. 순수히 손 감각에 따르는 것이기 때문입니다."

장똥메이 씨는 이렇게 말했다. 이렇게 비벼 만든 환약은 그 옆에서 일일이 무게를 달아 3g이라는 표준에 합격돼야 한다. 국가의 규정에 따르면, 이때의 오차 범위는 상하로 0.21g이다. 하지만 동인당의 표준은 이보다 훨씬 더 엄격하다.

"약제공들이 누르는 손힘에 오차가 있어서는 안 됨은 두말 할 필요도 없습니다."

장똥메이 씨는 이렇게 말했다.

이렇게 만들어진 환약 위에는 금박을 입혀야 한다. 금도 안궁우황환의 보조 약물(药引子, 주가 되는 약에 배합하여 효과를 더욱 크게 하는 보조 약재–역자 주) 중 하나이다. 금박은 균일하게 입혀야 하며, 금가루가 날리거나 얼룩이 있어서는 안 된다. 또한 환약의 원래 형태를 파괴해서는 더욱 안 된다. 금박을 입힐 때에는 약제공들에게 매일 금지(金纸)를 나눠주는데 한 장도 낭비해서는 안 된다. 금박지는 매미 날개처럼 얇어서, 사람들이 숨을 쉴 때 생기는 공기 흐름에마저 날려갈 수 있으므로 반드시 마스크를 끼고 작업해야 한다. 소개에 따르면, 아주 적은 양의 금도 보조 약물로서 마음과 정신을 안정시키고 해독하는 기능이 있다는 것이다.

환약이 습기 차지 않도록 하기 위해서는, 금박을 입힌 후에도 투명한 유리종이에 싸서 둥근 공 모양의 플라스틱 케이스에 넣는다. 이렇게 금박을 입히고, 유리종이에 싼 뒤, 케이스에 넣고 나서 또 백랍으로 밀봉해야 한다. 그리고 그 위에 금색의 '동인 안궁우황환'이라는 도장을 찍어야 한다. 이때야 비로소 안궁우황환의 조제를 마쳤다고 할 수 있다. 이 전 과정에서 우리는 딱 한 가지 공정만 촬영하지 못했다. 즉 털을 골라내는 일이다. 사향에 있는 미세한 솜털을 모두 골라내는 작업이다. 이 과정은 매우 번거로운데 기계를 사용해서는 안 되며, 사람이 수작업으로 완성해야 한다. 이 공정은 몇 시간씩이나 걸린다. 이 공정은 또 동인당에서 엄격히 비밀로 하는 것이므로 우리는 촬영을 허가받지 못했다. 장똥메이 씨는 이 공정에 대해 인상이 매우 깊었다. 그는 우리에게 견습생 시절 사부와 함께 털을 골라내던 이야기를 들려주었다. 어느 한 번은 장똥메이 씨가 사부와 함께 털을 골라내었는데, 예닐곱 번이나 골라내다 보니 몇 시간이나 걸렸다. 장똥메이 씨는 사부에게 "이만하면 되지 않느냐"고 물었다. 그런데 사부가 아직 멀었다고 대답하더라는 것이었다. 토라진 장똥메이 씨는 안 하겠다고 했다. 사부도 더 이상 강요하지 않고 혼자서 그녀의 몫까지 가져다 일하더라는 것이었다. 이 이야기는 인터뷰를 받는 과정에서 장똥메이 씨가 가장 감격스러워 하던 대목이었다. 그녀는 사부의 가르침을 떠올리며 눈물을 흘렸다. 장똥메이 씨는 중국 전통 중약문화는 이처럼 웃 세대들이 말과 행동으로 모범을 보이면서 한 세대 한 세대씩 전해 내려왔다고 말했다. 이 일은 장똥메이 씨에게 매우 큰 영향을 미쳤던 것이다.

환약을 만드는 과정에서 웃기 좋아하는 장똥메이 씨는 줄곧 엄숙한 표정을 짓고 있었다. 그녀는 우리에게 환약을 조제할 때에는 매 단계마다 모두 높은 주의력을 유지해야 한다고 말했다. 예를 들면, 막대 모양으로 비벼 놓은 약제를 뭉개어 고르게 만드는 것, 눌러서 약환으로 만드는 것, 막대 모양의 약제에 기름을 칠하는 것은 모두 보기에는 아주 간단한 것 같지만 기술이 있어야 한다는 것이다. 무게 기준을 충족시켜야 할 뿐만 아니라, 약환이 "둥글고 밝은 빛을 띠어야 한다"는 기준에도 부합돼야 한다는 것이었다.

"약제에는 별의별 품종이 다 있습니다. 약들마다 점성(黏性)과 약성(药性)이 모두 다른 만큼 기름칠하는 방법도 다릅니다."

여기까지 말한 장똥메이 씨는

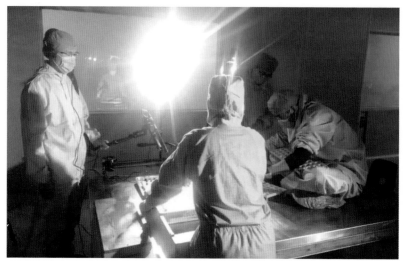
취재진이 장똥메이 씨의 작업 장면을 촬영하고 있다.

"스스로 많이 음미하면서 거듭 시험해 보아야 솜씨가 늡니다"

라고 힘주어 말했다. 그녀는 기자에게 많은 공예들은 정밀함이 필요하므로 맨손으로 조작해야 한다고 말했다. 이때 자칫하면 도구에 찔려 손톱이 시퍼렇게 멍들 수 있다고 말했다.

2015년 11월 17일 동인당은 "장똥메이 안궁우황환 전통 제작 기예 수석 기능사 작업실" 및 "장똥메이 모범 노동자 혁신 작업실"을 정식으로 설립했다. 이로써 장똥메이 씨에게는 '사부'라는 신분이 더 생겨났다. 스승을 모시는 입문 모임에서 장똥메이 씨는 6명의 제자들에게 자신은 거듭 가르치는 것을 걱정하지 않으나, 제자들이 퇴직할 때까지 이 직장에서 일하기를 바란다고 솔직하게 말했다.

취재를 하는 일주일 동안 우리는 매일 장똥메이 씨와 함께 일했다. 그 동안 나는 제약사의 끈기와 책임감에 대해 깊이 느낄 수 있었다.

장뚱메이 씨가 자신은 다만 "직분을 다 했을 뿐이며, 평범한 사람이 평범한 일을 한 것에 지나지 않는다"고 했지만 말이다. 전국모범노동 자로서, 동인당 안궁우황환의 무형문화재 전승인으로서, 그녀의 꿈 은 "모든 환자들이 다 양심적인 약, 걱정을 놓을 수 있는 약을 먹을 수 있게 하는 것"이라고 했다.

리닝(李宁)

중앙라디오텔레비전방송총국 CCTV 뉴스센터 기자